光文社文庫

長編推理小説

大絵画展

望月諒子

KOBUNSHA

光 文 社

目次

〈登場人物一覧〉

大浦壮介《おおうらそうすけ》……大浦家の長男。
大浦定子《さだこ》……壮介の母。
矢吹《やぶき》……壮介の客。
筆坂茜《ふでさかあかね》……スナック「あかね」の主人。
安福富男《やすふくとみお》……「あかね」の客。
城田《しろた》……銀行員。「あかね」の客。
日野智則《ひのとものり》……「日野画廊」店主。
戸倉秀道《とくらひでみち》……画家。
美濃部健《みのべけん》……戸倉に騙された若い画家。
池谷実《いけたにみのる》……「日野画廊」の客。「医師ガシェの肖像」を買った人物。
有田《ありた》……自殺した百貨店美術部員。
内山《うちやま》……有田の後輩。クビになった百貨店美術部員。
三谷雄平《みたにゆうへい》……レンタル倉庫会社勤務。カードを使われた男。
菊池源太郎《きくちげんたろう》……役者。

アーサー・グリムウェード……競売会社ルービーズの絵画部長。競売人。

イアン・ノースウィッグ……「ガシェ」を買い損なったイギリス人。

ヘルマン・ゲーリング……「ガシェ」を横取りしたナチスドイツ将校。

シュヴァルツェンスキー……「ガシェ」をナチスドイツに渡すまいとしたユダヤ人。シュテーデル美術研究所館長。

ヴィクトル・オッペンハイマー……「ガシェ」をシュテーデル美術研究所に寄贈した人。シュヴァルツェンスキーの妻の父。

ヨハンナ……ヴィクトル・オッペンハイマーの妻。

フランツ・ケーニヒス……ゲーリングから「ガシェ」を買ったユダヤ系ドイツ人銀行家。その後、「ガシェ」をクラマルスキーに渡すが、売ったのか預けたのかは不明。

ジークフリート・クラマルスキー……池谷が買うまで「ガシェ」を所有していたユダヤ系ドイツ人銀行家。ケーニヒスからガシェを買ったのか預かったのかは不明。

ベン・アーウィン……ルービーズの絵画部門印象派部長。

ゲオルグ・オッペンハイマー……オッペンハイマー家の現当主。

大絵画展

――ポール・ニューマンとロバート・レッドフォードに捧ぐ――

一八九〇年六月、画家は一通の手紙を書いた。

ぼくは、メランコリックな表情を浮かべたガシェ氏の肖像画を描いた。おそらく、見る人にはしかめ面《つら》に見えるかもしれない。でも、ぼくは、昔のおだやかな肖像画にくらべて、いまの人の顔には、どれだけ多くの表情と情念があるか、どれだけ多くの切望と啼泣《ていきゅう》があるかを表現するために、そのように描かなければならなかったのだ。悲しいが、おだやかで、しかも明晰で、知的にだ。多くの肖像画はそのように描かなければならないのだよ。

その一カ月後、パリ郊外の村にあるオーヴェール・シュル・オワーズの役所に、一枚の届けが出された。

「二十九日午前十時受付

ヴィンセント・ヴィレム・ヴァン・ゴッホの死亡届
画家、独身、三十七歳。一八五三年三月三十日、オランダのツンデルト生まれ。
本日午前一時半、一時滞在中の宿屋ラブー氏のところで死亡した。定住所なし。」

画家、ヴィンセント・ヴィレム・ヴァン・ゴッホは七月二十七日、自らに向かって拳銃を撃ち、それにより二日後、死亡した。

あとには六百点にのぼる絵画が残された。

その中に「医師ガシェの肖像」はあった。

ゴッホが百年前に「学者で医者でアマチュア画家」であった主治医のポール・フェルディナン・ガシェのために描いた、一点の絵。傑作とは言えず、画家の狭い屋根裏の部屋に山積みにされ、何かの気紛れで暖炉にくべられることを免れただけかもしれないその小ぶりの油絵は、以来十三人の持ち主を経て、パリ、アムステルダム、コペンハーゲン、ベルリン、ワイマール、パリ、フランクフルト、アムステルダム、ニューヨークと転々とした末、一九九〇年春、イギリスの美術品競売会社にあった。

ロンドン。

美術品競売会社ルービーズはウェストミンスターのセント・ジェームス区キング・ストリート十二番地にある。

創立以来百六十余年、財界、社交界が集《つど》う殿堂であり続けている歴史あるこの競売会社は、ために世俗に塗《まみ》れたこともないではないが、いまや学芸員、美術商、美術評論家を輩出する唯一の国際機関「ルービーズ・エデュケーション」を持つ、美術界の世界的権威でもある。その古く荘厳な石造りの社屋の二階の窓から掲げられた真紅の旗は、天気にかかわらず重くとっぷりと垂れている。

その日のオークションで、シスレー、ピサロ、セザンヌは、最低価格に達しなかった。ルノワールの裸婦が六〇〇万ドルで売れたとき、競売壇上で、アーサー・グリムウェードは一息ついた。

そのあとのマネも思ったような値段にはいかず、一六〇〇万ドルに留《とど》まった。ルノワールの小さな肖像画二点は買い手がつかなかった。競売人のグリムウェードは、すべては想定内であるというような顔をして仕事を進めていた。そして架台にゴッホの「医師ガシェの肖像」が載った。

大きな絵ではない。架台が大きいのでなおさら小さく見える。

イアン・ノースウィッグは思う。こんな絵がそんなにいいのだろうか。ただの歪《ゆが》んだおっさんじゃないか。こんな絵をベッドルームに掛けたいだなんて、贅沢に飽きた女の考えそうなことだ。

グリムウェードには、つつがなくことが運ぶように話を通していた。

イアンは会場の端に腰掛けた。競売壇上のグリムウェードがイアンに目を合わせてきた。それから高く顔を上げる。

「では次の作品。ヴァン・ゴッホの『医師ガシェの肖像』です。パンフレットに記載の通り。二〇〇〇万ドルからどうぞ」

価格がドルで提示されると、電子機械が即座にポンド、フランス・フラン、スイス・フラン、マルク、円、リラに換算して、その数値が前方右にある大きな掲示板に現れる。

手を挙げるのは最後だ。面倒な競《せ》りにかかわる気はない。

チューリッヒの画商とどこかのコレクターが付け値を始めた。二人はとんとんと値を上げていき、開始二分で三五〇〇万ドルに行きついた。

グリムウェードがイアンを見た。彼には四〇〇〇万ドルから入札すると伝えてあった。斜め向こうに受話器を耳に当てている女性の画商がいる。彼女はずっとそうしているが、電話はどこにも通じていない。彼女は受話器を耳に当てた格好のまま、イアンだけを凝視している。イアン・ノースウィッグは自身で入札したりしない。電話台にいるその画商に指で指示を出す。彼女が、イアンの指を見て、あたかも電話の向こうにいる入札者の代理のような顔をして、入札するのだ。イアンが女性に指示する入札価格は、すぐ三メートルの位置にいるグリムウェードには見えている。それなのにグリムウェードは女性画商からの意思表示を待つ。茶番だ。わかってはいるが、軽いものなら知らず、高額なものを競るのに自ら手を挙げるなんて無粋なことはしたくない。グリムウェードはそういう遊びに快くつき合ってくれる。

そろそろ競りに加わろうかと、自分の画商を見るようにグリムウェードに促しかけて、グリムウェードがそれを見届けようとした。その瞬間、黒い万年筆が上がった。

グリムウェードは落ち着いて、万年筆に視線を移した。

万年筆を上げたのは、最前列にいる背の低いアジア人だ。

「新たな席から四一〇〇万」

イアンは、落ち着いて、女性画商に人差し指を向けて、スタートを合図した。彼女は受話器を握ったまま、イアンの指を見、そしてグリムウェードに入札額を知らせた。彼女を見て、グリムウェードは言った。

「電話の方、四二〇〇万」

その時点でエスティメート（予想落札価格）は突破していた。

――ひねくれた男の顔の絵。こんなものを、何千万ドルも出して、そこいらのインテリアショップの壁に飾っている額入りのアートを壁に掛けるように、寝室の壁に掛けるのだろうか。そしてこの男はわれわれの寝姿を、めんどくさそうな顔をして眺め下ろすのだろうか。

イアンの彼女は一旦言い出すときかない。それが、意味のないことであるほど固執する。もともと合理的な意味づけがないから、諦《あきら》める潮もない。

競りは過熱し始めていた。一〇〇万ドル単位で入札額が上がっていく。

「そこの通路から四三〇〇万」

「室内から四四〇〇万」

「別の方、四五〇〇万」

――四六〇〇万、四七〇〇万、四八〇〇万、四九〇〇万、五〇〇〇万。

記者の一人が悲鳴のようなものを小さく上げた。画商の一人が拍手をした。

「五一〇〇万ドル」

そしてすぐに、五二〇〇万ドルとグリムウェードは値を更新した。

アジア人画商は姿勢を変えなかった。イアンは溜息《ためいき》をつくと、女性画商に向かって、ゆっくりと指を二本立て、示した。女性画商は、ぴったりと受話器を耳に付けたまま、彼の指の数を確認し、入札した。

「電話の方、五四〇〇万」

そしてグリムウェードは前列に視線を戻した。

グリムウェードの声がまた、した。

「前列の方、五五〇〇万ドル」

イアンはちょっと驚いた。

入札に参加していた一人が首を振った。

これで競っているのは数人。多分イアンと最前列のアジア人と、スイスの銀行家と、フランス人画商だ。フランス人投資家の代理で来ているだろうフランスの画商が、おずおずと手を挙げ、入札の意を表した。グリムウェードがそれを見て頷《うなず》き、言った。

「五六〇〇万」

黒の万年筆が、上がった。グリムウェードはその最前列のアジア人を見つめ、ゆっくりと言った。

「六〇〇〇万ドル。六〇〇〇万ドルが出ました」

会場が少し騒《ざわ》めいた。フランス人画商が首を振った。スイスの銀行家は明らかに意欲を失っている。

「他には？」

そう言うとグリムウェードはもう、受話器を持つ女性画商を見なかった。イアンはわずかに手を挙げ、グリムウェードに直接意志表示した。グリムウェードはそれを見つめて、口を開いた。

「六二〇〇万ドル」

落ち着き払った顔をしてるが、内心は興奮に震えているんだ。明日の新聞の見出し——そして入ってくる手数料。この売り立てのニュースはヨーロッパ中を駆けめぐるだろう。それにしてもどこのだれなんだ。そんな相手がいるようなことは言っていなかったんだがな。

最前列の男が万年筆を上げた。人の頭でその指の数がわからない。グリムウェードが慎重な顔をして、イアンを見た。

「前列の男性、六三〇〇万ドル」

イアンはむっとしたものだ。今日は手に入れて帰ることにしている。いま見逃したらいつ市場に出るものかわかったものじゃない。だいたい今回出てきたのが、六十年ぶりなんだ——イアンの手を見て、グリムウェードが言う。

「六五〇〇万」

これでびびるだろう。だいたい六〇〇〇万ドルだって無謀なんだ。ところが最前列の男にはまるで躊躇《ちゅうちょ》がなかった。

「六六〇〇万」

どこのだれだか知らないが、いったいなにを考えているんだ。

「六八〇〇万」

今日これを手に入れて帰らないと——最前列の男が万年筆を上げた。それを見て、グリムウェードがただならぬ顔をイアンに向けて、厳《おごそ》かに言った。

「七五〇〇万」

話が違いすぎる。アーウィンは上限で五二〇〇万ドルって言ったんだぞ、グリムウェード。

イアンは憤然とした。

「八〇〇〇万」

さざめきのような溜息が会場から漏れた。ある者は首を大きく回し、ある者は少し腰を浮かせて、イアンを——八〇〇〇万ドルを出した男の方を振り返り、それから気遣わしげに前を向きなおし、グリムウェードの視線が最前列に向けられるのを、固唾《かたず》を飲んで見守っている。その中で前の小男がまた、万年筆を上げた。

グリムウェードの顔が、瞬間不安に苛立《いらだ》った。

「前列の日本人男性、八二〇〇万」

最近日本人バイヤーがめっきり増えた。得体の知れぬ日本人が競売場で手当たり次第に絵を買うことにも、馴《な》れた。不愉快であり、憂うべきことだが、それが市場原理だ。絶対に日本人だけには売らないでくれという売り手がいると、グリムウェードがぼやいたことがある。グリムウェードも内心では、ヨーロッパの名品が、それを理解しているのかどうかわからない人の手に渡っていくことを嘆いている。しかし金に換えるのに、買い手に条件をつけるなんて甘えたことを考えてはいけない。オークションとはそういうものだ。それこそ、グリムウェード自身が一番それを理解している。

しかしそれにしても前列にいる小男が、本当にこの小さな絵一点に八二〇〇万ドルもの金を払う気があるのだろうかとイアンは思った。グリムウェードだって同じことだ。払う金がなくて競りなおしなんかになったら、せっかくの商品に傷がつく。ルービーズだって信用を失う。でも売り手のクラマルスキーは相手がだれであれ、高値で売れることを望むだろう。当節の印象派の高騰で、保険料が上がり、その支払いだけで汲々《きゅうきゅう》としているのだから。ゴッホの絵を守ってきた偏屈者のクラマルスキー夫人が死んだから、息子たちは厄介払いをしたがっている。

グリムウェードが競り落としてくれと自分に泣きついているように見える。

「八五〇〇万」

イアンは目まぐるしく金の算段をしていた。半金は待ってくれるだろう。顔見知りの画商がロートレックを欲しがっていた。でもこんなしおれた顔の男の絵のためにあれを手放すのは忍びない。ユトリロを二点ほど処分すれば——。

「日本人男性、九二〇〇万」

そのとき初めて目が醒《さ》めた。

——なんだって？

オークションで競り負けたんだ。イアンの頭の中にはそう聞いたときの彼女の顔が浮かんだ。——間違いなく叩き出される。

ロートレック、いくつかのホテル、ガス田の共同開発の権利。金を作る手なら、ないことはない。銀行だって貸してくれる。いざとなればベラスケスなら、ナショナル・ギャラリーが喉《のど》から手が出るほど欲しがっているのだから。ただ、それが、このしおれた男の絵のためなのか——。

会場からはもう物音も聞こえない。イアンはグリムウェードを見て合図した。グリムウエードの口が無駄なく要件だけで動く。

「一億ドル」

とんだ笑いものだ。でもしかたがないさ。得体の知れない日本人からこの絵を守るというのも、おれに課された責任だろうと、そんなことを思った瞬間だった。

前の男が万年筆を上げたのだ。

いったい、何者――。

小さな、小太りした男だった。万年筆を持つ指にいやに肉がついている。関節ごとにえくぼのような窪《くぼ》みがついていた。着ているのはセンスの見極めようもない、なんの個性もないスーツ。もしかしたらオーダーでさえないかもしれない。薄い黒髪が禿げかけた後頭部に張り付いている。カラーから首の肉が重たげにはみ出していた。

グリムウェードは青ざめていた。会場は水を打ったように静まっていた。グリムウェードの声が、静かに響いた。

「前列の方から一億一〇〇〇万ドルが出ました」そして言った。

「――上げますか、イアン」

四〇〇〇万ドルが相場なんだ。この目の前の男は、依頼を受けた画商だ。おれに見覚えがないということは、雇い主もまず、収集家じゃない。成り上がりの日本人に違いがない。ああ、あいつの依頼主がだれであろうと構わない。彼らなら印象派と名がつけばなんでもいいんだろうに、なぜこの絵なんだ。よりによって、うちのハニーが誕生日のプレゼントに指定した、「ガシェの肖像」なんだ。

ルービーズの印象派部長のアーウィンがこの絵のオークションの話を持ってきたのは半年も前のことだ。アーウィンは彼女が寝室に小さな、そしてだれも手に入れることがないだろうと思うような絵を欲しがっているのを知っていた。不足のない暮らしに飽きた彼女がいま凝っているのは、いかに金を無駄に使うかということだ。おれにはそうとしか思えない。彼女はおれにパンフレットを見せた。「見て」ちょっと熱に浮かされたようなその声。

でもそれだけのことなんだ。いまとなっては、ガシェを寝室に飾れるかどうかじゃない。『競り負けた』ということが問題なんだ。そして『手に入らなかった』という事実。彼女はヒステリックになるだろう。彼女は屈辱を感じ、どういうわけだか辱《はずかし》めたのはおれだってことになる。すべての憎しみはおれに注がれて、間違いなく、おれはベッドルームから叩き出される。

即座にチビが手を挙げた。──「一億一五〇〇万」

「一億二〇〇〇万」

その時イアンは理解した。この画商にとっては自分が払う金じゃない。手に入れろと言われている以上、とことん上げてくる。

やがてイアンはグリムウェードを見つめたまま首を振り、グリムウェードはゆっくりと頷いた。

グリムウェードは顔を上げると、右手を競り台に置き、左手で木槌《きづち》を振り下ろした。

「売却」

電光掲示板の金額が止まった。

第二十一組　一二〇〇〇〇〇〇〇ドル

最終付け値

イギリス・ポンド　七一五〇八七三六ポンド

フランス・フラン　六六六二四〇二〇五フラン

スイス・フラン　一六七五二〇〇〇〇フラン

ドイツ・マルク　一九七四〇〇〇六四マルク

円　一八〇九六〇〇〇〇〇円

リラ　一四五三二〇〇六四〇〇〇リラ

この瞬間、ルービーズは手数料の一二〇〇万ドルを得て、ガシェは地上から忽然と姿を消した。一八九七年、女性画家アリス・ルーベンに三〇〇フランで初めて買われてから百年後のことだった。

一

二〇〇二年。

群馬県南部、山の麓《ふもと》に位置するところに一軒の古い屋敷がある。造成地や畑の間に家々が点々と立つ中で、ひときわ目を引く。その屋敷に行くには、傾斜の急な一本道をしばらく登らなければならない。家の前は綺麗に掃き清められていて、広い敷地には母屋のほかに別棟が立ち、庭には立派な松が、そして白壁の蔵がある。

大浦《おおうら》と言い、代々続く地主の家である。

長男が道楽者だったために、次男の大浦新造《しんぞう》が家督を継いだ。三十年前のことである。新造は市議を何期か務めて、いまは林業活性化のための活動をしている。温厚な人徳者として、評判のいい人物だ。

大浦家には息子が二人いる。

一人は医者で、大学病院に勤めたあと、地元で開業した。四十歳で、子供が二人いる。

名を武治《たけはる》という。二つ違いの兄はそこそこの美術大学を卒業し、東京で小さなデザイン事務所を営んでいる。名を、荘介《そうすけ》という。

新造の妻は定子《さだこ》といい、七十二歳になる。

二人の息子を育て上げること。大浦の家の体面を傷つけないように、何事もつつがなく執り行うこと。そして代を継がせること。大浦の嫁たる自分は、その三つを間違いなく成し遂げるために存在しているのだと考えて、定子はこの五十年、夫に息子たちに尽くしてきた。

その定子が、まだだれも起きていない時間にそっと起き上がる。

庭の隅を歩き、ゆっくりと、蔵の戸を押し開ける。

土壁でできた重い扉が、ぎしっと音をたてて、開く。

蔵の中には積み上がった大小の木箱や、目の詰まった、いまでは見ることのないような行李《こうり》が、うっすらと埃《ほこり》をかぶったまま、置き捨てられた積み荷のようにある。

古くなった農機具や生活雑貨などはない。たとえば置かれている簞笥《たんす》は総桐《そうぎり》で、細やかな彫りと装飾を施《ほどこ》された金具が薄暗い部屋の隅で埃をかぶっている。

定子は冷え切ったその蔵の中に入り込むと、そっと行李を開けた。

こうして彼女が、人目を忍んで蔵の重い引き戸を開けて、高い敷居を踏み上がり、音を立てず埃も立てず、ひっそりと、まるで他人のものでも盗み出すように、行李を開《ひら》いたり木箱を開《あ》けたりし始めてもう二年になる。

行李や木箱の中には、高名な作者の出来の悪い山水画だとか、漆器、陶磁器、鉢、香炉、火鉢だの面だの、琵琶だの、どこのお国の神様かというような彫刻から、先祖伝来の掛け軸や茶器、朝鮮絵画、外国製の古い陶器、家が絶えたときには美術館に寄贈するしかないような飴色《あめいろ》の手鏡、螺鈿《らでん》細工の化粧台、年代のわからない見事な細工の仏像まで、種々雑多なものが絹や薄紙に巻かれて、あった。

終戦直後の混乱期には米との交換を求められ、いろんなものが集まった。戦後には、美術品をまとめて売り出す名家、豪商が相次ぎ、胃が動いたら腸まで動くのと同じで、回り回って、それまで田舎の地主風情には到底手に入らないようなものが、出入りの古道具屋の手で持ち込まれた。

金銭的な価値のあるものもないものもみな打ち揃って、長く浅い夢の中にいる。

定子は蔵の中で掛け軸を広げて眺め、茶器を一つ一つ手に取った。重みを確かめ、箱書きを見。やがて先祖に手を合わせ、そっと蔵から持ち出した。

大浦の家には代々出入りの骨董屋がいた。いまは「古美術商」と名を改めている。いつも正直ということでもなく、代々、偽物もずいぶん掴《つか》まされたことだろう。でも、たいした価値のないものも、黙って高値で買い取っていきもした。定子はこっそりと持ち出したものを、そういう「出入り」には持ち込まなかった。くるんで大切に鞄に入れて、電車に乗った。二時間揺られて二度乗り換えて、銀座線の銀座駅で降りる。

定子は銀座の雑踏を歩く。

昔馴染《なじ》んだ銀座とはすっかり様変わりして、騒々しくて、目まぐるしい。でも若いころと違い、ほんの少し前屈みに歩くので、派手な看板もきらびやかなショーウィンドーの飾りも、すべて定子の頭上であり、いまさら銀座がどうであれ気にならない。定子は覚えた道を覚えたままに歩く。

そうやって一軒の画廊にたどり着く。

二年前、その画廊と縁ができたのは、定子が若かったころに見たような、奥ゆかしさのある店構えをしていて、それで立ち止まったとき、店主と目が合ったからだ。ウィンドーの向こうで、店主が一人、椅子に座って、新聞を読みながらコーヒーをすっていた。日当たりのいいところに座っている猫を思わせた。

古美術商に持ち込まなかったのは、大浦の老いた妻が夫に内緒で蔵のものを持ち出していると、噂になったらいけないからだ。業界は狭く、情報は筒抜けで、銀座であろうが群馬であろうが危険は変わらない。定子は店主に、申し訳ないが取り次ぎをしてくれないかと頼んだ。店主は困った様子だったが、一週間して訪れると、黙って代金の入った封筒を机の上に置いた。それからのつき合いだ。

行くと店主は近くからコーヒーを取ってくれる。店主が品物を眺めて、「預かり証」を書く間、定子は出された飲み物を飲みながら、展示物を眺める。

店主は洋画を専門に扱うらしく、モダンな絵や繊細な絵が飾ってある。定子には良さがよくわからない。土地や株券や国債、アパートや駐車場、それから駅前にはビルも持っていたが、屋敷は古くて洋画などを飾るようにはできていなかった。掛け軸、壺、花瓶、書。屋敷を飾るものはいまだにそのようなものだ。雨戸と障子を開け放つと、縁側の向こうには小さな中庭がある。木の青さと石の冷たさと、光と、陰と。雨の日はそれなりの、晴れた日もそれなりの、そして雪の日もまたそれなりのその図が、屋敷の中の唯一の絵画だ。

あるとき、定子は聞いてみた。

「グラフィックデザイナーとは、どのような仕事なんでしょうか」

それはデザインをする仕事であり、本の表紙、広告、パンフレット、ポスターなんかをデザインするのだと店主は説明をしてくれた。

「それは、お金にならない仕事なんですか？」

売った物がたいした値段にならなかったときには、画廊に品物を運ぶ間隔が短くなる。行けばひとしきり話をする。飾ってある絵の話、天気の話。次男は優秀な内科医で、専門は糖尿と心臓だが、いまは小児科もやっていること。次男の息子はまだ三つなのに、自分に絵本を読み聞かせてくれること。定子はなんでもない話をしたあと、最後に長男の話を少し、する。

少しずつ長男のことが多くなっていた。回を重ねるごとにおなか一杯に溜《た》まっていたものが流れ出す。

――「このお金はね」定子がそう言ったのは、二〇〇二年の晩夏。

愚痴ではないのだ。

息子の苦労を語っているのだ。

「息子の生活費なんです」

コーヒーカップが空《から》になっていた。店主は自ら、緑茶を入れた。どことなくいそいそと見えたが、定子は気にならなかった。語り部は相手を選ばないのだ。

銀座の通りがほんの少し夏の疲れを見せていた。

大浦家の長男の大浦荘介は秋葉原の大型家電店の三階の隅に立っていた。

店内は宇宙船の船内を思わすようにくまなく明るい。BGMは音が粗い上にアップテンポなのでほぼ耳障りだ。商品には値段がまず二つは付いている。一つ目が「当店設定」の安値価格であり、それが線で消されて、その下にもう一段安い価格が書いてある。ものによってはその二つ目も線で消されて、三つ目があるものもある。賑々《にぎにぎ》しく張り付けてある中で線のないのがその商品の価格のはずが、その横には「さらにオフ」と赤字で書かれていて、結局聞かないとわからない。それで店員は電卓を片手に待機している。展示物でも眺めているように、気のあるようなないような顔で行き過ぎる人の中で、大浦荘介は「大売り出し赤札」と印刷された紙が貼ってある大型コピー機の前に、もう二十分も立っていた。

腰の高さまである最新の複合型コピー機だ。見つめていると、シュタッシュタッと軽やかに滑り出て狂いなく定位置に止まる、その優雅で手際のよい様が目に浮かぶ。

あとどれだけ安くなるか、聞いてみようと考え続けている自分に気づいて、荘介は溜息をつく。

たいした仕事も入っていないのに、機材ばかり立派にしてどうするんだ。

ＪＲ山手線で有楽町まで行き、銀座まで歩く。行き馴れたホテルのロビーでは、銀色の髪をした母が、いつもの喫茶室のいつもの場所に腰掛けていた。

荘介が前に座ると、母はテーブルの上に封筒を置いた。荘介は厳《おごそ》かな顔でちょんと頭を下げて、封筒を懐《ふところ》に入れた。いつものことだが、こういうときには心にもないことが口から飛び出す。

「親父《おやじ》は変わりない？」

「ええ、なんの変わりもありませんよ」

母親は凜《りん》として、視線一つ合わせてこない。

話すこともない。しょうがないので、帰った。

マンションは1LDKで、ベッドルームは事務所にしているので、リビング一つで暮らしている。

人間一人が一つの部屋で生活のすべてを済ませようとするものだから、自然、床は物で溢《あふ》れる。寝転がることができるのはソファの上だけだが、そこにも取り込んだ洗濯物、読みかけの雑誌、脱ぎ散らかした服など、物が放り出してある。夜はソファの上の物を床に落として寝る場所を作る。目が醒《さ》めると床の物をソファに上げて座る場所を作る。荘介はソファの上の物を下に落として、寝転がった。

テレビをつけた。天気を伝える声だのバラエティの笑い声だの、テレビから乾いた音が聞こえる。

今日、母が奇妙なことを言った。

「腐っても、米ならそれほど悪さはしないって言うんですよ」

母は淡々と言う。

「お米は穀物で、日本人の主食で。そういうのは間違って腐ったものを食べても、不思議とたいして害はないという話です」

「それが、どういう意味なんですか」

「白いご飯だけを信じてやっている分には、大怪我をしないということです」

そう言うと、じっと荘介の顔を見つめたのだ。

睨《ね》めつけるように、じっと。

渋谷に事務所を構えたのは三十五歳のときのことだ。

父親が使い切れないくらいの金をくれたからだ。

まったくそれは「青天の霹靂《へきれき》」のような出来事だった。美大を出たあと、勉強のためにフランスに行ったり、有名なデザイン事務所で働いたり。しかしだいたいは家でゴロゴロしているうちに、大学で勤務医をしていた弟が開業することになった。

父親は、着実に人生を歩んでいく弟を目の当《ま》たりにして、兄の自分を不憫《ふびん》に思ったのだと思う。いや、勢いで、「おれだって、ちゃんとした事務所でもあれば、仕事ができるんだ」なんて、そんなセリフぐらいは吐いたかもしれない。覚えてはいないが。

昔から弟は行儀よく成績がよく人受けがよく、誠実で優しかった。でも自分となにが違うかといえば、多分頭の出来だけだ。自分だって行儀も、人受けもよかった。自分の誠実さに疑念を持ったことはない。

それでも年を経《へ》るにつれ、自分だけが家族と違っていくのを感じた。ずれていくとか、剝《は》がれていくとか、そんな感じだった。自分が美大に行ったときには、親戚は強《し》いてその話題に触れなかったが、弟が医大に合格したときには、皆が来るたびに弟を呼んで、褒めた。なんの医者になるんだとか、どこの病院に勤めるんだとか、親戚連中は、弟には聞くことがたくさんあった。自分がフランスに留学するときは、おじさんが「青い目の嫁さん、連れて帰って来るんじゃないぞ」と笑って背中を叩いてくれただけだ。美大を卒業して東京のデザイン事務所に勤めて。実家に戻ってしばらくして、ある日父親に呼ばれた。前に座りなさいと言う。

父親は厳格だけど温厚な人で、苦手だったが嫌いではなかった。叱られたことはない。とうとう説教を喰らうのだなと覚悟を決めた。

「聞いていると思うが、武治が町内に内科医院を開業することになった」

頭《こうべ》を垂れて聞いた。聞きながら考えた。

手伝えと言われても、ああいうのは資格がいるんだ。受付には女の子の方がいいに決まっているし——。そうか。親父は医療事務の資格を取れと言うのか。

だったら、妙案だと思った。

「で、武治に開業資金を出すことになった」

思えば弟にはいろいろと世話になった。子供のころは力を合わせて困難を克服した。ふざけたはずみに親父が大切にしていた掛け軸を破ったときには、深夜に二人で一生懸命に糊で貼り合わせた。東京から戻って来てからは、少ない勤務医の給料の中から、親に内緒で小遣いをくれる。弟の車に乗ったあと、ガソリンを入れて返したことはない。

資格は通信教育で取るかな。

「それで、お前にもいくらか出そうと思う」

通信だとそんなにかからない。まあ、出してもらえるのならありがたいけど。

「なにか、しようと思うことはないか？」

磨き込んだ縁側の先には、手入れの届いた中庭があり、春の光が射して、桜の葉に当たって、石に、黒緑の艶《つや》のある影が――。

なにかしようと思うこと。

父親の顔を見た。

「弟に出した額の半分を、お前にもやろうと思う」

なんの話だと、荘介は思った。でもそのとき、父親がなんだか切ない顔をしていたのだ。

「なにかしようと思うことはないのか」

「なにをしたらいいんでしょうか」

「お前の仕事はなんなんだ」

「デザイナーですけど」

「だったらデザイナーの事務所をしたらいいんじゃないのか？」

七年前のあの春の日。

「一国一城の主《あるじ》になってみなさい。学ぶこともあるだろう」

学んだ。いろんな事を体験もした。

取り立て、貼り紙、倒産、事務員の金の持ち逃げ。銀行員に頭を下げること。クライアントに難癖《なんくせ》をつけられること。踏み倒し。

事務所を開いたのは渋谷の一等地だった。インテリアは北欧の高級ブランドもので統一し、レイアウトはプロに依頼した。文房具から照明に至るまで凝りに凝って、アシスタントに若い男女二人を雇い入れた。

事務所が回らなくなって始めのころは、なぜうまくいかないかということより、以前はなぜうまくいったのかを考えた。ピカピカのインテリアとセンスのいいアシスタント。高価な機器。高額の接待、事務所の前に停める高級車。そういうものが仕事を引き寄せていたのだと結論づけていた。景気よく開けたら、景気よく仕事が舞い込んだわけで、だったら景気よくしていたら同じことが起きるだろう。だから掃除のおばさんは二日に一度定期的に来てもらったし、渋い色の輸入車も手放さなかった。毎月の事務所の家賃で押し潰《つぶ》されそうなのに——すでに押し潰されていたのに——スタッフを食事に連れて行った。何度も言い聞かせた。成功するのに必要なのは、実力ではなく、迫力なんだ。形さえ整えれば、中身はあとからついてくるんだ。

あとで気がついたことだが、なぜ始めのうちはうまく回っているような気がしたかといえば、事務所を開いたあとも、父親のくれた金が残っていたからだった。金は回転していたのではなく、ただ流出していたのであり、ほとんど、利益の出た月などなかったのだ。

必要なのは顔立ちのかわいいアシスタントではなく、黒ぶち眼鏡の会計士だった。でもあとになってわかることが、先にわからなかったからって、それがそのまま個人の責任だろうか。

初めて父親のところに金を借りに行ったのは、事務所を開いて八カ月目のことだ。それから何度実家に足を運んだかしれない。弟にも借りた。それからしばらくしたある日、親父に「もう一切の資金援助はしない」と言い渡された。自分でなんとかしてみろというのだ。

なんとかなるものなら借りには行かない。

スタッフが帰ったあとの深夜の事務所で、荘介は初めて考え込んだ。

甥《おい》は、おじちゃんはなにをしているのと聞き、それに東京でデザインの仕事をしていると答える。酒を飲んでいるときにホステスに、お仕事はなにと聞かれ、うん、渋谷でデザイン事務所をしているんだと答える。友達に最近どうと聞かれて、うん、ぼちぼちだと、ただひと言答えただけで、相手は勝手に解釈して「ぼちぼち」が通る。すべてこの看板があってのことだ。

この看板を下ろして、おれはなんと名乗るのか。いや、この看板を手放して、この先どうやって暮らすのか。

あの長男、事業に失敗して戻ってるらしいよ。そう言われるくらいなら——荘介は、写真を撮ればそのままニューヨークにあると思われるだろう、自分の事務所を見回す――たとえ日雇い労働をしてでも、東京に留《とど》まりたい。

そして日雇いよりは、この看板のままの方がいいに決まっているのだ。

だから借りる先を変えることにした。

初めて消費者金融に足を踏み入れた。

対応も、店構えも、銀行とまるで変わりなかった。そこでとりあえずの生活費と、二人のスタッフの退職見舞金を、借りた。

銀行引き落としの賃貸料が、落ちない。それも消費者金融に借りた。返せるはずもなく、取り立てにあい、久しぶりに親に泣きついた。親は消費者金融と聞くと青ざめて、全額を返済してくれた。半日説教を喰らった。

決して不真面目じゃないのだ。腕がないわけでもないのだ。それでも利益が出ないのは、事務所に経費がかかりすぎているのだ。新しくスタッフをまた二人雇い入れていた。いつも金の計算をしているからか、たまに金が残るとついスタッフを連れて遊んでしまう。クレジットでスーツを買う、靴を買う。その引き落としになって、やっと通帳の残高に気がつく。使う前に借金を返しておくべきだったと気がつくころ、取り立ての電話が鳴るのだ。

親に全額返済してもらうことを二度ほど繰り返しただろうか。

荘介は渋谷の事務所をたたんだ。

車を売り、一等地に借りていたマンションを解約した。海外高級ブランドのインテリアも、ほとんど使うことのなかった高価な機材も、すべて売り払った。想像していたことだが、たいした額にはならなかった。それでもそれで、あちこちに借りていた借金を完済した。残った金で一回り小さなマンションを借りた。

これで出っぱなしの水のような金の流出は止めることができた。出が極端に減ったのだから、紙の上では、立派な利益が出るはずだった。

でも世の中はそんなに甘くはなかった。

小さなマンションの一室に越したとたん、やってくる仕事はチラシばかり。器用な広告屋さんに成り下がっていた。

実家には、盆や正月だけでなく、法事にも顔を出す。ときどき結婚式もある。田舎の屋敷なので、親戚がみな、広間に揃《そろ》う。

いまでは荘介に仕事の話題を振る人間はいない。二度、父親が借金の肩代わりをしたことを、陰で「いつまでも甘やかすから」と言われていることは薄々気づいていた。でも面と向かってそんなことを言う人間もいない。弟の嫁さんが「これ、あたしが作ったのよ」と料理をよそってくれて、弟は二人目の息子を膝《ひざ》において、にこにこと話しかけてくれる。

ビールをちびりと飲みながら、それでも東京で仕事をしているという方が、家族だって体面がいいんだろうなと、そんなことを考える。それで赤字覚悟で仕事を引き受けたりもする。安い金で引き受けて、手は抜かないから、利益どころか足が出ることもある。ぽつぽつ「得意先」と言えるものもでき始めていた。でもそれでも借金は増えてもいないが減ってもいかない。

母親は、自分が渡す金でなんとかやっていると思っている。でもこんなちっぽけな事務所で、得意先からの口コミだけを頼りに、その上おれは印刷会社なんかで働いたことはないんだから、おれがしていたのは「デザイナー」としての勉強で、やって来たことは「印刷物レイアウト」ではなくて「芸術」なんだから、なんともやっていけないんだよ、おかあさん。

親不孝はわかっていた。ビールを二缶飲み干して、眠った。

かつての得意先に頭を下げてチラシの仕事を貰った。人の事務所にアルバイトにも行った。もともと腰は低いし人当たりもいい。商売は下手《へた》だが仕事は丁寧だ。その荘介の事務所を一人の若い男が訪ねて来たのは秋、十月のことだった。

高級ブランドのスーツをスマートに着込んで、腕時計は一目でわかる高級品だ。男は狭い事務所を珍しげに眺めた。

矢吹《やぶき》という若い男は、かつての事務所「スタジオ・そう」の名刺を持っていた。前に仕事を頼んだことがあるとのことだった。背の高い格好のいい男で、会っていたら覚えていそうなものなのに、記憶がない。そう言うと、彼は真っ白な歯を見せて、人懐っこく笑った。

「若いデザイナーがいたでしょ。あの人がやってくれましたよ。田畑《たばた》さんっていったかな」

事務所の金を持ち逃げしたやつだ。こっそりそんなアルバイトまでしていたのか。

矢吹は、業界誌を二千部作ってくれと言った。ほんの二十ページほどのものだ。白黒の写真を数カ所載せるだけ。あとはぎっちりと字ばかりだ。製本まで請け負ってくれたら二百万円払うと言った。こんな雑誌、定価三百円がいいところだ。荘介はまじまじと相手の顔を見た。

「一部いくらで売るんですか」

男はにっと笑った。

「一万円です」

届いた原稿を読んで荘介はたまげた。

それは怪文書と糾弾《きゅうだん》記事と提灯《ちょうちん》記事だけでき上がっていた。

ある上場会社の不祥事について、その会社の体質からして口角泡を飛ばして糾弾しているのだが、荘介はその会社について、かかる不祥事を噂にも聞いたことがない。かと思えば別の記事では、別の会社について、どうでもいいことを赤面するほど持ち上げている。

そこには裏事情でもあるんじゃないかと勘繰りたくなるほどに。そこで気がついたのだ。不祥事そのものがでっちあげ——すべてが自作自演だということ。これは「怪文書」というやつだ。ここにある糾弾記事と提灯記事は裏表であり、要はターゲットにした会社に買い取らせるために作られたものなのだ。これを見せられた会社は発行部数全部を買い取る。記事が真実かどうかじゃなく、問題は、そこに詰まった「悪意」なのだ。人は、第三者に向けられた悪意には興味を持ちこそすれ、強いて反発はしないものだ。そして耳に入れれば刷り込まれる。そういうときには真実なんて屁のつっぱりにもならない。それが真実であろうがなかろうが、一人歩きするよからぬイメージは、二千万円なんかの端金《はしたがね》で消せるものじゃない。

こんなのは犯罪だ。まともな会社なら引き受けない仕事だ。

それで気がついた。仕事のない個人事務所と知ってやって来たんだ。すべての仕事を一人の人間に手掛けさせる。そうすると、ことはおれの胸一つに納まって、この脅しまがいの行為は露呈しない。高額の報酬は口止め料でもあるのだということ。

それで二百万円を稼ぎ出して、少し息をついた。溜まっていた家賃の返済、古くなったエアコンの買い換え、コピー機も無事新しくした。

矢吹が再び荘介の事務所を訪れたのは、もう年が明けた二月だったから、多分、四カ月は経《た》っていたと思う。あのうさん臭い印刷物を納品してからぷっつりと連絡が途絶えていた。

荘介は「お久しぶりです」と頭を下げて挨拶した。矢吹は相変わらずで、高級ブランドのスーツに駱駝《らくだ》色の上品なコートを羽織っていた。

「また仕事、お願いできますか」

矢吹はこれ以上の清潔感は望めないだろうというさわやかな笑みを浮かべた。

食事に誘われた。打ち合わせかと思ったが、仕事の話は出なかった。いまはヤクザの世界も住みにくくなって、昔気質《かたぎ》ではやってはいけないとか、経済人と経済ヤクザの違いがわかりますかとか、そんな話だ。

「一店つき合ってもらえますか」

タクシーの中でも矢吹は取留めなく話す。

——あなたは知らないかもしれないけど、画壇ほど腐ったところはないんです。雑誌一つ取ったってそうです。厚さ五センチはある雑誌です。それが電話帳かと思うほどの人名で埋まっているんです。軽く一万人はいます。三行程度の氏名掲載に二万五千円から三万円を請求するんですよ。するとその掲載料だけでざっと二億五千万円から三億円が入る。作品を載せれば白黒で五万から十万、カラー写真なら十八万から百万円。加えて賛助金という名目で一口あたり八万から十五万円の金を集める。もちろん、雑誌の販売でも収益を上げます。でも画家が、いくらそういうやり方をくだらないと思っても、その業界誌に名前が載らないと、作品に値が付かないんです。なんたって、名前の下に、一号いくらって金額が書いてあるんだから。どんな駄作だって、号掛けるその金額がその絵の値段だってことなんだから。

画商は客に、その雑誌を見せて、ほら、これが適正価格なんですって、納得させるんですよ。絵の目利きのできない客は、そんなものかと思う。

雑誌をまとめ買いした上に、掲載料に賛助金を加えて振り込むと、号あたりの評価額がどんどん上がっていくんです。だから三行の名前の掲載に何万円も払い、法外な定価のその業界誌を買い、賛助金を送り続ける。それに比べたら、うちの出している雑誌なんかかわいいものですよ。少なくともインテリ面《づら》してませんから。

銀座の手前で渋滞に巻き込まれて、矢吹は車の中で延々と恨み言を——それは確かに恨み言に違いがなかった——を言い続けていた。さわやかさは消えて、まるで苦悩する芸術家のようだ。荘介は絵で身を立てようなんて考えたことはない。美大を出て、その経歴を生かせる仕事につくのはほんの一握りだ。だからどうあれこれでも出世した口なのだ。

やっと車は動き出し、高級クラブのぎっしりと入った通りで止まる。髪をソフトクリームみたいに巻き上げた女、まだ二月だというのに、スリップドレス一枚で客と戯《たわむ》れている女。

タクシーがドアを開けた。飴に群がる蟻のようだ。ああら、お待ちしていましたと艶《なまめ》かしい声がしたと思うと、二人はクラブに上がるエレベーターへと連れ込まれる。安物のジャケットの端を摑《つか》まれて、その力と勢いには、誘導ではなくて拉致ではないかと思う。

カウンターの中には蝶ネクタイをした黒服の男が二人いて、それは空気に溶け込んでまったく影のようだ。女たちはまさに蝶。歩いているのではなく、滑っているか飛んでいるかのようにその質量を感じさせない。大きな頭をゆらゆらさせながら、矢吹に群がってふわふわと立ったり座ったりしている。馬鹿高い笑い声がときどき上がって、突風のように店内を揺るがし、ホステスたちが追従の笑いを甲高《かんだか》くあげる。

金箔《きんぱく》の壁。ばかでかい花瓶に活けられたばかでかい花。

「こんなとこ、よく来るんですか」荘介は耳打ちした。

「どうせ泡銭《あぶくぜに》です。すぐに使ってしまわないと、縁起が悪い」矢吹はそう呟《つぶや》いた。

「泡銭？」

「株です」

矢吹はこともなげに言う。

「上場前の株を買うんです。上場したらまず上がります。売れば利益が出る」

矢吹はそれ以上説明しようとはしなかった。ただ荘介の目の玉を見つめた。

「金ってね、あるところにはあるものです。まるで紙屑みたいに無造作にある」

まあ、その紙屑ちょうだいとまた、若い女の甲高い声が空気をかき乱していった。

マンションに帰り着くと留守番電話に伝言が入っていた。一件は聞き取れず、もう一件は「エビス金融でございます。先月はご入金ありがとうございます。今月分が三日ほど遅れているのですが、またお忘れでないかと思いまして。またのちほどご連絡いたします」という、丁寧な口調の取り立てだった。

あと三日したら「あんたさぁ」って、人が変わったような口調で電話してくる。それから三日したらトーンを下げて「――舐《な》めてんのか」と電話してくる。そのあたりから貼り紙だ。それにしても、エビス金融の督促状、届いていたっけ。

なぜ二百万にもなったのかわからない。あちこちで小金を借りていたのは確かなんだけど、母が持って来てくれるから、そこそこ返していたはずなんだ。でも取り立ての電話がきて、督促状がきて。足すとなぜか二百万円になっていた。つい最近まで百二十万円だと思っていた。

でもどこにいくら借りているのか把握しているかといえば、していない。

荘介はソファにどさっと倒れこむと、天井を見つめた。

――上場したらまず上がります。売れば利益が出る。

矢吹は多分、インサイダー取引にかかわっているんだ。大きな金を動かしている人間の使い走りなんだろう。あんな印刷物を印刷するようなところをさっと捜してくる。使える「若い衆」なんだ。小遣いみたいに分け前を貰って、それで豪遊している。

金って、あるところには、紙屑みたいに無造作にある。そう言った矢吹の言葉が頭から離れない。

――アイスキャンデーの当たり棒に当たったことはない。高校の受験の朝は、かけたはずの目覚まし時計が鳴らない。ジャンケンにも滅多に勝てない。三分の一の確率にさえ、見放されている。そしてそれを恨めしく思っている。ホステスを両手に抱えても、矢吹には不思議と嫌らしさがない。ああいう人間じゃないとだめなんだ。おれみたいに、道に金が落ちていないかと探しているような人間じゃ、だめなんだ。

電話が鳴ったので取った。

「大浦荘介さんですよね。エビス金融ですけど」

どすの利いた低い声だった。

ああ、取るんじゃなかった。

荘介に、両手にホステスの肩を抱いた矢吹が浮かんだ。

矢吹はにったりと笑っていた。

いつもなら言うだけくれた母だった。でもその日、封筒の裏に書いてある金額は二十万円だった。

「おかあさん。ぼくは五十万って言ったんだよ」

母の顔に怒気が表れた。

「母はあなたの打ち出の小槌《こづち》じゃありません」

荘介は思わず頭を下げた。小言を喰らうときの癖だった。

「少しは自分で作ることも考えてみないと。お父さんは、母があなたにお金を渡していることに薄々気づいています。だからそのうち堪忍袋の緒も切れる」

それがどういう意味なのか、荘介にはよくわかっていた。

荘介には勘当された伯父がいた。伊達《だて》な人で、時計は舶来、スーツも銀座の仕立て。遊び仲間と大名気分で遊び回る人だった。身も固めず、ギャンブルこそしなかったが、飲み屋で勘定するときにはばっさばっさと紙切れを扱うごとく払った。することといえば株だの先物相場だの。大当たりすると芸者を揚げて遊んだ。祖父《じい》さんは終《しま》いに金遣いの荒さに腹を立て、伯父さんを跡取りにするのをやめて、勘当してしまったのだった。それで弟である親父が大浦家の跡を継いだ。いまの荘介に似ていた。荘介には伯父さんほど派手なところはないが、弟は出来がよく堅実で、兄である自分は甲斐性《かいしょう》なしで金食い虫だ。母は、これをお父さんに言ったら、伯父さんの二の舞ですよと言っているのだ。

「仕事はぼつぼつ入っているんです」

「でも出ている方が大きいんでしょう」

返す言葉がない。黙っていると母は財布の中から小さな銀の人形を取り出した。

「これをその、携帯にでも付けていなさい。ギリシャの神様で、金運が上がるそうです。お世話になっている方が貸してくれました。身に付けていると守ってくれるんだそうです」

よく見るとマリア様に似ている。母が早く付けろと見ているので、荘介は自分の携帯を取り出して、付けた。「おかあさん、いつから宗旨《しゅうし》変えしたんですか」

母はなんだかうんざりした顔をした。

「屁理屈《へりくつ》を言わずに、神頼みでもなんでもいいから自分でなんとかしなさい！」

マリア様が金運の神様になったとは知らなかった。まあギリシャの神様ならマリア様のはずもないんだけど。

机の上に置かれた二十万円の入った封筒を、ありがたく頂戴した。

エビス金融の取り立ては、他の金融会社よりも緩《ゆる》かった。お宅にいつ借りましたかと言ったときには、えらい剣幕で怒鳴られたが。それから口調を変えて長々と説明をしてくれた。記憶はなかった。でも、借金って、記憶のないものの方が多い。小口で、膨大で、その上似たような借り換えを繰り返しているので頭の中が追いつかない。そのためにコンピューターがあるのだから、任せておくべきだろう。

母に貰った金は借金の返済にあてるには足らなかったので、財布が膨らんだ。それで刺身や値段の高いソーセージなんかを買おうと、スーパーに行った。久しぶりの贅沢だ。レジに並んでいると、携帯電話が鳴った。

非通知だ。だれだろうと電話を開く。神様のストラップがぶらりと重い。

「矢吹です。いま、暇です？」

食事に誘われた。

確かに、金運の神様かもしれない。五分違っていたら、レジを通ってしまっていて、無駄になるところだもの——銀の神様に感謝して、刺身とソーセージを売り場に戻した。

今日は寿司屋に乗り付けた。矢吹は檜《ひのき》のカウンターに座ると、おしぼりで手を拭きながらネタを眺めて、ウニだの大トロだのと注文した。

「あと適当に見繕って」

遠慮なく腹一杯に食べた。矢吹はそれを面白がった。それから荘介の携帯のストラップを見て、くれませんかと言うので、これは母から借りたものなので、申し訳ないけど、だめですと言った。矢吹が「いい話ですね」と微笑《ほほえ》む。

「なにがですか？」

「幸運を呼ぶ神様をおかあさんが貸してくれたこと」

「知っているんですか？」

「それはそういう神様なんです。どこか向こうの神様ですよ」

「ギリシャだそうです」

矢吹はなるほどという顔をして頷いた。

またキャバクラに繰り出すのかと思ったが、矢吹は車の中であだのこうだの独り言を言い――一軒は今週二回も行っているし、もう一軒は目当ての子がお休みで、もう一軒は今日あたり、知ってるやつが来てるかもしれない――それから電話をかけたりして――はい。その方は順調ですから。明日には報告できると思います。はい、のちほど、のちほど――なんだかんだで結局ホテルへと車を走らせた。

眺望のいいラウンジで、小一時間も飲んでいただろうか。眼下に広がるのは小さな電球をばらまいたようなきらきらした光景。テーブルの上にはキャンドルが灯《とも》っていて、左右からざわざわと聞こえるのは取り澄ました笑い声。

ポロリンと大きな音がして、女の歌手がピアノの伴奏付きでジャズを歌い始めた。ピアノはいいが女の歌はうまくはない。どうせホテルの支配人が独断で入れたんだろう。支配人は歌なんか聴かずに、見てくれだけで決めたんだ。そしてラウンジに上がってこなきゃ、自分が雇った歌手がどんなもんだかわからない。この女もうまく世渡りする人間の一人だな。

そんなことを考えていたから「一口乗せてあげましょうか」矢吹がそう言ったとき、荘介にはなんのことだかわからなかった。気がつくと矢吹はじっと荘介を見ていた。

「株ですよ」

矢吹の前にはウィスキーのロックがある。とろけるように輝くとんがった氷。

「三月二十九日にジャスダックで公開されるんです。ブックビルディングでは十三倍の試算が出ています。証券会社はジェイビージェイ証券」

矢吹は、荘介の前に証券会社のパンフレットを置くと、ウィスキーのグラスをカラリと回した。

「十三倍は大げさですが、三倍は確実です」

ブックビルディングというのは、新株発行のときの株の価格決定方法だ。投資家に条件を提示して、いくらならどれだけ買いたいかという情報を集める。「需要積み上げ方式」とも言う。昔、友達がある電話会社の株を一株買って、自慢たらしく講釈してくれたから覚えている。

「十三倍……」

それがどういう意味だか、荘介には理解ができなかった。それはたとえば、公開前に一株一万円で買った株が、公開後には十三万円になって市場で売り買いされるということだ。十万円なら百三十万円、五十万円なら六百五十万円。上場と同時に売れば、瞬間で六百万円の金が転がり込んでくるということだ。そんなうまい話があるということが、よく理解できなかったのだ。

友達が買った電話会社の株も、額面五万円の株が、上場したら百二十万円の高値が付いて、六倍以上の申し込みがあった。市場で売り買いしようにも、手放す人間がいない。大蔵省が十万株を放出して、やっと始まった取引には百六十万円の初値が付いた。その後二カ月で一株三百万まで上がった。世間を騒がせたが、これでさえ上場価格の二・五倍だ。

「本当にそんな株があるんですか」

矢吹は涼しい顔で言った。

「あるわけないでしょ。これは詐欺なんですよ」

荘介はまじまじと、矢吹の顔を見た。

「そんな高値が付くとわかりきった株が、一般の投資家に流れると思いますか？　そんなものは、政治家か、情報を握っている人間たち、もしくは会社の関係者が買い占めちゃいます。ほんの少し一般投資家に流れたとしても、売買は抽選。積極的に買い手を捜す必要はない。そもそも、そんな優良企業の上場が、そうあると思いますか」

そしてそっけなく言った。

「未公開株で儲けようだなんて、当たるのを夢見て宝くじを買っているようなもの。そんなものに一口乗せてあげましょうかなんて恩きせがましい言い方をするほど図々しくはありませんよ」

荘介はごくっと唾を飲んだ。

それを見て、矢吹はそっと顔を寄せた。

——未公開株というのは真っ赤な嘘で、休眠中の会社を買い取って、そこの株を未公開と銘打って適当なブックビルディング価格を付け上場する。未公開株の詐欺というのは、普通は、買い手が揃って金が振り込まれたら、そこでドロンを決め込む。証券会社は架空、上場会社さえ偽物の場合もある。でもうちは違う。会社も株券も本当にあるんです。それを本当に上場するんです。うちの上が、そこの株をかなり握っている。ただ同然で買った株です。上場されれば、騙《だま》されて買った客のお蔭で株価はプラスに変動します。そこに何人か大口の買い手がつくと、それを吸って株価はまた上がる。一瞬ですが、それは一気に伸びるんです。一般投資家は道に金が落ちていないか鵜《う》の目鷹の目で路上を眺め回している怠け者です。証券会社は一般投資家なんてゴミだと思っている。投資家のためなんて考えていません。手数料さえ入ればどんな株だって売り買いする。そこへ、聞いたことのない会社の株が伸び上がる。情報を集めている時間なんかない。だれかが買ったら、われもわれもと買い急ぐ。その一瞬で売り抜けるんです。大量の売りが入った次の瞬間から、株価は暴落します。本来のゴミの価格まで。でも公開前の購入者から集めた金を持ってドロンすれば違法行為ですが、株は本当に公開されるわけで、その際、公開価格も守られている。違法じゃない。だからぼくらは何度でも繰り返しできるんです。

矢吹の目には確信があった。

われもわれもと買い急ぎ、株価が一気に伸び上がる。そんな光景を何度も見てきた。そんな目だ。

「ぼくはこれを詐欺だと思う。でも法律上は正当な株売買の行為なんです。株なんて所詮そのようなもので、ときどき得をするように、ときどき損をする。その範疇《はんちゅう》にあるんです」

「なぜぼくなんかにそんな話をしてくれるんですか」

「その神様を見て」

テーブルの上に置いてある神様。携帯を時計代わりに置いているので、親指ほどのギリシャの神様もテーブルの上に立っている。

「というのは嘘です。値を釣り上げるために何人か買い手が必要なんです。それであなたを誘ったんですよ。口の固い、信用のおける人でなきゃならなくて」

そしてウィスキーをチビリと飲んだ。

投資家なり証券会社が、実体のない会社だと気づくまで、せいぜい数時間のはずだ。その間にすべてを売り抜ける。勘の悪いやつが遅ればせに便乗して少しは買いが入るかもしれないが、実質の取引は終了だ。あとは、引っかかったと気づいた一般投資家がいかに損失を少なく売るかで、しのぎを削る時間が少しあるだけ。

「そんなに簡単に上場できるんですか」

矢吹はサラリと答えた。

「プロですから」

ふいに、あの春の日を思い出した。父親が使い切れないような金をくれた、あの日。

――弟に出した額の半分を、お前にもやろうと思う。

金融会社に返せないでいる二百万円をお前にやろうと思う――いま、だれかが耳元でそう囁《ささや》いている。

「大浦さんには特別に、いまの値段で売ってあげますよ」と矢吹が言った。

「一株百三十円です」

最低でも三倍になると言った。二百万円の利益を得たければ、百万円分買えばいい。三百万円になって還《かえ》ってきたら、借金が返せる。

百万円なら、弟に借りてもいい。必ず返ってくる金だ。だめなら短期で街金に借りたっていい。

「金は用意します」

矢吹は荘介を見つめた。

「では一千万円ほど」

――一千万円。

「少々の買いでは株価は上昇しない。上昇しなければ人は食いつかない。まさか、百や二百の端金でできると思っていたんじゃないでしょうね」

「そんな金――」

荘介は言葉を失った。そのとき矢吹の顔からあらゆる曖昧《あいまい》さが消えた。

「それでお父さんに二千万円の金を返せるんですよ。いままでに用立ててもらったのを足したって、お釣りがくる」

荘介は茫然《ぼうぜん》として矢吹を見つめた。

「実は消費者金融に友人がいましてね」

そのひと言で充分だった。調べれば、いつどこでいくら借りて、いつどういう形で返したかすぐに出てくる。金融会社はそういうデータを共有しているのだ。

「あなたが常習的に金を借りていて追い込まれていることは、見ていればわかります。でもあなたに店をたたまれると、ぼくはいざというとき困るんです。それで気になって、あなたの事務所の経営状況を調べました。ずいぶんなお金持ちの息子さんだったんですね。驚きましたよ。あの資産からいけば、お父さんの信用を取り戻せたら、一千万なんか微々たるものですよ」

あの資産からいけば――。

荘介に田舎の大きな家が浮かんだ。

山がどれだけ大きいか。駅前にどれだけの貸しビルがあるか。暮らしは質素で、家の中に金の匂いはなかった。

でも金がないわけじゃない。

矢吹が囁いた。

「十日間だけ借りればいいんです。二日でもいい。二十八日までに振り込む。二十九日に売り払えば、一千万円が三千万円になって戻ってくる。これほど確実なことはないんです」

その通りだと、荘介は思った。

そう思うと、からだの中からもくもくと力が湧いてくる気がした。

これはギャンブルじゃない。だって。

と荘介はゆっくりと噛《か》みしめた。

れっきとした詐欺なんだから。

「金は用意します」

矢吹はにっこりと微笑んだ。

「これでぼくも便利な印刷屋さんを失わずに済みそうです」

荘介が母に電話をしたのは、ホテルのロビーで二十万円の入った封筒を貰ってから、たったの三日しか経っていなかった。

一千万円と聞いて、母が言葉を失った。

「必ず返します。十日で返す。本当です。今度はほんとなんだ、おかあさん」

株の「か」の字でも言えば、一円だって貸してはくれない。それは火を見るよりも明らかだ。

「大きな仕事が入ったんです」

そしてたたみかけていた。

「ぼくだって親孝行はしたい。いつまでもこんなところでくすぶっているつもりはありません。十日間だけだ。頼むから」

荘介は本当に祈る気持ちで出来損ないのマリア像を握りしめた。

「返せる金なんです」

母から出てくるようにと電話があったのは、翌々日のことだ。

「ここに一千万円、あります」

座るなり、母は風呂敷に入った包みを机の上に差し出した。最近見ることのなかった毅《き》然《ぜん》とした——荘介が一番怖い母の顔をしていた。

「これは必ずお返しなさい。約束通り十日で返してくれなければ、お父さんに洗いざらい話します」

それは、このことがあなたの一生の運命を握っているという意味だ。いままで黙って金を都合し続けてくれた、母の不安と怒りもわかっている。でも口には出せないが、確実に返せる金なのだ。

母は目玉の底から荘介を睨《にら》みつけていた。母と息子は小さな風呂敷包みを前に、しばらく見合っていた。まるで相撲の立ち合いのように。

「返します」

そうして荘介は、母親から一千万円をもぎ取った。

三月二十七日のことだった。

「金は用意できました」

矢吹はおめでとうございますと言った。

「では急いでジェイビージェイ証券に振り込んでください」

荘介は矢吹の言う口座に、全額を振り込んだ。

「カモはうまくひっかかりましたか？」

「問題はありません」

振り込んで数時間後、矢吹から電話がかかった。

「無事、領収したと電話確認が取れました。明後日、三月二十九日の新聞を見てください。

上場されると、一気に上がっていくはずです。売り時はぼくの指示に従ってください。二日後には大金が転がり込んでいますよ」

その二日間のいかに楽しかったことか。

事務所は休んだ。矢吹の腕にあった時計メーカーの商品をカタログで眺めた。輸入車ディーラーまで出向いて、二台のドイツ車と一台のスウェーデン車を丹念に見比べたりもした。

だって三倍というのは最低額なんだから。十三倍から三倍——中を取って五倍としても。

荘介は考えたものだ。

五千万円だと。

翌日は不動産を見に行った。家中のくたびれた服をごみ袋に詰め込みたい衝動とも闘った。金が入ったら、事務所はたたむつもりだった。

なにをするかは考えていない。

ただ、いい車に乗って、いい服を着て、両親と弟夫婦を高級店に食事に連れて行くのだ。現金でばっさばっさと支払いをするのだ。父は驚くだろう、母は呆《あき》れるだろう、二人の甥ははしゃぐだろう、そして弟夫婦は心の底から喜んでくれるだろう。

騙される人たちには気の毒だが、世の中とはそういうものだ。騙すやつがいるということは、騙されるやつがいるということなのだ。騙されるのがいやならそんな危ない橋は渡るなってことなんだ。危ない橋というのは、落ちて大怪我をする可能性がある橋ってことなんだから。

この八年、いや、生まれてこのかた、こんなにわくわくしたことはなかった。

新聞の株式欄には「東証一部」「東証二部」というのと「ジャスダック」「マザーズ」「ヘラクレス」というのがあった。矢吹はジャスダックだと言った。見方はまるでわからなかった。産業別になっていて、そのアフトレックというのがなんの産業のところに載るのかも聞いていなかった。ただ、三月二十九日に、このどこかに「アフトレック株式会社」が載る。

それだけで充分だ。

七万七千株を買った。初値は一株六百五十円。上場と同時に売ったとしても荘介の懐《ふところ》には五千万円が転がり込んでくる。矢吹は、間違いのないように、上場と同時に売れと言った。証券会社に電話をかけて、いま売ってくれと言えば、その場で売ってくれる。そう言われていた。でも株価は最低、千六百円までは上がるだろうと言っていた。それまで待てば——荘介はまた電卓を叩く。

今度は一億円を超えた。

二十九日。

荘介は新聞配達のバイクの音が待ち切れなかった。新聞を取りに走る。

この二日間眺め続けた株式の欄を開けた。

三度見直した。業種だけでも聞いておくべきだったと悔やんだ。字が細かくて見つけられない。

矢吹の携帯の番号を押した。

しばらく呼び出したあと、留守番機能に切り替わった。

株価の動向を見るのに、電話どころじゃないんだ。

それでジェイビージェイ証券に電話した。五日前、矢吹の話の裏を取るために、アフトレックについて問い合わせた。あのときと同じように、ハキハキと事情を説明してくれるはずだ。

だれも出なかった。そうだ、まだ夜明け前だ。

荘介はインターネットでジェイビージェイ証券株式会社を検索した。

『ジェイビージェイ証券株式会社に一致するウェブページは見つかりませんでした』

一瞬、心臓がどくっと膨らんだ。

いや。これは詐欺なんだから。ジェイビージェイ証券がネットで検索できないのは当たり前のことかもしれない。でもアフトレック株式会社というのは、実在の会社なわけで。

二度、入力間違いをした。夜はすっかり明けて、隣室から水を流す音が聞こえ始めていた。

アフトレックという会社は検索に引っかからなかった。そしてその日午前十時を過ぎても、ジェイビージェイ証券にかけた電話はだれも取らなかった。

矢吹の携帯に何度電話をしただろうか。

騙されたと確信したのは昼過ぎだ。

矢吹について、携帯電話の番号以外なにも知らなかった。

荘介は放心した。

何時間ほどそうしていただろう。唐突に、荘介は母の言葉を思い出した。

――腐っても、米ならそれほど悪さはしないって言うんですよ。

白いご飯だけを信じてやっている分には、大怪我をしないということです。

あのときの母の顔が、自分を見つめる目が、頭の中一杯に広がった。

その瞬間、荘介は頭を抱え込んだのだ。

ああ、おれは取り返しのつかないことをした。そしてそれは多分、金の問題ではないのだ。返せないからじゃないのだ。

荘介は、こんなことに手を出したという、自分の愚かさ。それこそが決定打になるのだと、いまさらながらに気がついた。

待ち焦がれた新聞には映画案内。「新顔がズラリ」という謳《うた》い文句の外車の展示会。それに並んで美術展の広告。

「大絵画展　4月11日より開催
世界の名画を一堂に集め、忘れていたときにあなたを誘《いざな》います」
ルノワールのふくよかな裸体があった。その白さが、矢吹の石膏で作ったような白い歯を思い出させた。
矢吹が彼に笑いかけていた。銀の、観音様ともマリア様とも見分けがつかない神様がそこに立っていた。

ここに夢を見る女がいた。

筆坂茜《ふでさかあかね》という。

目が醒めると忘れている。でもいつも同じ夢を見ている。電話が鳴って、取ると、男の声が聞こえる夢だ。一年ごとに、ほんの少しずつ中の言葉が変わるだけであとは同じ。

寝覚めは悪い。茜はその朝も脂汗《あぶらあせ》をかいて飛び起きた。でも、目が醒めるとなんの夢だか忘れているのだからどうということはない。

筆坂茜は都内の外れの、駅から少し離れたところで小さなスナックをしていた。客は、近所に勤めていて、駅から電車一本で自宅に帰れるサラリーマンと、駅前の商店主だ。サラリーマンは終電近くになると潮が引くように帰っていく。商店主はシンデレラのように、十二時に近くなると慌てて店を出る。

「かみさんがね」

午前様にならない限り許してもらえるらしい。

あとに残るのは酔っぱらって、終電が終わっているということの意味がわからなくなっている者。酔い潰れて、寝てしまっている者。タクシーで帰れる、ちょっと金のある客。歩いて帰る根性のある、ほぼ家庭内離婚状態の男。あとは、店が閉まったあとに食事に誘おうと、チャンスを窺《うかが》っている男。

茜はどの男のことも、面倒だとか、さっさと帰ればいいのにと思ったことはない。

それが、自分で店を持つということだ。

酔っぱらっている客にはタクシーを呼んで、押し込む。尻の上がらない客は、別れを惜しんだあと、追い出す。「いまからもう一軒、どう?」という客は、二度までなら断って、三度目はつき合う。四度目以降は、三度目の懐次第で決める。そういう客がいない限り、一時には店を空にして、片付けをする。

客の求めに応じて、焼きそばとカレーは出す。あとのつまみは業務用スーパーで買って来たスナック菓子だ。それでも冷蔵庫は必要だし、食器も使う。若い女の子を一人使っているが、仕事が粗いので、接客と、簡単な料理は作らせるが、あと片付けはあまりやらせない。だいたい店が閉まるまではいない。客が減ってくると、先に帰す。親切心ではない。

店の内情を詮索されたり、内輪話をしたくないからだ。

だから一人で狭い台所に立つ。鍋を洗い、野菜クズを捨てて、シンクを磨く。店ではツケは厳禁だ。一日の終わりにはその日の収支と金庫の中の金とを突き合わせて、確認する。店は古くて、装飾は安っぽい。茜はその店内を最後にぐるりと見回して、安心して電気を消す。

パチンという音がすると、室内の光が消えて、一日が終わる。

タクシーを拾い、帰り着くと二時を過ぎる。

住んでいるのは築三十年のアパートだ。階段は鉄製で、ヒールの音が響くので、猫のように足音を忍ばせて上がる。

台所のシンクは入居したときから水捌けが悪い。だから台所ではできるだけ水は使わない。冷蔵庫を開けると、水はペットボトルからコップに注ぐ。口紅をべっとりとグラスにつけながら、飲む。

水道のコックをひねると水は流れずシンクに溜まる。流水にかき混ぜられて排水口からゴミと汚水が湧き上がり、汚水の中にゴミが舞う。

筆坂茜は八年前まで銀座のクラブに勤めていた。

銀座といってもピンからキリまである。しかし銀座は銀座だ。

勤め始めはいい時代だった。客は指名をくれたし、同伴出勤の相手にも事欠かない。客に連れられて、芸者を揚げて遊んだこともある。有名な鯛飯屋でまるまる一匹の鯛を炊き込む。炊き上がりの鯛飯はほんのり桜色で、桜の季節だったからだろう、吸い物には桜の花の塩漬けが咲いているように開いていた。

銀座は会社の金で接待の客を連れ込むところだ。景気がいいときは嘘のように金が舞うが、悪くなると会社は接待費から削る。すると、客は銀座に来なくなる。客足が遠のくと、ホステスの顔ぶれが変わり始めた。

ちょっと早くに店に呼ばれる。

「あのさ。明日、入らなくていいから」

「シフト、変わるんですか？」

「いや、そうじゃなくて、店に入らなくていいから」

「じゃ、——明後日《あさって》ですか？」

「いや、この先ずっと、入らなくていいってこと」

それで終わりだ。

指名も取れない、同伴してくれる客もいない。そんなホステスが辞めさせられるとき、茜はそれをかわいそうだと思ったことはない。あんたみたいな能無しは、辞めた方がいいのよ。あたしたちトップの苦労を思ってごらん。比じゃないから。

銀座のクラブで財布を出すのは無粋。勘定はあと払いだった。請求書を送る。客からの振込が遅れたら、ホステスが肩代わりしておく。だから無事払ってもらうまで、その客を逃がしてはいけない。

指名が増えて、成績が上がると、時給は上がるし、店だって儲かる。そうすれば店から大事にされるし、なによりほかのホステスに大きい顔ができる。だからたとえ振込が遅れても、来てくれればありがたい。中には払わない客もいる。でもだいたいは、ある日ポンと払われてくる。

でも、三人が一晩遊んだらいかにおとなしく座っていても、サラリーマンの安月給なら二回で消える店だ。五人連れて来て、高いワインを開ければ三十万円、酔って高いシャンパンを続けざまに三本開けた客もいた。払ってくれれば大層な成績だが、支払いが滞ればそれがそのままホステスの借金になる。

茜が勤めていたクラブは、ママは雇われで、後ろには金融業者がついていた。店から借りた金には利子が付く。

でもそれを怖いと思うことはなかった。トップクラスのホステスに肩代わりはつきもので、その金額のかさはそのホステスの度胸であり、プロ根性でもある。

熾烈《しれつ》なホステス同士の順位争いの中で、上位に食い込むほど自分が肩代わりした金なんて考える暇がなかった。景気よく金を使う客が連れて来た客は、だいたい、次には自分の客を連れて来店した。少々踏み倒されても、埋め合わせがつけばいい。だから、飲み代を払わない客が平然と来店するとき、胸には煮えくり返る思いがあったとしても、おくびにも出さなかった。

おだてて甘えてときには身体を張って。

会社の接待費が削られたとき、ホステスたちには、回収の目処のない肩代わり金がのしかかった。

すると店は空前の空騒ぎを始めた。客が減ると店が寂れる。店が寂れると客が減る。そうなると借金を負ったものには返すあてがなくなる。だから無理でも客を引き込んだ。

借金に潰《つぶ》されるのが先か、客から金をもぎ取るのが先か。

銀座の夜に命懸けのゲームが続いた。

肩代わり金が一千万円を超えた日、茜は帰りのタクシーの中でぼんやりと東京の夜明けを見た。運転手に金を払ってタクシーを降りて。

――回収はできない。埋め合わせることもまず、できない。

茜には他のホステスが持っているような教養はなかった。ただ、人生を生きる勘だけは動物のように備わっていた。茜は閉めた玄関のドアを後ろ手にしばらく立っていたが、そのままリビングに行くと、銀行通帳と印鑑と健康保険証を鞄に入れて、いま脱いだ靴を履いた。上がってきた階段を降りる。そのまま駅まで歩いて始発を待った。始発電車に乗ると、乗った電車の終点まで行き、そこからまた乗り換えて終点まで行き。まる一日、電車に揺られてひたすら東京から離れた。

しばらくして、人の噂に、店が潰れたと聞いた。ママは雇用主と関係があったから、大丈夫だっただろう。当時売り上げを競ったホステスの何人もが「吉原に沈んだ」——風俗に身を売ったと聞いた。それは、茜が逃げ出すのと一足違いだった。

その後五年間、東京圏内には一度も足を踏み入れなかった。

実家にも寄らない。温泉街や地方の歓楽街に勤めた。見知った人が来ないかといつもびくびくし、短い期間で移動を繰り返した。

茜が東京に舞い戻ったのは三年前だ。店はそのときから始めた。

男は自分がもてないことを自覚するのをとても悲しむ生き物だ。甘い言葉をかけてやると、喜んで金を落とす。女が寄ってくるのは金が目当てだと知ってはいても、自分が金を使うのはそれとは関係ない。あくまでダンディズムで、もしくは興だと繕い、落とす。そのくせ最後には「気を持たせやがって」と捨てぜりふを吐く。茜はそういうのを聞くと笑ってしまう。

男が踏み倒した金のせいで地方のキャバクラに身を隠した。そこにも、金を払えば女をなんとかできると思っている男が溢れていた。売り上げを上げたくて支払いの滞る客の支払いを肩代わりした自分たちだって悪い。でも、ホステスが肩代わりすることを見越して群がってきた男たちがどれほど多かったか。

江戸の仇を長崎で討ってはいけないかもしれないが、結局男であることに間違いはないのだから構わない。

あたしは男たちに、自力では得られない夢を、ひととき与えているんだから。

慈善事業よ。

でも回転資金が必要なの。

ボランティアに行ったたって交通費と食費は出るんだからね。

いまも一人、ちょうど頃合いの男を抱《かか》え込んでいた。

安福富男《やすふくとみお》という。

もう四十に届こうかという茜は、ぴったりと肌に張り付くドレスを着るだけのスタイルと、ポリエステルのドレスを絹かと思わせる優美さをいまだ持っていた。身体の線から熟れた——少し崩れた色気が立ち上る。安酒場にしか通ったことのない男たちは喜んで、しかし酔うとしつこく絡んだ。ときには金を払ったのだからおれさまに跪《ひざまず》けとばかり、居《い》丈高《たけだか》になる客もいる。わずかな金の元を取ろうとする客を、機嫌を損ねることなくあしらっていく。富男は、そんな神経を使わせない数少ない客の一人だった。

「とみおさん」と呼びかける。彼はにっと笑う。ただそれだけで、呼びつけたりつまらないギャグにつき合わせたり、今度どこどこに行こうなんて無理難題を押しつけたりしない。

茜の手が空《あ》くまでおとなしく飲んで、素人《しろうと》のアルバイトに相手をさせても機嫌よく時間を潰し、茜がテーブルに戻って来る時間がなくても、嫌な顔一つせずに週に三度は通って来た。

富男は来ると最後まで残って、タクシーで送ってくれる。そのときにはバイトも帰しているので、二人きりだ。そういうときでも富男は酔った振りをするということはない。甘えてくることもない。何を考えているのかわからない。何をしているのかもわからない。こんな客が銀座に来たら、なにかとんでもない男だと思うだろう。でもそんな男はこんな外れのスナックに通って来ない。

富男はときどきプレゼントを持ってきた。客がよく持ってくる、外国で買ったというけばけばしい偽ブランド品なんかじゃなく——質屋が失笑するようなものでなく——趣味のいい、本物のブランド品だ。店を閉めたあとに食事に行くときは、タクシーを飛ばして高級寿司店の暖簾《のれん》をくぐる。それは懐かしい遊び人の匂い——それも、本物の遊び人の匂いだった。

「なんでそんなに通ってくるの」と聞く。

「茜さんのことが好きだからだよ」と富男は答える。

富男とホテルに行ったのは、それが客を囲い込む一番間違いのない手だったからだ。

富男はそこいらの兄ちゃんのような格好をして、仕事をしているようにも見えないのに、とにかく金を持っていた。

富男はそれを株だと言った。「おいしい話は、あるところにはあるんだよ」

そんな話は銀座で働いていたときに聞き飽きていた。みんなそんな話をしてあたしから借り倒したんじゃないか。

いつだったか。あれは確か年の瀬も押し迫ったころ。客の引けた閉店間際の店内で、茜がテーブルを拭いていると、富男が言った。

「茜さんの指、どこの指だか知ってる」

その日も富男は最後の客だった。コップに半分残ったビールはとっくの昔に気が抜けていた。

茜はゆっくりと、テーブルを拭く手を止めた。

富男が「銀座」

と言った。

銀座の女の指には節がない。白魚のように白くて長い。面接では指を見る。顔と、胸と、そして怪しげに動くことになる手と。グラスに添える。ライターを近づける。するりと客の腕の中に滑り込ませる。ダウンライトの世界で白い指は妖しく動く生き物だ。器量がよくても手の綺麗でないホステスは長続きしなかった。

「富男さんて、遊び人なんだ」

「銀座に出入りすることが多かっただけですよ」

「いまも?」

「いや。いまは行かない。もう用事がないから」そして独り言のように呟いて、気の抜けたビールを飲み干した。

「あんなところに行かなくったって、金は入るもの」

銀座。

あれほど警戒していた言葉だった。それなのに、銀座の女の指という言葉が心のどこかで嬉しかった。

「あたしの働いていた店、知っていたかもね」

ホロリとそう言った。

「かもね」

富男は冷蔵庫を開けると、ビールを出した。

「店、持たせてあげようか。もっといい店」

「よく聞いたセリフ。世の中においしい話はないのよ」

いまでは店でマイナスが出たら、富男に無心する。彼はもったいぶりもせず、言うだけの金をくれ、茜のアパートに泊まって帰る。

かつて茜が男たちのために使った何十分の一ではあるが、そうやって男に金を落とさせている。それに罪悪感を感じたことも、感じないといけないと思ったことも、ない。

店は路地の飲み屋街の奥、ポツンと離れたところにある。

大昔に流行《はや》った赤いビロードの椅子に、漆黒《しっこく》の木製のテーブル。昭和の匂いがそのまま残っているのは、築四十五年の店だからだ。

解体されようとしていたところを買い取った。一千万円の肩代わり金は働いていたクラブのオーナーに借りたもので、金融会社にしたものではなかった。東京を離れてからはカードローンさえ使ったことはない。金を借りたらあのクラブのオーナーに居所を知られるのではないかと思ったから。絶対に、それだけはしてはならないことだった。だから書類上は借金をしたことのないまっさらの身だった。それでも信用金庫でローンを組むのに、これまで地方で逃げ回るようにしながら働いて貯めた金をすべて吐き出した上に、持てる知識と経験のすべてを披露して訴えなければならなかった。保証人をと言われて、古い手帳を捲《めく》って、二本、電話をかけた。二人ともよく話は聞いてくれたが、保証人になってはくれなかった。一人には「あんまりいい場所じゃないね」——そう言われた。

結局、物を言ったのは、店の購入資金、開店資金、当座の運転資金、住むアパートの敷金など、必要な費用の半額にあたる現金を持っていたことだった。返済できなくなったときには店を取れば、銀行にリスクはない。

東京を離れている間、食べる物はスーパーの半額の時間帯に買った。友達は作らず、外に飲みに行くこともしなかった。髪は自分でセットした。銀座に勤めていたころには見向きもしなかった安いエナメルの靴をはき、安売りセールで山積みになっている、もしくは古着屋で「どれでも百円」のダンボールの中にねじ込まれている時代遅れのドレスを買って、自分で手直しして格好を整えた。

田舎の町の路地裏で派手で安っぽいドレスを着ていると、ただそれだけで男たちが声をかけた。まるで娼婦だと思い込んでいるように。

町から町へと動くとき、特急券を買わないで、時間をかけて移動した。長い移動の時間を、車窓に流れる風景を見て、耐えて、耐えて。知らない町へと流れて行って。

町に着くと、駅のトイレで着替えをした。ヒールの高い靴をはき、化粧を整え、たとえ冬でも肌に張り付く薄い布地のワンピースを着て、口紅を塗った。それからかつかつとヒールの音を響かせながら、大きなトランクを引きずって、飛び込みで面接を受けていく。決まるまで、宿も取らずに歩く。歓楽街の採否決定は早い。決まれば翌日からだ。腐っても、銀座でナンバーワンを争った身だ。金をつぎ込んだ肌と、男に一晩で何十万も払わせたその目つきが、たかだか数年で衰えることはない。胸の谷間が相手の視界にちょうど納まる位置に身を置く。どの角度が一番刺激的に見えるかを一瞬ではじき出す。だから着いた日に職が決まらないことは滅多になかった。職が決まると安宿を取る。でも翌朝には引き払い、また大きなトランクを引きずって、今度は不動産屋を訪ね歩く。条件に合うところがあればその場で借りた。トランクに入っているのは、下着と寝間着と靴下、化粧品、あとは商売用のドレスと靴だ。小さな部屋にドレスを吊った。

家電はまとめて中古品をリースした。必要な生活雑貨は百円ショップで買い揃えた。町を離れるときにはそのすべてを捨てた。靴とドレスと化粧品とわずかな下着をトランクに詰め込んで、特急券の要らない列車に乗る。

茜はこの店を買うとき、そうやって貯めた金のすべてを吐き出した。この、水の詰まるシンク、靴音の響く鉄の階段、深夜の靴音に聞き耳を立てて、嫌がらせの電話をしてくる隣人。仕事のできないバイトとくたびれた背広を着た客。色の褪《さ》めた椅子、傷の入ったテーブル。ポツンと群れから外れたような場所にあるスナック「あかね」。そのすべてが、いま、トランクを開けたあとに広がるすべてだ。長い長い旅の末にたどり着いた町。

この町を愛しているわけではない。店を持つなら東京から離れた所がよかっただろう。ただ、解体されようとする安酒場に我が身の哀れが重なった。

どこに友達がいなくても、お前と友達でいよう。お互い、一度は死んだもの同士。そう思えば仲良くやっていける。時代遅れの椅子の赤いビロードを見て、そんなことを考えた。

この暮らしが自分に相応《ふさわ》しい気もする。それでも三年経ったいま、なぜ、もっと幸せな生活が――心にゆとりのある生活ができないんだろうと思うこともある。

そう思うと、その理由を思い出す。

自分がいまだ逃げている身だということ。

シンクの水がやっと流れ落ち出した。そうして、汚水とともに上がってきたゴミがシンクの奥へと、再び吸い込まれていく。ゴミは見えなくなったが、なくなったわけじゃない。腐った水の行く先に張り付いているだけ。水が流し込まれれば、必ず浮かび上がってくる。

店を持ってから、茜は毎日電卓を叩いた。水道、電気、電話、料理の材料費、ビールや焼酎の仕入れ代金、人件費、交通費、家賃のすべてを細かくノートに整理した。ノートには数字が一円単位で並ぶ。信用金庫の金は毎月きちんと返済している。

ときどき銀座で働いていた昔を思い出さないでもない。シルクのドレスをぴっちりと身に張り付けて、一晩に百万の売り上げを争った。客が取ったということにしていた寿司の出前（実際に客が払うことだってあったのだ）は銀座の老舗《しにせ》高級店のものだ。プレゼントに五十万円を下るものを持ってくるやつはいなかった。髪と爪は毎日美容院とネイルサロンで手入れした。休みの日にはエステに通った。

路上で客を送るホステスの甲高い笑い声と、北風の中をたった一枚シルクのドレスをまとっただけで歩く強がりと。思い出す銀座の光景は蜃気楼《しんきろう》のようだ。そしてその光景の向こうに、自分の踏み倒した金額がぬっと立ち上がる。そうしてしばらく神経が抜けたようになる。身震いして細かい数字がびっしりと書き込まれたノートの、その文字を、見るのだ。

その夜茜はまた脂汗《あぶらあせ》をかいて飛び起きた。

受話器の向こうから男の声が聞こえる夢を見て。


その朝、茜は一本の電話で目を醒ました。

鳴ったのは固定電話だった。まだ暗い。時計を見ると四時だった。横になって二時間も経っていない。

茜はのろのろと受話器をあげた。

電話の向こうで、男の声がした。

「一千万円に年利二十九・八パーセントの延滞遅延金が付いたら、八年でいくらになると思う？」

その瞬間、心臓が石のように堅くなった。——八年で。

八年。

次の瞬間、心臓が爆発したように動き出した。茜はそのとき初めて、自分が何度も脂汗をかきながら飛び起きるときの、夢で聞く男のセリフを耳に聞いた。そして夢に現れたそのセリフの一つひとつを鮮やかに思い出したのだ。

一年目はこう言った。「一千万円に年利二十九・八パーセントの延滞遅延金が付いたら、一年でいくらになると思う？」

二年目はこう言った。「一千万円に年利二十九・八パーセントの延滞遅延金が付いたら、二年でいくらになると思う？」

五年目はこう言った。「一千万円に年利二十九・八パーセントの延滞遅延金が付いたら、五年でいくらになると思う？」

そしていま、八年の月日が流れていた。

受話器を持つ手が震えた。

「遅延金だけで二千八十六万。しめて三千八十六万円ですよ、筆坂茜さん」

そして男は言ったのだ。

「法定金利を守ったまともな金融会社だったとしてもね」

電話が切れた。

茜はからだが固まって、握りしめた受話器を置くことができなかった。

見つかった――。

三月十五日の朝だった。

その朝から取り立てが始まった。

それは絵に描いたようだった。

電話は深夜でも早朝でもお構いなしだった。

「口座番号を言いますから、そこに振り込んで欲しいんですよ。近いうちに若いのを行かせますから、よろしく。言っときますけど、逃げられると思ったらいけませんよ。八年前はまんまとやられましたけどね」

アパートの入り口には赤い字で「借りた金は返せ」「借金に時効はありますか」と印刷された紙が貼られた。

無言の電話は何十回。電話のコードを引き抜いた。

なに、これ――店でバイトの女の子が電話を取ったあと、そう呟いた。

「茜さん。電話切れちゃったんだけど、ここの電話のコードも抜く気ですかって、茜さんに聞いてって」

帰ると玄関先にスズメの死体があった。店には五十人前の高級寿司が届いた。

そして電話が鳴った。

「もっと効率のいい稼ぎ方、知っていますよね」

知っている。銀座の女がそこいらの風俗に行けば、からだがぼろぼろになるまで客がつくって聞いたことがある。完済できるまでからだが持たなければいい薬をくれる。その薬代もまた、借金に組み込まれる。高級ホテトルなら単価が高くて早く完済できるが、危険だそうだ。どんな要求に応えないといけないのかまるでわからない。だいいち茜の年ではもう無理だった。

茜は客の隣に座っていても上の空だった。思い出したように笑ったり合いの手を入れたりするだけだ。客のダブルのウィスキーを横から掴んで飲み干して、客の膝にしなだれかかる。客が喜んで手を叩いた。

――いっそのこと、銀行強盗でもしようか。失敗したって警察に保護してもらえる。あいつらに身ぐるみ剝がされてぼろぼろになるよりはいいかもしれない。

でも出所したらまたあの電話がかかってくるのだ。新しく延滞金の計算をして。

見慣れた店の天井が、滲《にじ》んで眩《まぶ》しく見えた。

客は雑貨屋で買った鼻眼鏡をかけていた。プラスチックの鼻が付いた、おもちゃの眼鏡だ。バイトのミミが、その客の頭に、去年のクリスマスに使った赤いとんがり帽を被《かぶ》せた。客はげたげたと笑って喜んだ。

茜はその鼻眼鏡の鼻を見つめた。

プラスチックで作られた鼻眼鏡。それをかけて、季節外れのサンタクロースの帽子を被って、一人で悦に入っている。客の城田《しろた》は四十に手の届く独り者だ。ふらっと来て、だいたいは酔いつぶれて店が閉まるまでいる。ネクタイを緩めていて、ぶらぶらとその先が遊んでいた。ブランドの高級品だ。

茜はむくむくと起き上がると、城田のコップにビールを注《つ》いだ。

「城田さんって銀行員だっけ」

男ははははと声を上げて笑う。

「違いますよ、前も言ったじゃありませんか。俺、出向させられちゃって。つまんなーい所です」

「でも銀行員なんでしょ」

「給料は銀行から出ているんですよね。でも仕事場は銀行じゃありませんよ。さて、それを銀行員というのでしょうか」

節をつけてそう言うと、チンチンと灰皿を箸で叩く。ミミが鼻眼鏡を城田の顔から取って自分の顔に乗せた。城田は帽子もミミの頭に乗せようとしたが、ミミは「せっかくのセットが乱れる」とのけ反って、城田はそれを追いかける。「乱れて、乱れてよぉ」

「城田さんて、じゃあ、札束見たことがあるんだ」

茜は笑いかけた。

「あたし、銀行の景品が欲しいのよ。最近けちでさ。くれないのよね」

えーと。ティッシュと、タオルと、マグカップと、うーんと。

城田は座りなおすと、景品の種類を指を折って数え始めた。

あたしが欲しいのは、そんなんじゃないのよ。

「札束って、ワクワクする？」

城田は言った。

「モノ。あんなのは、モノですよ」

その瞬間、ミミが手を叩いて笑った。

「そのモノ、持って来てェ」ミミは、ブラウスのボタンを一つ外すと、胸の谷間を城田に突き出した。「一枚入れて欲しいのォ」

城田は瞳をキラキラさせると、ポケットから財布を取り出し、瞬間の迷いを見せたあと、一万円札を一枚、ミミの胸の谷間に差し込んだ。

カウンターに戻ると、富男が言った。

「茜さん、いま、金の心配しているでしょ」

そして笑った。

「顔にそう、書いてある」

本当だと思った。

ミミがカラオケを入れる。城田はネクタイを頭に巻き付けた。古いミラーボールが回り出した。城田はミミの腰に手を回し、ちょっと外れた音程で声を張り上げる。

それに富男は機嫌よく手拍子を打ち始めた。

富男は時計をまた新しくしていた。ピカピカの高級時計だ。見ているうち、なんだかこの男が憎らしくてたまらなくなった。あたしはこんなに苦労をして、それでもまだ追いつめられていくというのに。

——茜さんの指、どこの指だか知ってる。

そのとき茜は思い出したのだ。この男だけが、昔銀座に勤めていたことを知っていたことを。

五メートルほど向こうでは城田が、ネクタイを頭に巻いて鼻眼鏡をかけて、半分酔い潰れながら片手にマイク、片手にミミを摑んで、歌っていた。ミミを摑んでいるというより、ミミに振り回されている。

茜はミミに囁いた。

「今日はもういいわ。明日遅れないで来てね」

城田は一人で機嫌よくチンチンと灰皿を叩いている。帰り支度をして奥から現れたミミを見てポカンとしている城田に、茜がにっこり笑った。

「ああら、城田さん。邪魔者を追い出しちゃうのよ」

ミミが帰って、店内には茜と富男の他には城田だけだ。城田はまた鼻唄の伴奏に灰皿を叩き始めた。脱いだ背広はくちゃくちゃになって席に放り出されている。こうなると城田は閉店まで尻を上げない。

茜は新しいコップにビールを入れて、その中にウィスキーを流し込んだ。そしてそれを持って城田の席にいくと、城田の隣にしなだれかかるように座り、肩をすり寄せた。胸の谷間が城田の視界にちょうど納まる位置だ。商売だけは真面目にやっている。

城田はまんざらでもなさそうに、へらっと笑った。茜はウィスキー入りのビールを城田に渡すと「今日は酔っぱらっちゃおうかしら」そう言って、そこにあったグラスを持って、城田のグラスに軽く当てた。チンと音がすると、城田はまるで調教された動物が合図を貰ったように、一気に飲み干した。茜は城田の十八番の「北の宿から」を入れ、こっそりとボリュームを上げた。

城田はマイクを摑む。茜はそれを見届けると、城田に気づかれないようにゆっくりカウンターに戻った。

前奏は爆音のような音量で始まった。城田が奮い立つようにソファの上に立ち上がった。その瞬間、茜は富男の襟首を摑んで思い切り引き寄せていた。

「あんただろ」

富男はつんのめって危うく持っていたコップを落としそうになった。

「あんたなんだろ、あたしのことを『花蓮』のオーナーにちくったのは」

富男の顔は鼻先にある。茜は富男の襟首を摑んだ力を緩めなかった。むしろぎゅうと締めつけた。

「あんたしか知らないんだ。あたしが銀座に勤めていたことは」

曲は佳境に入り、城田はソファの上で店が振動せんばかりに歌い上げ始めている。

富男の襟首を摑んだまま、鼻先で言い続けた。

「そりゃ、一千万円は踏み倒したさ。でも客の飲み代のうち八割は店の利益じゃないか。五千円のワインを十万円って吹っかけてさ。それを払わないからってあたしに十万を請求する。あたしの客が店にかけた損害は二百万にもならないだろ。それをいまさら。八年も経っていまさら」

茜は言葉に詰まった。悔しくて、腹立たしくて、言葉にならなくなったのだ。

富男は呆気に取られたように茜を見ていたが、やがてまるまると目を見開いた。

「ほんとに困ってたんだ」

城田はソファに転がって、頭にネクタイを巻いたまますやすやと寝息を立てていた。

茜は黙っていた。でもすべて話したのと同じだった。八年前「花蓮」という銀座の店に一千万円の借金をしたまま踏み倒して、いま、その返済の督促が来ているということ。八年放っておけばいくらに脹《ふく》れるものかを、富男は理解していた。

富男はひどく心配そうだった。

「茜さんが金借りたそのクラブの元締め、マジ、質《たち》悪いですよ」

なんの足しにもならない情報だ。茜は元締めの名前も知らない。知りたくもない。質の悪いことは、仲間が吉原に沈んだことからわかる。

「いくらになっているんですか」

「三千八十六万。いまも毎日増えているのよ」

そのとき富男が言った。いい株の話があるんですと。

いままでならそんな話には一切耳を貸さなかった。世の中にはうまい話はないということを、その身に叩き込まれていた。

富男は壁に留めてあるくすんだカレンダーを見た。今日、二十五日ですよね。そして「間に合うな」と呟いた。それから、城田をチラと見やって、茜に向きなおった。

「三日で三倍になって戻ってくるんだ。最低でもね。でも一千万円単位でしか参加させてくれないんです。五百万はぼくが用意してあげるよ。取りっぱぐれのない話だから。だってね」富男は罪のない顔で言った。

「これは詐欺なんだ」

詐欺——。

携帯の着信音が音量高く鳴って、茜はビクンと身を震わせた。ソファの上で城田が、まるで警報を聞くように飛び起きた。寝ぼけたまま、手探りする。背広を掴むと、抱《かか》え、それからズボンのポケットから携帯電話を取り出し、丁寧に切ると、また眠ってしまった。

「大丈夫。正体不明に寝込んでる。茜さんがビールにウィスキーを混ぜたから」

富男は事細かに説明をした。株に詳しい人間と内部情報が取れる銀行員が仲間にいて、それでくずの未公開株を大量に仕入れて公開し、買い手がついて値が上がったところで売り抜ける。

富男はいろいろ話してくれたが茜の頭にはほとんど入って来なかった。

一千万円が三倍で三千万円。茜の頭にあったのはそれだけだ。

街の金融会社に借りたことはない。店を担保にしたら五百万は貸してもらえると思った。

「ただ、二十八日までに用意できないと無理なんです」

今度は茜がカレンダーを、穴のあくほど見た。どんなに見たって、あと三日しかない。

茜は富男の腕にある時計を見た。三百万円はするだろう、そのぴかぴかの腕時計を。

「女はね、貸してくれやすいんですよ。最後には稼げることがわかっているから」

憎々しく時計から富男に目を移した。

あいつらの手に落ちたら店を取られた上に「身を沈められる」。だったら店を担保にして金を貸りることに生き残る希望こそあれリスクはない。

翌日茜は店の権利書を持って街金融に行き、二十六日、五百万円を借り受けた。


「そちらはどんな様子ですか」

「いまかっちりくわえこみました」


その夜、五百万円を富男に渡した。富男は自分が持ってきた五百万円を机の上に置いた。

「これで一千万円。三日で十三倍。最低でも三倍の三千万円です。ぼくは元金の五百万円だけでいいです。茜さんに残りは全部あげる。向こうだって、それでちゃらにしてくれますよ。だって元が一千万円なんだから。だめならぼくがこの五百万円もあげます」

「三日――」

「三月二十九日です」

富男は証券会社のパンフレットを机の上に置き、それから机の上の一千万円を鞄に入れた。

三日後の三月二十九日、富男が言っていた会社は新聞には載っていなかった。

茜は富男が店に来るのを待った。

富男は現れなかった。

携帯電話も通じなくなっていた。

放り出された新聞には、広告の中で、ぼってり太った裸の女が微笑んでいた。

「大絵画展　4月11日より開催

忘れていたときにあなたを誘います」

二

三月十六日。

銀座。

「大絵画展　4月11日より開催」

カンディンスキー、ピカソ、セザンヌ。新聞の広告欄の端にある、十センチ角ほどの小ぶりの広告には、耳に覚えのある画家の名が並んでいた。

ルノワールのふくよかな裸婦が少し身体をねじって、こちらを見ている。日野智則《ひのとものり》は自分の画廊の中で、その文字を見つめていた。

「忘れていたときにあなたを誘います」

日野智則は新聞を持ちなおす。小さい手にはたっぷりと肉がついて、関節ごとにえくぼのような窪《くぼ》みができている。カラーから弛《たる》んだ首の肉がはみ出して、動くたびにそれがたぷたぷと上下した。

ウィンドーの向こうを、人が歩いて過ぎていく。日野は新聞から目を上げて、少しの間、気難しい顔で通りを眺めていた。それから時計を見て、また新聞に目を落とす。

時計の針が二時十分を指したとき、画廊の玄関のドアが開いた。

画家の戸倉秀道《とくらひでみち》が平たくて大きな長方形の包みを持って入って来た。

日野は見る見る満面に笑みを湛《たた》えると、新聞をテーブルの上に置き、立ち上がる。

新聞は折れて、大絵画展の文字が隠れ、ルノワールの裸婦が半分になる。

「お待ちしていましたよ」

戸倉秀道は無愛想に、持ってきた包みを壁に立て掛ける。日野は、それをさもいとおしそうに見つめると、包装を解《と》いた。

中から出てきた絵には、餓死寸前かと思われる裸の人間が五人、蠟燭《ろうそく》の炎のように揺らめきながら細長く描かれていた。バックは薄い青だ。地模様のようになにかが描き込んであるのか、ただ青が濃淡になっているだけなのか、判然としない。そこに、五人の裸体は消え入りそうだ。

空洞の目。窪んだ頬。

日野はしばらく見つめ、にっこりと笑った。

「繊細な出来ですな」

「そう思いますか」と戸倉は不機嫌に答えた。「こういう絵がわからない人間が多くて。

まったく。やっていられませんよ」

「ほお」と日野は意外そうに声を上げる。そして画家を椅子に誘う。二時二十分に持って来るように頼んでいたコーヒーが二つ、喫茶店から届いた。その場で勘定を払うと、コーヒーの置かれたテーブルには戻らず、なお絵に見入る。

戸倉は不機嫌にコーヒーをすすり「まあ、構わないんですけど」と言った。

「岡山の画展に出ることが決まってね」

「ほほお」と日野は目を輝かせる。

「個展ですか」

戸倉は馬鹿馬鹿しそうに手を一振りした。

「近代日本画家展なんていう、寄せ集めだよ。うちの先生が推したんだ」

戸倉が「うちの先生」と言ったのは、師匠の寺尾路人《てらおろじん》のことだ。

日野はやっと戸倉の向かいに座る。男は不機嫌な顔をして随分喋《しゃべ》った。日野はただ微笑して聞いた。二十分ほどすると戸倉は帰っていった。日野はそれを立って見送った。

戸倉が見えなくなったことを確認すると、日野の人相が変わった。

絵の前に戻ると、じろじろと眺める。

——繊細とは我ながらよく言ったものだ。オレンジジュースを水で薄めた味わいとでもいうのだろうか。この顔はムンクからいただいたものだというのは素人《しろうと》だってわかるだろう。もう少しましなものを描いていたと思ったんだが。

それにしても絵画展に出品が決まって内心躍り上がりそうに喜んでいるだろうに、あのもったいぶった様子はどうだ。それとも、最近では、寺尾が推さなきゃどこからも声がからないということを、本当に忘れてしまったのだろうか。

寺尾路人だって戸倉を跡取りにしたかったわけじゃない。娘が気に入った男があの戸倉だったというだけのことだ。正しく言えば、画壇で成功するには絵の修業より娘を口説き落とす方が確実だと戸倉は気づいていた。一番弟子には確かに才能があったんだ。しかし娘は一番弟子と結婚したいとは言わなかった。そして路人は技術の継承より富の世襲を選んで、戸倉秀道を後継者に据《す》えた。

だからあの男は腕前はどうあれ、路人の娘をたらし込んだそのときから、自分の絵にそのうち値が付くことを知っている。路人は美術協会の大御所だから。

まあ、妥当な判断だったかもしれない。「寺尾路人」が、娘の幸せを侵害してまで守るほどの名前じゃないということを路人自身が理解していたということだろう。

実際、最近では路人だってわが身が危ない。無理をしてモダンなものを描こうとするから、なおさら値が割れる。

日野は再び、戸倉の絵を見た。

モダン——綺麗でわかりやすく、丁寧をモットーに鯉と薔薇《ばら》さえ描いていればよかった時代、近代日本画家たちが最も敵視したもの。

彼らは自分たちの立場を守るため、浮世絵や日本画をモダンと言われることさえ嫌い、中には「絵画におけるモダンの定義」という議論をぶち上げて、フランス絵画が愛した日本のモダンと自分たちの絵画の源にある日本画とは、同じでありながら同じではないのだという、素人はもちろん玄人《くろうと》にだってよくわからないことを言い立てる者さえ出現した。アメリカ、ヨーロッパから印象派絵画が流れ込み始めたころのことだ。もっと言えば、日本の建築に彼らの描く絵が似合わなくなったころだ。彼らは、洋画の要素を取り入れた日本画を見れば、あからさまにこきおろした。寺尾路人など、その急先鋒だったのではなかったか。

それが、いまでは跡取りさえこのざまだ。

寺尾路人の絵に一定の値が付くのは、画商が結託して彼の値段を釣り上げているからに過ぎない。画界には厳格な序列がある。それは、日本には物故作家を入れても値の付く作家が三百人ほどしかおらず、その数少ない画家の絵を、一握りの画廊が独占しているからだ。弟子が世襲すると、画廊は自動的に、その弟子をお抱え画家として受け継ぐ。彼らは自分の扱っている作家以外は認めない。もしそういうシステムを批判したり、もしくは抱えている作家の価値を訝《いぶか》しむ作家が出てきたら、その作家を排除する。そうやって自分が継承している作家筋の値を上げ、利益を確保している。

日野自身、そうやってここ銀座で、画廊「日野」を二十五年間守ってきた。長い間、日本の美術界はこのシステムを大切にして仲間うちだけで暮らしてきたのだ。

画廊が寺尾路人の絵の価格を守るのは彼の新作を高く売りさばくためだ。路人が死んで、新作が出て来ないとなれば、価格を高く保つ意味はなくなる。路人の絵の値はみるみる十分の一にまで下がるだろう。そうなると戸倉が、寺尾路人の技を狂いなく身に付けたところで、だれが高い金を払って買おうと思うだろう。ただでさえ出来の悪い弟子である戸倉が、新境地を開いたような顔をして「モダン」というところに入り込もうとするのは、彼にすれば必然であり、進化でもある。

しかし彼らがモダンなものを描こうとするのは、所詮他人の芝に手を突っ込むようなものだ。恐る恐るやらないといけないし、勝手がわからないからろくな収穫がない。挙げ句、この幽霊のような絵を描いて一端《いっぱし》ぶるしか、自尊心を保つ術《すべ》がなくなる。

それにしても、この絵は。

苦しみはよく表れている。カンバスに向かう能のない男のその懊悩《おうのう》が透かし見える。まったく、能がないというほど悲しいものはない。

戸倉秀道は「能なし」を自覚していたわけではないだろうが、行動は、とても率直に「能なし」をフォローした。たとえば才能のある若くて無名の画家の絵を模写して自分の絵として発表することに、微塵《みじん》のためらいもなかった。多分、背徳感がない。背徳感を覚えたら、同時に画家として立ち行かない自分と対座しないといけない。意識と無意識は連動して保身を考える。

だから、能がないというのは悲しいのだ。

表通りでは、連れ立って歩く若い女性のバッグの金具に明るい春の日差しが反射していた。日野はそれをぼんやりと眺める。

若くて無名の画家——。

五年前、あの若い男がやって来たのも、ちょうどこんな春の日だった。

絵の具の付いたジーンズを穿《は》いて、白いTシャツを着ていた。髪は伸ばしっぱなしで手入れがなく、くしゃくしゃしていた。彼が抱えている風呂敷包みは大きくて平べったくて、四角だった。画家を志すものだとすぐにわかった。

心細そうで、しかし日野を見つめる視線は一途《いちず》だった。

「ぼくが描いた絵なんですけど、見てもらえませんか」

彼はおずおずとそう言うと風呂敷を解き、丁寧に布にくるまれた絵を三枚取り出した。

日野は見るともなく見、気がつくと画上に視点を止めていた。

それから三枚の絵に一つ一つ視点を移動させていった。

絵は、遠近法を無視したモダンな日本画だった。でも奇をてらったものではない。桜の花びらのピンクが、女の爪に塗られたマニキュアを思わせる。すこし、北斎の匂いがしていた。

若い画家は日野の様子を期待と不安を持って見つめていた。

日野は青年に向きなおった。

「こんな絵を描く人間なら、文字通り、掃いて捨てるほどいる。美大生でもいまでは器用にそれなりの絵を描きます。あなたのこの絵と、美大の学生が遊び半分に描く絵と、どこが違うんでしょう。学生でも描くかもしれないと思うような絵に、人は大枚を叩《はた》こうとは思わないんですよ。悪いことは言わない。絵を描くのは趣味にして、仕事に就《つ》きなさい」

若い画家はぼんやりと日野を見ていた。

「売れる絵というのはね、丁寧で、綺麗で、わかりやすい絵なんです。金を持っている人は、対価に相応《ふさわ》しいものを求める。高そうな絵です。居間に掛けていて、人が高そうだと思う絵です。画題は鯉か薔薇。わかりやすくて綺麗で丁寧な鯉か薔薇なんです。大きさは十号ぐらい。その覚悟はありますか。それともあなたは、自分がピカソかルノワールになれるとでも思っているんですか。多くの、無名のままに死んだ画家の一人になりたいのですか。絵ほど割に合わないものはない」

画家は絵を風呂敷に包んで、抱え、出て行った。もう来ないだろうと思っていた。それなのに三カ月した夏のある日、画家はまたやって来た。

絵の具で汚れたジーンズはそのままで、白いTシャツが長袖から半袖になっているだけだ。四角くて平べったい風呂敷包みを抱えている。

「すみません」と男は、申し訳なさそうな顔をした。

「見てもらえますか」

そうしてまた、中から新しい絵を三枚、出した。薔薇でも鯉でもない。もっと地味な、静物画だ。二つはテーブルに置かれた果物。最後のひとつは仏像。心がけて丁寧に描かれていた。

若い男は話をするでもない。日野が見ているのを、ただ待っているだけだ。

「どこの仏像ですか？」

男は顔を赤らめた。

「本に載っていたんです」

日野は言った。

「絵を描くときは現物を見た方がいいんですよ」

男は頷くと、また三枚を丁寧に包んで、帰って行った。

若い画家はそうやって、日野画廊に通った。現れて二年後、初めて「置いていきませんか」と言ったとき、画家は真っ赤になった。日野は釘を刺した。

「売れると言っているのではありませんよ」

若い画家は慌てて、もちろんだという顔をして頷いた。それでも帰りには何度も頭を下げた。帰り際に、壁に立て掛けられた自分の絵をいとおしそうに眺めた。

画家から預かったあと、その一枚の絵を日野は片隅に掛けた。絵の商人は株屋と同じだ。価格の安定した銘柄を大切に確保しながら、価値の定まらない株を買ったり売り抜けたりする。画商は、安く買える新人の作品にいいものはないかと目を光らせるが、自分のお抱えの画家の価値を守るためには、時には結託してそういう才能ある新人の出現を妨げることもある。それを、画家自身が期待している。

戸倉は、その若い画家の絵を見たとき、日野に不機嫌な顔を見せた。日野は気がつかないふりをした。すると次には、こんな絵を置くと画廊の品格を疑われると、あからさまに苦情を言った。それでも客たちは、若い画家の作品の前でちょっと長く足を留《と》めた。

戸倉は相変わらずコンクールに入選していたが、彼の絵が話題になることはなかった。ここ数回は危ないんじゃないかと言われてきた。入選は寺尾路人の影響力と戸倉の力量の総量で決まる。どちらも落ちて画壇への貢献が減り、このまま戸倉に寺尾路人の「枠」を与えていたのでは、寺尾路人一門の値を維持することは難しくなるだろう。

戸倉は焦っていた。新しく登場した画家や、別の大家の弟子たちの動きを警戒していた。

一方で若い画家は来るたびに痩《や》せ、身なりは汚れたが、目は生き生きとしていた。

若い画家が日野画廊に来るようになって三年ほどしたときだったろうか。戸倉とその若い画家が鉢合わせした。

画家が絵を広げているときだった。戸倉がやって来たのだ。

戸倉は感情が表に出る。広げられた絵を見てはっと足を止めた。薄汚れた格好をした若い男の姿を見て、それから絵を見ている日野を見て、やがてみるみる顔色を変えた。憤怒だ。

戸倉は、若い画家の姿を舐《な》めるように見た。粘着質に、上から下へと何往復したことだろう。

画家は戸倉の顔を知らなかった。もともと気が利く方でもない。早々に話を切り上げた日野に、仕事の邪魔をしてはいけないと思ったのだろう、特に訝しむこともなく帰って行った。

画家が帰ったあと、戸倉は彼のことを尋ねなかった。

それからしばらくして、その若い画家の絵が入ったら、まず自分に見せるように言った。力が弱くなったといっても、戸倉は金の取れる大事な画家であるには違いない。日野は言われたように戸倉に見せた。それから五カ月したときだった。

戸倉が若い画家の絵を一点買った。

初めて画代を手渡されたとき、若い画家はとてもうれしそうに、金の入った封筒を眺めた。

三カ月後のコンクールの出品作を、戸倉はなかなか見せようとはしなかった。招かれて出品作を見に戸倉のアトリエに行ったのは、コンクールの二日前だった。そこにあったのは、戸倉が買っていったあの若い画家の絵だった。その絵を、それより二回り大きなカンバスに模写していた。

戸倉は得意そうだった。

「いいだろう」

「ええ。なかなかの出来ですね」

原画は燃やされたに違いがない。

戸倉の絵は高い評価を得て入選した。

若い画家はそれからもう一度、絵を持って来た。いつものように風呂敷を広げて、壁に立て掛け、緊張した面持《おもも》ちで立つ。

日野は、その日は絵を置いていくようには言わなかった。若い画家は少し寂しそうな顔をした。

美濃部《みのべ》というその若い画家は協会の主催する画展には興味がなかった。だから乗り込んで来たのは、数週間あとだった。真っ赤な顔をして、手にはコンクールの展覧会のパンフレットを握っていた。

「ぼくの絵だ」と彼は言った。日野は黙っていた。すると画家は、ゆっくりと青ざめた。

「あなたがあれを自分の名前で出していても、入選はしなかったでしょう」

画家は言葉を絞り出した。

「そんなことを言っているんじゃありません。あれは、ぼくの絵だ」

「あなたは売ったんですよ。代金は渡したでしょ」

画家はぼくの絵だと呟いた。「どういうことなんですか。教えてください」と、うわ言のように言った。

そしてそれきり、来なくなった。

そのあと寺尾路人が自身の絵を三点、日野画廊に直接取引を依頼してきた。それがどういう意味だか、日野にはわかっている。戸倉もそれを知っている。

「あの画家、どうしたかね」

戸倉は楽しげに聞いたものだ。来なくなりましたよと答えた。あのときの戸倉の勝ち誇った顔を日野は忘れることができない。

画家は安い金で絵を売った。代金を貰ったとき、彼は本当にうれしそうだった。それは自分の絵に金を払ってくれる人がいるという事実がうれしかったからだ。そういう意味では、彼の絵の売れ方に問題はない。

日野は気難しい顔をして新聞を読む。

そしてもう一度、「大絵画展」の広告を見る。

「忘れていたときにあなたを誘います」というそのコピーを。

日野は冷めたコーヒーを飲んだ。

——人は、美術品は美術を愛するものの手にあるものだと思っている。でもそれは誤解だ。美術品は大昔から金のあるものの間を渡り歩いている。芸術家だって同じだ。彼らはパトロンを必要とし、ミケランジェロは時の教皇ユリウス二世の保護を受けたが、ゆえにいつも教皇の機嫌を取っていないといけなかった。

芸術が孤高だなんて妄想だ。

作られた妄想だ。

それは、たとえばゴッホの「医師ガシェの肖像」と名づけられた作品が百八十億円を付けるまで、どんな経緯をたどって来たかを考えればわかることだ。そしてゴッホという画家が、どれほど作られた伝説の上にあるかを考えれば、プロなら簡単にわかることだ。死の五年後、一八九五年、オークションに出たゴッホの二点の絵は、最初に値を付けた人以外だれも値を上げようとはせず、一つは一〇〇フラン、そしてもう一つは三〇フランで売られた。

死の直前に描かれたという「ガシェ」は、ゴッホの死後、長い間、そうやって買い手がつかない絵画の一つに過ぎなかった。彼の絵がこの世に出たのは、ひとえに、彼が画商の弟を持っていたから、そしてなにより、兄に固執した弟テオが死んだあと、テオの妻ヨハンナがゴッホとテオの書簡を編集したからに違いない。ゴッホの絵は、その書簡が作り上げる物語の挿絵として脚光を浴びた。しかしそんな滅多にない境遇を以《もっ》てさえ、「医師ガシェの肖像」は、画商ヴォラールからアリス・ルーベンという女性に初めて買われたとき、当時の価格で三〇〇フラン、いまの十五万円程度だった。それでも彼の「花束」という絵について、死後、「一五フランで買うように」と勧められている人がいるところからみれば、三〇〇フランだって随分な値上がりだったのだ。

一九五〇年代にゴッホがアメリカの市場で高騰したとき、批評家や美術史家たちは彼の画家としての能力に懐疑的だった。人気はブームに過ぎず、ゴッホは「この画家は完全に消えてしまう可能性がある」とまで言われた。

価値と値段はリンクする。でもその価値とは、なんの価値なのか。マリリン・モンローのブルーマーがオークションにかけられたら、いくらの値を付けるかという問題と、さして違わないのではないか。

日野智則は十三年前、業界では有名人になった。ロンドンのオークション・ハウスでゴッホの「医師ガシェの肖像」を一億二〇〇〇万ドル、日本円にして約百八十億円で競り買ったからだ。そのときには取材陣が彼の画廊に押しかけた。だれに依頼されたのか、舞台裏はどうなっているのか。

業界の大部分の人間たちはみな苦々しい顔をした。それは新聞が騒いだように、「絵の価値を理解しない買い方をした」からではなく、彼が法外な利益を得たからだ。

日野に代理を求めたのは池谷実《いけたにみのる》という、まだ若い男だった。彼はオークション会場の後ろに立ち、ガシェが競り落とされるのを見届けた。彼が払った手数料は日野に大きな利益をもたらした。その莫大な資金がどこから来ているのか、考えようとは思わなかった。目立って画商仲間の反感も買いたくなかった。だから日野は取材の記者にも、ただ「知らない」とだけ答えた。

知らない。

聞いていない。

彼は芸術を愛する人です。

わたしは代理を頼まれただけです。

画商は絵の売買で利益を得る。買い手の資金がどうやって生み出されたものかとか、彼らが買った絵がそのあとどういう運命をたどっているのかは、関係のないことだ。老舗の画商たちが彼を業界から締め出そうとするのは、ただ、彼が法外に儲けたことに対するやつかみなのだ。

小さな画商には二級品しか集まらない。小さな画廊が利益を上げるには、画料の安い画家の絵をうまく流通させることだ。画料が安いと、いくらで売っても利益が出るから。でもそんな絵は所詮利幅が小さい。本当に飛躍しようとすれば、新人作家の中から才能のある画家を探し出し、作品を独占しておいて、その作家が売れるまで待つことだ。彼らのうちの一人でも売れたら、一気に飛躍できる。でも抱えた作家が売れるまで持ちこたえる体力が、小さな画廊にはない。抱えた作家が売れるという保証もない。結果、流通を握る一握りの大手や老舗画廊以外のほとんどの画商は同業者とデパートを相手に商売をするしかなくなるのだ。彼らは在庫を持たず、「交換会」で買った絵を、別の「交換会」で同業者に売ったときの差益と、デパートから委託を受けて買いつけたときの手数料で暮らしている。日野はその過酷さを知っていた。だから長年画廊に勤めて暖簾分けをしてもらい、一人立ちした。それでもなお、厳格なる序列の壁は痛感した。

美人の画商は売り上げを伸ばすことができる。家柄のいい画商は確実に取引が成立する。日野のような男が寺尾路人の出入りにしてもらうのに、どれほどの労力を傾けなければならなかったか。

寺尾路人が娘婿の戸倉を彼に引き合わせたとき、日野は確かに、この世界に生き残る道を得たのだと思った。たとえ静脈だとしても、画商の血脈の中に入り込んだと。

戸倉秀道は日野画廊の心臓だった。

転機は、近代絵画ブーム——海外のオークション・ハウスでの絵の売買だった。

そこには、「交換会」での値付けがない。相場もない。

オークション・ハウスでは一九八〇年に五〇〇万ドルだったピカソの自画像が九年後に四七八五万ドルで売れた。たかだか十年の間に十倍の値に跳ね上がる。それでももし、銀行が絵に担保価値を付けず、池谷らブラックマネーを扱う人間たちが絵で儲けようと思わなかったら、それは海の向こうの「羨《うらや》ましい話」に過ぎず、日野は序列を守る画壇に従順な画商として暮らしていただろう。

池谷実を紹介したのは、舟木《ふなき》という金払いのいい客だった。舟木のことをバブル長者と人は言うが、簡単に言えば裏社会の住人だった。彼はまるで値切らない。

「鯉の絵、くれんか」

たったの二十分で千二百万円の鯉の絵を即金で買っていった。

数日後、「この前みたいな鯉、くれんか。うちに来る客が、あの鯉、気に入ってな。似たようなんがあったら、プレゼントしようと思うんや」

そう言って、三点買っていった。

あんたはええ人やな。わしのことを見ても、顔色一つ変えん。肝《きも》の据《す》わった商売人や。贔屓《ひいき》にするわ。

舟木は行儀がよく、気取らず、決して不愉快ではなかった。近代絵画についてよく知識を持ち、好みもはっきりしていて、なにより、絵画に対する好奇心があった。

「鯉は受けがええんです。わしは別に鯉が好きなわけやない。でも鯉は、金色に合いますよって」

池谷は違っていた。

絵はわからない。絵がわからないことを隠そうともしない。誠実ではなかった。彼の持ってくる現金は、数えなければならなかった。振込のときは、期日に遅れるのはしょっちゅうだった。手形で払うと言われたときは、身の縮む思いがした。

それでも、彼が日野画廊にもたらす利益は、桁《けた》が違っていた。

日野のような画商は、値の付く画家の絵を購入するとき、その絵を扱っている画商と取引のあるだれかに依頼するしかない。そのだれかにたどり着くのにまただれかを介する。仲介にはそれぞれ二十パーセントの手数料を払う。二人を介すれば価格は四十四パーセント上昇する。日野自身の儲けを乗せると七十パーセント以上価格が上がる。

池谷は、その七十パーセントを気にしなかった。

それどころかせいぜい八千万円程度の価値しかない日本画をわざわざ日野の画廊から四億円、五億円で買い取った。

池谷は御用達商人を求めていたのだ。

そのあと、日野は池谷の噂を聞いた。

総会屋。土地転がし。乗っ取り屋。ヤクザ。

はじめは噂半分だと思っていた。池谷に、そんな度胸や才覚はない。

そのうち気がついたのは、総会屋や乗っ取り屋なんかに才覚は要らないということだった。嘘がつけること。嘘がばれても平気であること。芝居ができること。人に取り入ることができること。

池谷はすべての条件を満たしていた。暴力団の幹部に取り入り、適当な嘘をつき、芝居をして自分を大きく見せる。ばれたら開き直るか、泣きつく。利害関係ができたら助け合うしかない。噛み合った歯車の一つになりさえすれば、利害関係のある人間は、その歯車を支えるのだ。

池谷が出入りし始めて、日野は入念に抜け目なく周りを見回した。

彼が考えたのは、自分が手を染めようとしていることが道徳にもとるかどうかということだ。

「悪徳」と冠が付くのかどうか。

まだ商売が軌道に乗っていなかったころ、知り合いの画商に百貨店の美術部員を紹介された。有田《ありた》という働き盛りの男で、日野には、彼より、彼について歩いていた内山《うちやま》という若い美術部員の方が印象的だった。礼儀正しく崩れたところがない。物腰はやわらかで、内山は日野に会うと、丁寧に腰を折って挨拶した。それは百貨店の美術部員のシンボリックな態度だった。

百貨店において絵画は、売れればどの売り場より大きな利益をもたらす。だから百貨店は美術展に力を入れる。美術部員は展示する商品を馴染みの画商に集めさせる。画商には十パーセントの手数料が入る。その際、画商は納入額をいくらにでも水増しすることもできるが、百貨店はそれを詮索することはない。彼らは、手数料が上乗せされた価格に、三十パーセントのマージンを乗せて販売するだけだ。買い手は、画廊なんて縁のない、でもちょっと金のある顧客だ。百貨店で売られているという、その信用料に割高は目を瞑《つぶ》る。自分たちが画廊に足を運んだら、それこそなにをいくらで売りつけられたってわからないということをよく知っているから。すべてが丸く収まる。

画商にとって百貨店ほどいい客はなかった。

だからたいていの画商は、百貨店の出入り業者になりたがり、ひとたびなれば、展示会に出品する絵を集めるために奔走するのだ。地方の倉庫に眠る膨大な絵画の中から、百貨店の美術部員がリストアップしている絵を見つけ出し、交換会を通して、向こうの言い値で手に入れる。

美術部員たちも心得ていた。彼らは大手画廊、老舗画廊には言えない無理を、日野たち個人画廊には言った。その礼儀正しい物言いでだ。

「十一月、広島の店で美術展をやるんです。作品のリストを送りますので、よろしく」

その「よろしく」のために、日野は地方の交換会を駆け回った。偽物なんかが混じっていたら、二度と仕事が貰えない。でも集めることができなかったら、もう声はかからない。

量と質。有田や内山が送ってくるファックスに、人生がかかっていく。

知り合いのある画商はリストのある中堅の物故作家の作品をなかなか手に入れることが

ができなかった。交換会でやっと手に入れたものは、不幸にも本物ではなかった。彼はそれを言うことができず、他の作品と一緒に、偽物を美術部員に渡した。手数料が入った。

その画商は偽物でも出来がよければいいのだと自分に言い聞かせた。

あるとき彼は、半年先の展覧会用にリストアップされたものを覗《のぞ》き見て、まず、手に入らないものだということを瞬時に理解した。

彼は、ある画家に電話をした。その画家は模写を専門にする職人気質の画家で、見事な模写を描く。

画商は「大きさからサインまで本物と完全に一致する模写を描いてほしい」と依頼し、画家は三カ月後に引き渡した。

絵は百貨店の壁を飾り、画商は手数料の四十万円を手に入れた。それから画家に画代として、五十万円を支払った。そのあと美術部員から電話があり、呼びつけられて百万円の口止め料を求められた。

「確かに、あの絵がなかったら目玉を欠く。でもばれたらどういうことになっていたか、わかっていますよね」

それからその美術部員は、見つけることが困難な絵を、ときどき彼に依頼した。画商が都合すると「よく手に入れましたね」と人ごとのように安堵《あんど》してみせる。発覚すれば責任は画商が負うのだ。美術部員は「気がつかなかった」と青ざめて見せればいい。

事情は裏から業界に広まった。その画商には他の百貨店からの仕事が来なくなり、やがて彼は小さな画廊を閉めた。いまでも地方の交換会で彼を見かけることはある。店を持たずに小商いをしているのだろう、生真面目な顔をして仕事に励んでいる。

彼の例でわかることは、見えにくい、ジグザグな線ではあるが、していいこととといけないことの間にはしっかりとした線引きがあるということだ。しかしその線は、本人が境界線を踏み越えても、その自覚を持たないほど、日常業務と段差が小さく、入り組んでいる。ほぼ見分けがつかないぐらい。

日野は池谷と知り合い、考えたものだ。自分がしようとしていることが、画界の中で、どの程度特異なことであるのか、もしくは、ありがちなことなのか。

でもすぐに考えるのをやめた。小さな画廊にどれほどの選択肢があるだろう。

日野画廊の心臓である戸倉秀道は、不良品だったのだから。

池谷は子供がおもちゃを買うように絵画を買った。それがどんな絵だろうが、日野が勧めた絵画は日野の言い値で買い取った。途中の経緯には興味がなく、ただ、金だけを払う。どんな場合でも——二千万円で買い入れたものを四千万円だと言っても、池谷はそれに二十パーセントの手数料を付けて日野に払う。

それで日野が儲けることに、興味がない。

池谷がなぜそれほど無頓着に買うかというのは、すぐにわかった。

ある日、池谷は日野に一枚の価格表を見せた。そこでは八千万円クラスの絵画の値段が五億円になっていた。それどころか四百万円の絵に五億、二百万円の絵に三億円の評価額が付いていた。

「この八掛けで買うんですよ」と池谷は得意気に言った。

八掛けでも四億だ。八千万円のものをだ。

「中には評価額の半分というのもあるんだから」

池谷は本当の評価額を知って、言っているんだろうか。

韓国で土産物用に作られた四十万円程度の金板経《きんばんきよう》が、関西の古美術商に五百万円で売られ、東京のブローカーに六百二十万円で売られた。東京のブローカーはそれに「高麗金板経」の鑑定書を付け、額に入れ、池谷はそれを一億八千万円で買った。

日野はそれを聞いて、それが四十万円程度の土産物用であることを諭《さと》して、取引をキャンセルするように忠告した。

池谷はひと言「そんなに安いのか」と言った。

それから池谷はそれを八億円で自分の息のかかった会社に買い取らせた。

そのとき日野は思ったのだ。

狂っているのはどっちだろう。

世界中で、布と絵の具の塊《かたまり》に百億円を出したがる人がいる。

五フランの価値もなかったものが百八十億円になる。

土産物の四十万円が八億円になるのと、どこが違うのだ。

日野は池谷を非難しようとは思わなかった。ただ、慎重に自分の周りの地図を確認した。

どこに線引きがあるのかを丁寧になぞった。

見落としがないように、迂闊《うかつ》に線を踏み越えないように。

日野は、十六億七千万円のロートレックコレクションを、それまで絵画取引をしたことがなかった「モリトク繊維工業株式会社」に売った。一部上場の、日本で有数のアパレルメーカーである。池谷はモリトクからそれを、六十六億円で買い取った。モリトクは、絵画取引にはうま味があると思い込んだ。作られたビギナーズ・ラックだ。池谷が考えて、日野がお膳立てをした。こうして池谷はモリトクを自分の胃の中に引きずり込んだのだ。

モリトクに不当に高額な絵画を買わせることが多くなると、池谷は、モリトクに売る物件に鑑定評価価格を付けてくれと言った。池谷が求めているのは、不当に高額であるということを気づかせないための偽《にせ》の評価価格だ。日野は子細《しさい》を聞かず、百貨店美術部員の有田を紹介した。有田は池谷の趣旨を理解したことだろう、それでも池谷の申し出を断る度胸はなかった。循環する絵の買い手はいつだって政治家であり、不動産屋であり、暴力団なのだから。有田は追いつめられて、まだ右も左もわからない内山という部下に池谷の担当を押しつけた。

池谷は「モリトク繊維工業株式会社」を利用できるだけ利用し、債務超過で倒産させた。池谷にすれば、それ自体は来るべきときが来たというだけであり、別の会社に鞍替えすればいいだけのことだった。ところがそのときにはバブルと言われた経済の膨張が弾けていた。それは池谷の資金の運用そのものを直撃した。モリトクの倒産を引き金に、彼のかかわる事業のほとんどが経営難に陥った。同時に不透明な経営が浮かび上がる。彼は警察の捜査を受け、その実体が明るみに出たときには、社会に地震のような衝撃が走った。一部上場企業が暴力団の金づるにされ、倒産にまで追い込まれたという事実。その手口の乱暴さ。新聞はモリトク倒産に関する続報を載せない日はなかった。そして池谷は逮捕された。池谷が「医師ガシェの肖像」を買った翌年、一九九一年のことだ。

そのとき関係者の何人かはいなくなった。病院で急死したものもいる。遺書を残して自殺したものもいれば、残さずに死んだものもいる。行方不明になったまま、二度と消息を聞くことがないものもいる。有田は子細を語らず自殺し、内山は解雇された。

そして池谷は生き残った。

運もある。天性の、嘘を嘘だと認識しない能力にもよる。池谷はすべての問題を、まるで透明人間であるかのように、からだを通り抜けさせてしまった。

彼はいまでも総会屋であり地上げ屋でありブローカーであり暴力団だ。そしていまは農機具メーカーの「ジョータ・コーポレーション」に食いついている。

日野もまた、「医師ガシェの肖像」を巡って池谷との結びつきが表沙汰になってから、美術協会から陰湿な中傷を受け、一方で、突然膨らんだ財力をあてにして、画商や画家が擦り寄ってくるその猥雑さを体験した。

それでも朝起きて画廊に向かう。

画廊のシャッターを開けて朝日を入れて、新聞を読みながらコーヒーを飲む。いろんなことが、シャッターを閉めるまでの時間の中で起きてきたが、日野の日常が狂ったことはない。

池谷という二つ目の心臓は、いまでも金という血を日野画廊に回し続けている。日野は幽霊五人衆の絵を見つめる。——あのころなら、これをピカソの未発表作と言えば、彼らは簡単に四十億を払っただろう。彼らは本物か偽物かがわからないというより、むしろ、そういうことに興味がなかったのだから。

そして絵を奥に放り込んだ。

日野は地下鉄を乗り継いで「ジョータ・コーポレーション」に向かった。ガラス張りの自社ビルの玄関は天井が高くて、映画に出てくるウォール街のオフィスを思わせる。玄関には警備員が詰め、入館証を貰わないと中には入れない。日野は、よく肉のついた短い指で、五階のボタンを押す。

池谷のオフィスは社長室の二つ隣にある。

彼は株を買い占めて、役員会を乗っ取った。それから社内に絵画部を作ると、そこから法外な値段で絵画を買い取らせた。莫大な社費が池谷の「絵画部」に吸い込まれた。同時に手形を乱発し、池谷の別会社、「ルミックス総合開発研究所」に融資させた。

彼らが一部上場の企業を狙うのは、一部上場企業なら後ろに銀行がついているからだ。ジョータが倒産すれば融資が焦げつくので、乱発した手形は銀行が回収する。業績は絵画の架空取引で利益を計上すれば誤魔化せる。銀行が手形を回収するほど、池谷たちの荒稼ぎの期間が長くなる。彼らは幾重にも罠を仕掛けて、社長を取り込み、会社そのものを乗っ取り、骨までしゃぶって放り出す。一連の舞台に、いまジョータ・コーポレーションが引き出されていた。

ここも倒産は時間の問題だ。

ジョータは池谷らが入り込む前に一度、破産しかけている。社長の逸見《いつみ》はそのときにメインバンクから派遣された男だ。池谷は六千万円の絵を二億円で購入し、それをジョータに五十一億円で買い取らせた。その際企画料として三十億円をジョータへ戻した。帳簿上、三十億円の利益があがった。逸見はその錬金術に魅入《みい》られた。しかし収益が落ちたら銀行は事情を聞く。そうすれば簡単に舞台裏はばれる。一旦上がった業績を維持するために、逸見は池谷に言われるままに高額の絵を買い続けなければならなくなっていた。

しかしそれだけでは充分ではない。実は、逸見はジョータの株をこっそりと買っていた。購入資金に四億円を借り、金利だけで月に三百万円になった。それに気づいた池谷は、逸見に十億円を都合した。そんなことが親会社である銀行にばれたらクビになる。その時点で池谷はジョータを牛耳ったのだ。

メインバンクの威光を笠に全権を握る社長が、暴力団に弱みを握られて社の株までをも買い占めている。ジョータの社員がどれほど池谷を憎んでいるか。日野はそれを、ビルを訪れるとき感じる。池谷の客である日野に会釈する社員はいない。それでも池谷は平気だった。自分のために社長室より豪華な部屋を作らせ、事務所として使っている。暴力団関係者から闇金業者まで、黒いスーツの下にシルクの柄シャツを着た人間たちがジョータの社屋を平然と歩く。それは増殖する癌細胞だった。

日野は池谷の部屋の前で「特別企画室」と書かれたプレートを見上げる。

開けると、昼間だというのに窓には厚手のカーテンが引かれている。

池谷はそのカーテンのかかった窓に向かってゴルフクラブを振っていた。ボールは鈍い音を立ててカーテンに絡まり、やがて床に落ちる。

「ああ、日野さんか」と池谷は気のない声を出した。彼の視線の先でボールがポトリと落ちた。

人は、なんとしても生きていかなくてはならないのだ。

日野は微笑んで揉《も》み手をした。

「先日も、あの男が言ってきましたよ」

「あの男って」と池谷はボールにパターをカツンと当ててみる。

「ガシェを欲しがっていた男ですよ。いえ、代理人ですけどね。よっぽど欲しいんですね。うちにはもうないんだと何度言っても、信じない。依頼者はスイスの銀行家だとかで。三五〇〇万ドルでどうだと言っていました」

——「医師ガシェの肖像」を競り落としたのは池谷だったが金を出したのはモリトクだ。一九九一年にモリトクが破産したときに担保として取られた。池谷はいまそれがどこにあるのか興味がない。多分、どんな絵だったかも覚えていない。覚えているのはその金額だけ。

「四十億円か」

ふんと、池谷は鼻で笑った。

そしてカーテンに向かってまたクラブを振った。

ゴッホは借りた五フランが返せなくて、手押し車一杯の絵を持って行き、好きなだけ取ってくれと言った。それを相手は断った。当時の安宿一泊代ほどの価値も認められなかった絵。その絵の中にあの「ひまわり」が「ガシェ」があったかもしれない。

ガシェは思っているかもしれない。一体おれの何が変わったというのだ——と。

美濃部はその「医師ガシェの肖像」の実物大のポスターを画台の上に立てている。

その後ろ、壁には一枚の小さな写真が画鋲《がびょう》で留めてあった。そこには小太りした男が写っていた。少し突き出た顎《あご》。どんよりとした垂れ目。小さい手の甲に、大福のようにぷっくりと肉がついている。

この日野という男は、おれが絵の腕を上げるのを待っていたのだ。そしてたった一点、目的を達する絵を釣り上げると、戸倉という画家に渡した。

あなたは売ったんですよ。

あなたがあれを自分の名前で出していても、入選はしなかったでしょう。

その言葉を思い出すたび、美濃部は、持っている絵筆をへし折りたいという衝動に駆られる。

絵が売れたとき、おれは喜んだ。だれかが、おれの絵を、自分の家の壁に掛けている。来客に言うのだ、「ちょっといいだろ」って。来客は「そうだね」と言う。すぐに話題は変わるんだ。でも、絵は壁にある。だれも、それが買われて壁を飾っていることに不自然さを感じない。

それがどれほどの喜びだっただろうか。その日、帰りの電車での移動が、遠足のように楽しかった。車窓を過ぎる風景を、美しいと思った。疲れて歩く人たちがとても気の毒で、出るときには憂鬱《ゆううつ》だったはずの自分の小さな部屋がいとおしく思えた。

自分を囲むものすべてが、まるで違って見えた。

それから日野画廊の前を通るたび、日野に気づかれないように、外から様子を窺《うかが》った。用などないのだ。ただ、親しみがあるのだ。

美濃部は春のような暖かで幸せな気持ちで絵を描いた。まだまだ苦労はするだろうけど、そんなことはいいんだ。だって、絵が売れたのだもの。

そのあと持って行ったとき、画廊主は絵を置いていくようには言わなかった。でも毎回、置いていくように言われてきたわけではなかったので、それほど気にしなかった。もともと愛想のある店主ではない。三年通っていて、身の上話さえしたことはない。褒めてもらったこともない。ただときどき、寸評をくれた。それだけで美濃部は満足していたのだ。

日野画廊が戸倉秀道という画家の取り仕切りをしているというのは、知っていた。それまで、美術コンクールには縁がなかったし、興味を持たないようにも心がけていた。それがたった一枚絵が売れたことで、美濃部はほんの少し自分を解放した。どんな画家がどんな絵を描いているのか、知りたいと思ったのだ。

ひとたび外を覗くと、開けた小窓を閉めることはできなかった。それは、また閉塞《へいそく》の中に戻ることを意味したからだ。

この窓が大きくなる。身の丈まで大きくなれば、おれはここから出て行ける。日野画廊の店主が窓の枠を少しずつ大きなものに取り替えてくれる。

コンクールのパンフレットを手に取ったのは、そんな解放感からだった。そして特に戸倉秀道の絵を探したのは、日野画廊に出入りしている画家だという親近感だった。

美濃部はそこに自分の絵を見つけた。

――透明感のある女性の、この不安の眼差《まなざ》しは、まるで見る人の心の中を見透かすようだ。

――この完成度の高さは評価に値する。いままでとまるで違う作風に、彼の絵画に対する意気込みと、その実力の高さを窺い知ることができる。

――図案そのものは別段目新しくはない。ただ、その配置のうまさと、色遣いの繊細さは、図案の平凡さを逆手にとって、むしろ際立っている。

美濃部はパンフレットを握りしめて日野画廊に走った。日野が、この事態に憤るものだと信じて疑わなかった。

あなたは売ったんですよ。代金は渡したでしょ。

日野は落ち着いた顔をしていた。そして美濃部は日野の魂胆《こんたん》を知った。

日野は戸倉への貢ぎ物を探していたのだ。

ピーナッツを与えたのは、太らせて喰うためだったのだ。

日野と戸倉は祝杯をあげた。無知な画家を嘲笑《あざわら》って。

あなたがあれを自分の名前で出していても、入選はしなかったでしょう。

ケン・ミノベでは永遠に認められることはないとあの男は言ったのだ。

それから美濃部は変わった。

自分が参加するべきだと考えていた世界を見る小窓は、ぴっちりと閉じられた。すると、外を覗き見たあとの自分のいる空間は、見る前とは比べ物にならないほど狭く暗かった。隅にはいままではなかった黒いなにかがとぐろを巻いていた。

彼は絵を描かなくなった。絵を描こうと画材を見ると息苦しさを感じた。日野の顔が浮かぶ。

にこりともすることのなかった、あの小太りした男の顔が。

美濃部は深酒をするようになった。そして、自分の絵を評した言葉のすべてを諳《そらん》じた。

そうとも。もしおれが売れっ子になったら、戸倉は怯《おび》えないといけない。だから戸倉は、日野と二人して、おれが成功するのを妨げるだろう、おれは永遠に葬られたのだ。

一度、半分まで空《から》にしたウィスキーの瓶を握って、ふらふらと街に出た。

あの画廊を焼いてやる。

中の絵を全部、灰にしてやる。

それでも、美濃部にはわからないことが一つだけあった。それは、なぜ、日野はあれほど強く、絵なんか趣味にしておきなさいと言ったのかということだった。

――多くの、無名のままに死んだ画家の一人になりたいのですか。絵ほど割に合わないものはない。

街に出て気がついた。銀座の夜はこっそり放火ができるようなものではないということ。道には真昼のような騒《ざわ》めきがあった。屋台がメロンパンを売っていた。女の、甲高い笑い声がときどき響いた。かつかつと音を立てているのは、女の、踵《かかと》を乗せているだけの小さな靴だ。スカートは太股まで割れていた。

カンカン、カンカンと、女たちの、踵で道を叩く音がする。

この中に日野がいる。そして戸倉がいる。

太った豚だ。

この街は太った豚を育てるんだ。

美濃部は歩道の端に座って、安ウィスキーの瓶を抱えた。

内山と名乗る男から電話がかかったのは、そんなころだった――。

美濃部はいま、カンバスに絵を描いている。

ピカソかルノワールになれるとでも思っているんですかと、日野は言った。

多くの、無名のままに死んだ画家の一人に。

モジリアニ、ムンク、ユトリロ、ルソー、ゴッホ、シスレーそして数多《あまた》、名を上げることなく死んだ人々。生前、彼らは孤独で、貧しく、少なくとも画家としての名声を得ることはなかった。多くは酒に溺れ、もしくは精神を病んでいた。初めて展覧会に出品したとき「目を瞑って足で描く」と言われた画家もいる。貧しさの中で死んだ者、絶望の中で生きた者。死後、その絵がいくらになっても、明日のパンを買う金の心配をした彼らの足しになることはない。賛美も届かない。彼らが知っているのは、生きていたころに浴びせられた酷評だけだ。無数の人間たちの一人として、街を彷徨《さまよ》い、ただ追いつめられて絵筆を執っただろう。名を残した画家たちは、自分の未来を予期しただろうか。

美濃部はいま、気がつくと死んだ画家たちのことを考えている。

戸倉はおれの絵を模写した。おれの絵が戸倉の画家としての価値を上げた。そのあと、戸倉の絵は高価格を保っている。あとはすべて戸倉自身の絵であるというのにだ。一方で、日野の言う通り、あの絵をおれの名前で出展したとしても、確かに入賞することはなかっただろう。

戸倉も憎い。日野も憎い。絵を見ようとしない美術界のやつらも憎い。しかしおれは、そういう憎いやつらの世界で名を上げることを望んでいる。だから、おれの絵で成功を収めた戸倉が憎いのだから。

おれはなぜ、この世界から抜け出そうとしないのだろうかと美濃部は思うのだ。なぜ、こうまで怒りに駆られて絵筆を握るのか。

なぜ彼らは絵筆を握ったのか。

絵の世界が理不尽なのはいまも昔も変わらない。なぜかつて彼らは絵筆を握ったのだろうと訝しがりながら、おれは絵筆を捨てることができない。

百年前に生きた彼ら。

腐ったソーセージで食事をし、自分の描いた絵を燃やして暖をとった彼ら。

炎に爆《は》ぜる自分の絵を見て、なにを思うのか。

その目は、絵の具が黒く焦げていく様子を、そして炎を上げ、この世から消えてなくなる様子を見届けている。

彼らは何枚の絵を燃やしたことだろう。

何枚の絵を酒屋の代金の代わりに押しつけたことだろう。

なんのために絵を描き続けたのか。

天才だけが天才を知る。

天才と、天才に憧れる人々と。

——ピカソかルノワールになれるとでも思っているんですか。

その一瞬、美濃部の身体の奥にぼっと炎があがる。怒りと羞恥だ。もしくは自己嫌悪。

消え入りたいと思い、消え入りたいと思わせた男に、消してしまいたいと思うほどの怒りがたぎる。

あの男を破滅させたいと思う。

憎いのはおれの絵を模写した戸倉秀道ではない。あの日野智則だ。

おれをピカソやルノワールと比べることで侮辱した男だ。

おれを、天才に憧れる凡庸な男だと言った男だ。

おれの信頼を嘲笑った男だ。

部屋には同じ絵が何枚も掛けてあった。

床にも置かれていた。すべてが顔の絵だった。同じ顔の絵。同じ角度で描かれた同じ男の顔。合同、同一、クローン——色も、大きさも、すべて同じ。

床の上には塗り絵の下書きのように、パソコンから読み取ったその絵のレイアウトが散らかしてあった。

それが美濃部を取り囲んでいた。

美濃部はその男に、取り囲まれていた。

左斜め六十度に細長い顔を傾けた、頼りない男の顔だ。黒いフロックコートを着て、片肘《かたひじ》を前のテーブルについている。胸から上の男。背景は漠然とした「山」。それも、山の形をしているというだけで、山という以外に判断ができないから山なのであり、新しい解釈が出れば、だれもその解釈に異を唱えることはできないだろうと思われるような、「山」。机の上には二冊の黄色い本が、小学生の落書き程度の描写力で描かれている。テーブルの上には本の他に、コップに活けた花がある。その花がまた男子中学生が描いたかと思うような力強さと乱暴さだ。

そのすべてが、左に左にと流れている。線香の煙が微風に流されるように、絵全体が、男も山も花もフロックコートもすべてが、いまにも吸い上げられて消えてしまうのではないかというように、左に流れていた。

陰鬱《いんうつ》な目。しかし決して陰険ではない目。なにかを噛み潰したように歪められて堅く閉じられた口。そのくせ鼻筋は、癖のない真っすぐなもので、思慮深く少し下がっている。

すべての筆が稚拙だから、彼、ガシェの空っぽの心が、すぐそこに見える。

ヴィンセント・ヴィレム・ヴァン・ゴッホはオランダ南部の牧師の息子として生まれ、伯父の経営する画廊の店員になり、やがて飽きて牧師を志し、ベルギーの片隅で見習い説教師になり、人々に拒絶されて牧師会から解雇され、二十七歳で画家を志し、三十七歳で死亡した。

癇癪《かんしゃく》持ち。

わがまま。

粗暴そして無能。

彼は画廊に勤めては画商を低俗だとこき下ろし、大学で神学を学ぶと神学部を「詐欺集団」だと評した。彼がベルギーで伝道師になろうと思ったのは、伝道師になるには免状や、ラテン語やギリシャ語の素養が要らなかったからだ。そして彼が絵を描き始めたのは、牧師会から解雇され、親戚が経営する画廊での勤めも続かず、学問をする根気も能力もなく、そんなときにただ、弟に出す手紙に描いていた挿絵がうまかったからだ。彼はやむにやまれぬ情熱で筆を執ったのではなく、「素描を始めようと自分に言い聞かせ」て鉛筆を握った。

彼は生涯、社会から孤立していたが生活に困ったことはない。

弟は名のある画廊に勤めていた。実家はオランダの中産階級で、彼は家庭教師をつけられて育った。生き迷い、そのたびに職を変え、大学に行き、居を変えたが、家系を十六世紀まで遡《さかのぼ》ることができる彼の家はこの出来の悪い子供を強いて自立させる必要もなかった。

孤独な魂の放浪といわれる彼の人生は、実家の財力に支えられて自分探しをし続けた自意識過剰な男の収拾のつかない時間経過でもある。

村人に「赤毛」と呼ばれたゴッホ。

アルルに住んでいたころは、あの人を精神病院に入れてくれと、アルルの市長に対して住民二十九名の連名で嘆願書を出されたゴッホ。

彼は自分の才能を信じたが、それは現実を直視できない若者の戯言《たわごと》であったかもしれない。名を残した者には必ずドラマとそれらしい解釈が与えられる。その衣装を脱がしてしまえば、彼になにが残るだろう。

彼はオーヴェールでは七十日ほどの滞在の間に油絵だけで八十点、素描を含めると百四十一点にも上る絵を描きなぐった。思い込みで友だちと共同生活を始め、友だちは嫌気が差して出て行く。肖像画はモデルが買い取るから確実に金になると、肖像画を描き始めたが、生前に売れた絵は死の三カ月前に画家仲間の姉に買われた「赤い葡萄《ぶどう》園」という四〇〇フランの風景画一点だ。ピストルは暴発したのであり、自ら死を選んだのではないという説もある。

この男になんの魅力があるだろうか。

ところが彼の、異性にもてない、同性にも疎《うと》まれる、善良かもしれないが迷惑なほど思い込みが激しい、勉強も嫌いで、仕事もできず、時間を持て余すばかりの人生の中で描き落とされた物は、彼の死後、まるで水を得た魚のように世間に躍り出た。あたかも、創作者を名乗る存在の消滅により、やっと正体を現すことができたとでもいうように。

縦六十六センチ横五十七センチの小さな絵は百年を経て百八十億円という価格を付けられた。

ヴィンセント・ヴィレム・ヴァン・ゴッホは、その絵一点が百八十億円の価値をもった不遇の天才だったのか、四〇〇フランの絵をたった一点売っただけの無能な人間だったのか――。

美濃部には、この絵を模写することぐらい簡単なはずだった。パソコンが構図を解析し、色を識別する。「美術品修復ソフト」はまるで、贋作の手引きのように痒《かゆ》いところに手が届く。そうやって、その頼りない顔の男を何枚描いたことだろう。

何枚も何枚も、ガシェでないガシェが溢れていった。

ガシェはカンバスに姿を現さなかった。

――現物を見た方がいいんですよ。

あの太った豚の言葉が蘇《よみがえ》る。

原画はない。

どこにもない。

データなら腐るほどあっても、原画は、ない。

なんども筆を投げつけたくなる。実際、何度か投げつけた。描き損じのガシェ氏に、絵の具の付いた筆を塗りたくりつけた。大きくペケを描き、髭をつけてやった。

目を描き込んでいないガシェ氏の、そこにないはずの目が、静かに自分を見ているような気がした。

無数の目が美濃部を囲んでいた。

醒めた、疲れた目だ。

美濃部と同室にいながら、美濃部など眼中にない。

批判もしない。媚《こ》びもしない。

そこにいるのは、美濃部の煩悶《はんもん》になどまるで興味のない孤独な男だ。

空っぽなまま閉鎖された百年前の魂だ。

そして彼は呼吸するように同じ問いを発し続けている。

お前はだれなのだと。

答えなど期待せず、答えられたところで聞く気もなく。その無数の問いだけが、気がつくと美濃部を取り囲んでいる。

疲れた、眠たそうな顔をした男。

自分に百八十億円の価値が付けられたことを、いつまでも知らない男。

美濃部には荷車に絵を積んで田舎道を行く画家が見える。重ねられた絵は荷車の中でぶつかり合いながら揺れて、しかしその一枚だって受け取られることはない。

アルルを去ったとき、屋根裏には膨大な数の絵が残されていたという。彼が死んだとき、母親は彼の遺作を引き取ることを拒んだともいう。彼の死後、周りの人間たちは皆、遺作を捨てるように助言した。場所を取るだけの価値もない。彼には裸体の作品が三作しかない。当時、恵まれない多くの絵描きは売春宿に入り浸って裸体画を描いた。彼だけが描かなかった理由がない。それがいまほとんど残っていないのは、多分、女の裸の絵に眉をひそめた後見人に焼かれたからだ。

ゴッホもこのガシェも、いまとなっては、自分に付いた価値になんの感慨も持っていないのではないか。焼かれた裸体画も、安アパートに残されて、家主が処分に困って焼いてしまっただろう多くの絵も、そしていま、百八十億円の値の付いた「ガシェ」も。どれがどんな運命にあったとしても不思議はなく、ガシェはまったく偶然にこの世に残ったものであり、だとすれば、ゴッホ自身がまったく偶然に日の目を見た作家であったかもしれない。

彼は、絵を描くことでなにを得たのか。

そして彼は、なにを得たかったのか。

そんなことを考えているお前はだれだと、ガシェが問いかける。

私は自分の庭にいて、友人の画家に絵を描いてもらっているガシェという医師だが、君はいったいだれなのかね。

私をこんなに複製して、それも、まるでなっていない複製の仕方をして。

ところで君は最近、面白い本を読んだかね。

だったら聞かせてもらおうじゃないか。

最近とんと面白いものに会うことがなくてね。

それにしてもなんだい、この私の数は。
――おれが描いた絵を、日野智則は見破ることができるだろうか。
かつては未知なる世界への不安と希望で一杯だった。
いまは絶望だけがある。

三

——なんてドジなんだ。あんな男を信用しただなんて。

通いつめたのも、わずかな金を落としていったのも、すべてはあたしに気を許させる手段だったんだ。

好きだと言われて、優しい言葉をかけられて、その気になって金を落としたのは、このあたしだったんだ。

筆坂茜はカーテンを閉め切って、薄暗い部屋の中で目をぎらつかせていた。

富男は憎い。そんな話に易々《やすやす》と乗った自分も、噛み殺したいほど腹立たしい。

富男が「あかね」に顔を出し始めたのは半年ほど前だ。そのときからあいつはあたしを狙っていたんだ。

五百万円を考えれば、ブランドの鞄も、高い料理屋も、ときどきくれた小遣いも、安い経費だ。

一人で店を仕切っている女。頼る人がなく、毎日が精一杯の女。人の良さそうな顔をしてそんな女の懐《ふところ》に滑り込み、一瞬で身ぐるみ剝《は》がして持ち去る。

「おいしい話は、あるところにはあるんだよ」そんな見え透いたセリフを吐いて。

「店、持たせてあげようか。もっといい店」そんな優しい言葉を聞かせて。

真に受けたわけじゃない。でもあいつの匂いが——銀座の匂いが恋しかった。

あいつはそんなことをすべて見越していた。

そしてこのあたしを手玉に取って。

店を、たった一日で奪い去った。

ジェイビージェイ証券は電話をしても受話器を取る者はいなかった。富男は来なかった。携帯電話にも出なかった。翌日には、ジェイビージェイ証券に電話をすると、現在使われていないというアナウンスが流れたのだ。

家中を引っかき回した。富男の居所がわかる手がかりが残っていないかと思ったからだ。電話番号の一つでもいい。会社名の入った封筒一つでもいい。髪を逆立てるようにして捜したが、なかった。

そして自分が握っているパンフレットに気がついた。

ジェイビージェイ証券株式会社のパンフレット。あの日金を置くと富男が机の上に置いた。まるで領収書でも置くように。茜は握ってくしゃくしゃになったその紙切れを広げた。

立派な構えのビルの玄関が写っていて、「あなたの信頼に応えます」とかっちりとした書体で書かれている。住所は西新橋五丁目の十九。

茜はそれに気づくと、瞳は燃え立つようになり、握りしめて家を出た。

午後二時、タクシーに乗るとパンフレットの住所を伝える。

運転手はナビに入力して走り出す。

西新橋の通りで右手前方にパンフレットにあるビルが見えたときには救われたと思った。相手さえわかればなんとかなる。少なくとも富男の情報が摑《つか》める。

しかしビルに近づいても、車は右に寄る気配を見せなかった。そのまま通り過ぎていく。横文字の、しかしまったく別の社名が、走る窓から見えたときには、失望のあとに、再びたとえようのない怒りが込み上げた。——おのれ、謀《たばか》りおって。

そのあとタクシーは小さな角を二度折れた。降り立った先にあったのは、パンフレットにあるのとは似ても似つかない雑居ビルだった。

郵便受けに「ジェイビージェイ証券株式会社」の文字を探した。五階のブロックに手書きの社名を見つけたときには安堵するのと闘志が込み上げるのと。

茜は五階まで駆け上がった。

五階に部屋は三つ。その一つにパネルがぶら下がった部屋がある。

ジェイビージェイ証券株式会社と書いてあった。

鍵はかかっていない。ドアを開けた。

中には机が三つ、寄せ合うように置いてあった。その上に電話が一台載っていた。他にはコピー機一台、パソコン一台、なかった。

この雑居ビルを見たとき、どこかで予感していたことではあった。しかし現実を突き付けられるとその寒々しさにたじろいだ。

証券会社そのものが、ペーパーカンパニーだったということ。近くにある大きな会社の写真を入れて、似たような横文字の名前を付けて。

茜は怒りに任せて踏み込んだ。机の引き出しを開けて、ごみ箱の中を見て、電話の通話を確認した。引き出しには古い筆記用具がほんの少し転がっていた。ごみ箱の中は空だった。電話は繋《つな》がっていなかった。茜は三つの机の引き出しを一つ一つ開けていった。

その中に開かない引き出しがあった。

引っ張ってもガクガクいうだけ。鍵がかかっている。

――フケるなら、郵便受けの手書きの社名もこの部屋の玄関にかかったパネルも外すだろう。この事務所はまだ生きているんだ。

そう思ったときだった。ドアが開いた。

茜は息を止めた。

男はそのまま数歩入ってきて、茜に気がついた。

まじまじと茜を見つめていたが、次の瞬間踵《きびす》を返した。

茜はドアノブを摑もうとした男の腕に取りついた。

男は真っ青な顔をして茜を見た。それから茜の腕を振り切る。茜は机の前に置いてあった椅子の背を摑むと、力の限り振り回した。キャスターがガラガラと音をたてて転がり、椅子は円を描いて、男の腰にぶち当たった。

椅子はバウンドして、男はがくんと座り込んだ。茜は前に回り込んで、ドアを閉めた。

腰を押さえて座り込んだ男は真っ青な顔で茜を見ていた。真っ青だがどこか捨てばちな獰猛《どうもう》さがある。

茜の口から言葉が噴き出した。

「金を返しな。あんたたちがグルだっていうのはわかってるのよ。返さないならこのまま警察に突き出すからね」

男は恐ろしいような眼力で茜を見据えていた。茜はたたみかけた。

「関係ないとは言わせない。ご大層なパンフレットまで作って。すぐそこの銀行じゃないか。笑わせやがって」

男は「そういうことか」と呟いた。

「そうやって自分も被害者だって役どころで逃げるつもりなんだ」

男は茜を睨みつけたままだ。

「いい加減なことを言って通るもんじゃないからな。あんたここの片付けに来ていたんだ。追跡されるものが残っていないか、最後の確認に」

そして凄《すご》んだ。

「矢吹を出せ！」

茜は頭に血がのぼるのを感じた。

「そうやってわけのわからないことを言ってあたしを油断させて、逃げる気だろう、舐めてんじゃないよ」

そして声に怒気を含んだ。

「あたしの五百万、返してよ！」

「そうなのか。おれには一千万じゃないと乗せないって言ったが、あんたは自分の客に五百万で話を持ちかけてたんだな」

そうして叫んだ。

「おれのは一千万円だ！」

「うまいね。そうよ、一千万円よ。あんたの仲間の富男が残りの五百万を立て替えるって言ったのよ。だから一口一千万円。ここの人間しか知らないこと。ここの人間だと白状したのも同じだ。いますぐ警察に電話してやるから、首洗って待ってな」

「いい思いつきだな。そうやって、警察に電話するって言いながら外に出たら、そのままタクシーに乗り込むんだろう。そこまでおれが馬鹿に見えるか」

そのとき茜は、富男がどんなにうまく自分を罠にはめたかを思い出した。「ほんとに困ってたんだ」あのすっとぼけた顔。あれが演技なのだから、こいつらにはどんな演技だってできるんだ。

「あたしはあんたのグループの安福富男に騙された筆坂茜っていう者だ。上場前の株を売ってやると言われて五百万円を渡した。富男は鞄に入れて帰った。それきり来なくなった。電話も通じなくなった。お金を返して欲しいの」

「あんたのことは知らないけど、あんたはおれのこと、知ってるだろ。あんたのグループの矢吹にまんまと一千万円持ち逃げされた。あんたらに笑い物にされた大浦荘介だよ。おれの親の資産まで調べていた。悪いけど、警察に行ってもらう」

そして男は迫真の演技を見せた。

「あんただって知ってるんだろ、あの金、どうやって作ったか。親にも兄弟にも顔向けができない。こんな男に、半年も時間をかけて、詐欺にかけるだなんてあんまりじゃないか。金を返してくれって。そう、伝えてくれ。そうしたら警察には言わないからって」

茜は泣きそうになった。

「何が親兄弟だ。寝言言ってるんじゃないよ、あれはあたしの全財産だったんだ。あたしは、たった一つの財産の店を担保に入れて。五年もかけて貯めた全財産を」

あるときは、田舎の寂れた町で、あるときは、この界隈の女は金で自由になると思われているような町で――まるでそこを歩く自分を、素っ裸の女でも見るような男の視線に耐えて貯めた財産をつぎ込んで買った。

あたしの店――。

「でたらめ並べるんじゃないよ。あたしの顔を見て逃げようとした、それがなによりの証拠じゃないか！」

男は青ざめて立ちすくんでいた。

「逃げようとしたんじゃない、あんたを逃がすまいとしたんだ。あんたこそ、おれから逃げようと椅子を投げたじゃないか」

「関係者でもないのにあんなにスタスタ入って来るものか」

「関係者でもないのに部屋の片付けをしたりするものか」

そうして一息見つめ合った。

そのときコトリと音がした。ドアの後ろに人の気配がした。

「その男の話は本当ですよ、茜さん。その人は証券会社の人じゃありません」

男はどんよりとした目をして立っていた。

「今朝からここに詰めていました。あなたたちと同じ。誰か関係者が来ないかと思って。大浦さんがスタスタと入って来たのは、昼過ぎに一度来ていたからです。初めに来たときは大浦さんもおっかなびっくりでした。大浦さん、あなたも初めて来たときには、部屋の中を引っくり返すように見ていたじゃありませんか」

それは城田だった。

城田は手に、茜と同じパンフレットを握りしめていた。

「ぼくは茜さんもグルなのかと疑っていました。茜さんもあの安福富男にやられたんですね」

まるで沼の底から這《は》い上がってきたようなひどい顔色をしていた。死んだ魚だってもうちょっとましだろうというような光のない目。

「一口一千万円。これは詐欺だから、うさん臭くて当たり前だ。騙す側に入れてあげましょうか——みんな同じ手口なんですよ。時間を切って焦らせることも。安福富男も、この人のいう矢吹というのも、二度とこの事務所には来ませんよ」

二人は絶望していた。

初めて会ったとき、相手が自分と同じ被害者だとは思いたくなかった。相手が加害者であれば、金が取り戻せる。相手も被害者であれば、なんの足しにもならない。それなのに自分の不幸が鏡のように相手に見えた。それが恐ろしく、また、腹立たしかったのだ。

結局、自分たちは同じ不幸に見舞われたのだという結論に行き着くしかなかった。

その日スナック「あかね」は十一時に閉めた。バイトのミミには「人が来るから」と言った。ミミは訝《いぶか》しむこともなく「お先です」と出て行った。入ってくる城田と行き違って「店、今日は閉めるんだって」と言い、茜が「いいのよ。せっかくだから、ビールの一本でも飲んで帰ってもらうから」とかわした。

大浦荘介がやって来たのはそれから三十分してから。時間きっかりだった。

荘介は語った。矢吹がいかに巧妙に自分の信用を得ていったかを。そうして、自分がどんな見得を切って母親に金を借りたかを。

「返さないと、多分、おれ、勘当なんだ」

茜はなんだかおかしかった。勘当。なんて古い言葉。それでも生きていけるのなら、いいじゃない。あたしは三千八十六万円に五百万円が加算されて。

「三千五百八十六万円。返さないと風俗に売り飛ばされるのよ」

城田がどれほど追い込まれているかについて、茜と荘介は追及しなかった。そんなことに加担するとき、銀行員がなにをしたか、城田の土気色《つちけいろ》の顔を見ると、想像がついたからだ。多分、たった三日のことだと得意先の金を使い込んだかなにかだ。たった三日で返せる。自分たちだってやれるものならやっていた。

城田には社会的生命がかかっているのだ。

ミラーボールにはうっすらと埃がかかっていた。並んでいるネーム入りのウィスキーや焼酎は半分がサクラだ。売れない演歌歌手がキャンペーンに来たので、サイン入りのポスターを飾ってやった。客が置いていった北海道土産の熊の置物。ディズニーランドで売っているネズミのぬいぐるみ。電灯が一つ、切れている。茜はそれをぼんやりと見つめる。

「警察に行っても無駄です」

「行ったの？」

「前まで」

城田はそのまま黙り込んだ。荘介が言う。

「詐欺なんだ。おれたちは騙されたんだけど、非合法と知ってて加担したんだ。善良なる被害者じゃないってことだ」

「それもあるけど」

城田は言った。

「ぼくは銀行にいて、いまは出向して、現場じゃありませんが、融資課なんかだと、企業情報が入るんです。こっそりインサイダー情報を流して小遣い貰っているのを、見聞きしたことがある。だから話を持ちかけられたとき、有り得ることだと思ったんです。でも一千万円級になるとただのインサイダーじゃない。暴力団が絡んでる。そういうのに逆切れされたら命が危ない」

荘介は思い出した。

「そうだ。矢吹は、経済ヤクザがどうのとか言っていた」

城田は頷いた。

「暴力団ファンドっていって、暴力団の資金を運用するファンドがあるんです。経済ヤクザはいま、企業に入り込んでいて、立派な企業の人間だって裏社会のフィクサーと繋がっているんです。暴力団は総会屋なんかの処理を名目に入り込んで、それを糸口に、関係を築くんです。手口は巧妙です。自分たちがトラブルを仕掛けておいて、企業が困ると、任せておきなさい、なんとかしてあげましょうとか言って、悪さをしている人間を引き揚げさせる。そういうことで恩を売ったり、信用させたりする。実際、そういう輩《やから》を一人抱えていると、企業だって仕事がスムーズなんです。そういう裏の人に頼むと、質《たち》の悪いクレーマーなんかがピタリとなりを潜《ひそ》めるんですから。白蟻みたいに、一旦入り込んだら気づかないうちに屋台骨まで食い尽くすっていうのは質が悪いけど、そこまではやらない。お互い大人だから、双方がそこそこもたれ合ってやっているってのが実情です」

「なんでそんなに詳しく知っているのよ」

「うちの銀行のお得意にも、そんな白蟻に入り込まれてものすごい負債を抱えて倒産した会社があるんです。バブルのときなんか、そんな癒着《ゆちやく》は当たり前でした。ぼくはそういう債権整理をしている部署から出向しているんです」

「頭にネクタイを巻いて踊っている割には頭がいいんだ」と茜が言った。

「ネクタイを外すと、置き忘れて帰るから」

三人は考え込んだ。それでも何といって方法は浮かばなかった。

母が、父に全部話すと突きつけた期限まであと八日。

店を担保にした借金の返済期限まであと八日。

二人は、八日したらなにが起きるのか、考えたくなかった。

城田が深刻な顔つきでやって来たのはそれから四日後だった。

閉店後の深夜二時、店内で城田は茜と荘介を前に据えた。

城田は俯《うつむ》いて、額の汗を拭《ぬぐ》った。

「この前言ったように、ぼくは債権整理の仕事をしています。債権というのは、ご存じだと思いますけど、貸した金の返還を請求し、実行する権利のことです。簡単に言えば、銀行が貸した金を返せなくなった企業から担保の取り立てをするんですけど、もともと、銀行が担保物件として取り扱う対象は土地でした。あとは家屋です。でもバブルの時代、金が余った銀行は、とにかく金を貸したかった。だからたいして価値のないものや、価値のわからないものに担保価値を付けて、貸したんです。でもバブルが弾《はじ》けて、景気が下降して、貸した金が取り返せなくなった銀行が、では担保を処分して貸した分を取り返せたかというと、そうはいかなかった。担保に、貸した金に相当する価値がなかった、もしくはなくなっていたんです。そういうのを、不良債権といいます。ぼくの仕事は、その中の売るに売れない物品を保管、管理することなんです」

うんと二人は頷く。

城田は二人の顔をしっかりと見据えた。

「うちの倉庫に、膨大な量の絵画が眠っているんですよ」

「かいが」と茜は不審そうに言う。

「絵です」

茜は「え？」と問い返す。城田は頷いた。

「ぼくら銀行は、金にはとことんシビアです。昔なら絵で金を貸したりはしない。でも時代の落とし子なんです。バブルが弾けたのは、一九九〇年はじめです。そして突然日本で絵画ブームが起きたのが、八九年から九〇年。もうすぐバブルが弾けるということをみな、認めようとしなかった。風船にガスを入れると大きくなり、上がる。入れ過ぎると弾ける。もう弾けそうだというのに、いままで弾けなかったという理由で、どの会社も自社という風船にガスを送り続けた。みなが高く上がっているから。もしくは、他より高く上がっていれば、なんとかなると思ったから。絵画がブームになったのには、金をたっぷりと抱え込んだ人々が、名誉欲で美術品を買い始めたという側面と、他に面白い投機対象がなくなったからという側面と、二つありました。とにかく」と城田はそこで言葉を切って茜と荘介を見定めた。

「一九八七年から一九九〇年の四年間で、日本が買った海外の美術品は、当時世界中で売買される美術品の半分以上を占めたと言われているんです。その上その間の買値は、史上最高価格を記録し続けていた。日本美術市場で一九八七年が二千億円だったのに対して、ピーク時の一九九〇年では、その取引総額は一兆五千億円に達しています。およそ七・五倍。八千万円程度の日本画が四億から五億円で取引されたんです」

「……一枚が？」

城田はゆっくりと頷く。

「たとえば、商社が、四億程度の絵画を十七億円で競り落とす。それを別の業者が三十四億円で買うんです。もちろん、それだけの価値があると思ったからです。その場合の価値というのは、次の買い手にそれ以上の値段で売ることができるという読みです。現に、四億のものを十七億で売った人間は十三億の利益を得たわけで、十七億で買った人は三十四億で売ったとき、瞬時に十七億の利益を得た。だったら三十四億の絵だって、次に売るときには、自分たちには何億もの金を残して去っていくだろうと思うわけです。一点の絵が、魔法のように金を置いていく。銀行が絵画に担保価値を認めるには、そういう時代背景があったんです」

荘介は言った。「その話は聞いたことがある」

城田は頷いた。

「問題は、絵画熱が沸騰したとき、日本経済は頂点を越え、下降しようとしていたということなんです」

茜に記憶が蘇《よみがえ》る。薄気味の悪い空騒ぎの記憶だ。ただ、それが自分のいまの窮地とどうかかわっていくのかはわからなかった。

「バブルと言われる時代が過ぎて、企業は資金繰りに困った。そのときに初めて、三十四億の金で買った絵画に、四億の値しかつかないという現実に直面したんです」

城田は二人の顔を見た。

「手放したら、三十億の資産の減少になる」

二人は息を止めた。

「一点じゃありませんよ。繰り返しますが、日本には当時、近代絵画が世界の美術市場の半分を占めると言われるほどあったんです。銀行が不良債権処理に腰を上げたとき、そんな絵画が各社の倉庫に膨大に眠っていた。手放すに手放せない美術品です。ある大手生命保険会社では、一社だけの倒産で、絵画の代物弁済が二百点、評価価格で九十億円分あったそうです。

でも絵の価値が下がったわけではありません。ニューヨークで行われたオークションで二十六億六千万円で売れた絵があります。日本の、ある倉庫に眠ってると言われるものと、非常に似ていた。だとすれば、買われたときの五倍近い価格で売り抜けているということになる。出品者は不明です。問い合わせに対し、金融機関は担保の内容を公にすることができないということを盾に、個別の案件には答えられないと言い、結局出品者については明確にしなかった。つまり、売り急ぐ必要さえなければ、絵画には商品価値がある。そして時として取引は公然と、非公開に行われるということなんです」

城田の弁は整然としていた。情熱的でも、自己陶酔的でもなく、どこか冷やかだ。そのくせ端々から何かが顔を出す。凄味《すごみ》というのか、熱というのか。圧を一定に保った蒸気が充満しているようだ。それは失った一千万円という金額の持つ圧力だろう。もしかしたらそれに、倉庫番に追いやられた自身の鬱屈が拍車をかけているのかもしれない。それにしても実に整然としていた。追いつめられたとき、このように理性的になることができれば、おれもここまで追い込まれることなくそれなりに生きて来られたのではないかと、思うほどだ。

「日本全体で、不良債権化した絵画がどれほどあるか、誰にも把握できない理由は、そこにあるんです。美術品は、不動産のように所有を登記することはありません。取引も現金で行われます。その上、所有者は多くの場合、美術品に関する情報公開をひどく拒んでです。当時、名の知れた作家のものであれば、まるでバーゲン会場で手当たり次第にカートに入れるように、買った。投機としても失敗したし、美術蒐集《しゅうしゅう》というにはあまりにお粗末なんです。いまさらその顚末《てんまつ》を表に出したくない。どういう根拠でだれが判断してなにをいくらで買ったかを、はっきりさせたくないというのもあるし、実際、わからないということもある。取引にかかわった人たちはほとんど会社に残っていません。もっと言えば、画商に言われたまま買ったから、なにを聞かれてもわからない。その上、当時の絵画には、総会屋への利益供与など、税務書類に残せない現金の代用に使われたということもある。総会屋はそういう絵をまた、法外な値段で企業に売りつけたんです。とにかく、ヨーロッパの画商たちは、日本で、トランクルームに積み重ねられた数千点のフランス絵画を見て、恐れを感じた。これが下手に市場に出れば、フランス絵画の値は暴落する。彼らは、売らないように忠告したんです。ぼくがいるのは、そんな絵画を含む、不良債権の処理をしている会社であり、ぼくはいま、その担保を収納している倉庫を管理している部署にいるんです」

北海道土産の熊の置物と、色の変わった演歌歌手のポスターと。古いエアコンの唸《うな》る音が突然大きくなって室内に響いた。

「よくわからないけど」と荘介が霧の向こうを見ようとするように、目を細めた。

「城田さんが勤めている会社に、その——なんというのか——」と口籠《くちご》もった。「その絵画があると……」そして城田を覗き込んだ。

城田は明確に答えた。

「はい。うちがメイン銀行だったもんで、他のもろもろと一緒に、全部回収したんです」

なにを回収して、なにがあるのかが、二人にはまだ把握できないでいた。いや、あるのは絵画だ。だからどうだというのか。

「何億だったって？」

「総取引価格は一兆五千億円」そして追い討ちをかけるように、声を潜めた。

「専門家によれば、日本の銀行と金融会社に取られた絵画類は、現在でも三千億円の値打ちがあると推定されています」

漠然とわかることは、なにかが彼の手許にあるということだ。なにであるかを、二人の脳は理解することを拒否し続けた。多分、一等の宝くじに当たったのかもしれないと思ったときに、人の脳に起きるような現象だ。

城田が顔を下げる。茜と荘介は、磁石に引かれるように、同じように顔を下げる。ここそ話をするのにちょうどいい具合だ。

「絵は、盗んでも売れません。盗んだ絵画を買ったって、人に見せることもできない。ずっと隠しておかないといけないんです。加えて名画は特に履歴を重視します。だれからだれに行き、どこに保管され、そしてだれの手に渡ったかを、履歴書のように要求されるんです。途中で不明の期間があるものは、犯罪にかかわっている可能性がある。真贋《しんがん》の問題も発生する。金持ちはスキャンダルを嫌がる。仮に市場に出てきたとしても、履歴のはっきりしないものについては、そのリスクを考えて、買い控えるんです。すなわち、絵は、盗んでも、売れない。宝石のようにばらしてパーツで売りさばくということもできない。分けることができるのは額だけです」

茜がプツンと声を発した。

「でもときどき盗難事件ってあるじゃない」

「あれは、盗んだ本人が欲しいか、だれかから依頼されたか。もしくは入り組んだ裏があるか。金目のものを掴んで逃げるのとは、本質的に違うんです」

そして一息、茜と荘介の顔を見た。

「じつは、うちの絵画コレクションのうちの一点に執着している画商がいるんです」

茜はその言葉に反応を示さなかった。しかし荘介は、確かにピクリと膝を浮かせた。城田は荘介に視点を合わせた。

「ゴッホの『医師ガシェの肖像』って知っていますか」

荘介は頷いたが、茜はただ城田の顔を見るだけだった。

「ロンドンの競売場で、日本人によって百八十億九千六百万円で競り落とされた絵です。『ひまわり』と同様、当時はその高値で話題になりました」

「『ひまわり』なら知ってる」と茜が納得した。城田が頷く。

「それがいま、うちにあるんです。それをどうしても欲しいという客がいて、相手は画商を通して、金ならいくらでも払うと言っているんです。ただ、秘密裏にと条件をつけていて、結局うちの上司は、その絵をうちが保管していることさえはっきりとは認めなかった」

「なんで秘密で買うの。お金は払うんでしょ。あなたんちだって、売りたいでしょ」

「いわくのついた美術品は秘密裏に取引されることが多いのは確かです。しかしガシェの場合は結局履歴の問題に集約されるでしょう。最近この絵がナチスドイツに没収されたものだということがわかったんです。ご存じかもしれませんが、ナチスドイツは『退廃芸術』として多くの近代絵画を押収しました。押収した絵画のうちの何点かを、ヘルマン・ゲーリングというナチスの指導者が自分の画商に売った。ゲーリングというのはナチスドイツが押収した絵画を私物化したことで知られる人なんです。ゲーリングのコレクションは絵画千三百七十五点、彫刻二百五十点、タペストリーが百六十八点、総額一億ライヒスマルクにのぼると言われています。一億ライヒスマルクというのは、個人が美術品に使った最高金額であるヒトラーの、約一億六四〇〇万ライヒスマルク、五千点、六五六九万ドルに次ぐものです。ただし、そのヒトラーの数字は、盗んだものとは別に、彼が、戦争の最初の五年間に買い求めたものだけの金額ですけどね。

問題のヴァン・ゴッホの『医師ガシェの肖像』は、第一次世界大戦当時、ドイツのシュテーデル美術研究所にありました。シュテーデル美術研究所は私立の財団でしたが、その中に、市の資金で新設されたフランクフルト市立美術館を、近代、現代美術部門として抱えていました。だから、ガシェは、シュテーデル美術研究所の中にあるフランクフルト市立美術館にあったと言えます。シュテーデル美術研究所の全責任者である館長のシュヴァルツェンスキーという人は、ユダヤ人でした。彼は、ナチスの手によってあらゆる公職からは外されましたが、シュテーデル美術研究所は私立の財団であったためにナチスは館長の職を解くことができなかった。彼はガシェをナチスドイツから守り抜きました。彼の意志を継いだフランクフルト市立美術館の館長もまた、ガシェがナチスドイツに渡ることに抵抗しました。彼は、『医師ガシェの肖像』を、オッペンハイマーという個人から贈与されたものであると言い、市の資金で買ったものではないのだから、市には権限がないと言って、ナチスドイツの要求を突っぱねたんです。その後もガシェは、関係者の涙ぐましい努力により奇跡的に没収を免れていましたが、一九三七年、『総統の権限により』のひと言で、結局ナチスドイツの手に落ちたんです」

城田は二人を見すました。

「この話の意味するところは、絵が一枚不法に売られたということではない、ガシェは、ドイツ、なかでもユダヤ系ドイツ人にとって、抵抗と侵略の象徴だということなんです。ガシェの本来の所有の権利はどこであるかということは、侵略されたものの意地と誇りがかかわっていることなんです」

二人はただ、頷いた。頷くしかないからだ。城田は話し続ける。

「その後ナチスは退廃芸術として押収したそれらの絵画を売り払おうとした。ゲーリングはその際、ゴッホの『ガシェの肖像』を、他の押収した絵画二点、フォルクヴァング美術館から押収したセザンヌと、ベルリンのナショナルギャラリーから押収したゴッホとともに、自分のお抱えの画商に扱わせたんです。画商はそれらをすべて、ドイツ人銀行家、ケーニヒスに売りました。金はゲーリング個人の懐に入った。その時点で、ガシェは違法な手段で市場に流れたことになります。人はとかく、戦時の軍部は超法規的権限を持つと考えがちですが、決してそうではない。その取引が合法的でなかったことは明白なものと認められています。その後ケーニヒスはガシェを、アムステルダムに住む友人のユダヤ人銀行家クラマルスキーに渡しました。一九三九年、ドイツ軍がポーランドに侵入する、数カ月前、金のあるユダヤ人がアメリカに逃亡を始めていたときのことです。その際のガシェの移譲について、ケーニヒス側は、ドイツを離れることができないケーニヒスが、アメリカに逃亡するクラマルスキーに託したのだと言っています。しかしクラマルスキー側は、ガシェは購入したものであると言い、両者の言い分は違っています。その二年後、ケーニヒスは列車に飛び乗ろうとして落ちて死亡しましたが、ナチスに殺されたのだとも言われている」

と城田は続けざまに喋ったために空っぽになった肺に、ゆっくりと空気を送り込む。

「ガシェはその後半世紀以上、クラマルスキー一族の所有とされ、八四年からはニューヨークのメトロポリタン美術館に貸与されていました。その間、とくに八〇年代、印象派の絵画、特にゴッホの絵画価値は上がり続けたんです。その上、質のよいゴッホはすでにコレクターの手に納まって、市場に出る確率は非常に低かった。そこに日本のバブルが重なって、ガシェはとんでもない値段でクラマルスキーから日本に売却されました。ぼくが言いたいのは、その絵がぼくの管理する倉庫にあり、その絵を欲しがっている個人がいて、その仲買をする画商が、売って欲しいと何度も持ちかけているということなんです」

しばらくの沈黙があった。茜が言った。

「だから、なんで秘密でないといけないのかが、わからない」

「ケーニヒスの孫が、ガシェの返還要求を出しているんです」

しばらく考えて、荘介が言った。

「なんでだ」

「おそらく、祖父は預けただけであり、売ったんじゃないと言っているんでしょう」

「書類とか、ないの?」

「ありません。二人とも銀行家で。初めはクラマルスキーがケーニヒスに金を借りていたんですが、最後はケーニヒスがクラマルスキーに借りていた。借りた金の代わりに三点の絵を渡したんじゃないかと言われていますが、証拠がないからケーニヒスの子孫は納得しない」

荘介は「なんだか、いただけない泥仕合だな」と呟いた。

「ケーニヒスがナチスの商売に一枚噛んでうまい汁を吸おうとしたのか、ナチスドイツから三点の絵を守りたいと思い、なけなしの金で買ったのか、それはわかりません。第三者が過去のことをジャッジするのは難しいものです。ケーニヒス以前にも、ガシェの持ち主として認められるべきだと言われている人がいるんです。シュヴァルツェンスキーの意志を継いだフランクフルト美術館長が『医師ガシェの肖像』は個人から贈られたものであると言った。覚えていますか」

二人は頷く。

「さっきも言ったように、ガシェは、第一次世界大戦当時、ドイツのシュテーデル美術研究所にありました。それを、オッペンハイマーという個人から贈られたものであると言ったのが、ガシェをナチスに渡さないための方便であるのか、事実であるのか。ガシェがクラマルスキー家の持ち物としてメトロポリタン美術館を飾っている間も、ドイツの美術館は、経緯を調査し続けていました。それにより、ある文書が確認されました。ヴィクトル・オッペンハイマーの妻、ヨハンナからの一九三七年のもので、そこには、『医師ガシエの肖像』について、シュテーデル美術研究所の展示室から下ろされたのなら、返却して欲しいという要請が書かれていたんです」

二人は息を止めたようにして城田を見つめる。理由はわからない。なにかが二人を聞き入らせる。

「ヴィクトル・オッペンハイマーというのは、シュテーデル美術研究所の館長だったシュヴァルツェンスキーの義父、つまり、シュヴァルツェンスキーの妻の父親なんです。シュヴァルツェンスキーはガシェを自分の美術研究所に展示したいと思った。しかし当時、ゴッホのような近代絵画に金を使うことについて、一部の評論家や、既存の画家たちの間にたいへんな反感を持つものがいた。その上、近代美術部門はフランクフルト市の守備範囲であり、公費でした。そのため、生きている画家の絵の購入にしか使えないという現代絵画用の規則を守らなければなりませんでした。それでも彼はガシェをどうしても自分の美術館に置きたかった。それが彼の美意識であり、古典的なポーズをとり、いままでにないモダンな筆さばきの『ガシェ』こそが、古典絵画と現代絵画を結ぶ輪であると考えていた。そこで妻の父親に、ガシェを買ってくれと頼んだんです。父親は言われたように買って、シュテーデル美術研究所に贈与した。だからガシェは単純な贈与ではなく、展示物にすることを目的として購入されたものであり、だから、ヨハンナは、美術研究所に飾らないなら返してくれと言ったんです」

「それは理がある」と荘介は思わず呟いた。

城田は頷く。

「美術館側でも、『ヴィクトル・オッペンハイマーの寄贈品として入手した』という文書が確認されています。『ヴィクトル・オッペンハイマーの寄贈品』という公式記録もある。返却を求めたとき、オッペンハイマーは死亡していて、未亡人になっていた夫人は、ドイツを襲ったインフレと、大恐慌とで、資産のほとんどを失い、小さなアパート暮らしをしていたそうです」

「返してやればいいじゃない。売ったら金になるんだから。貧乏人の金をくすねるというのは、どこの話でも腹が立つわ」

「でも、贈与なんです」

「なんの条件もなく、か」と荘介。

「押収されそうになったとき、弁護士たちも一斉に調べました。オッペンハイマーは贈与に、なにがしかの条件をつけていないか。義理の息子との仲が良かったのか、善良な人であったのか、なんの条件も見つけられませんでした」

荘介がちょっと興奮した。

「なおさら、返してやれ。慎み深い人間が損をするというのは、どうにも解《げ》せん」

「みながそう思う。だからフランクフルト美術館は、その『贈与者』の権利について、しつこく調べ、問い合わせ、一方で、イタリアの美術関係者に、ガシェを没収したゲーリングに取りなしをしてくれたらギリシャ彫刻を渡すとまで言ったんです。それをゲーリングがねこばばしてケーニヒスに売ってしまった。ケーニヒスはクラマルスキーに『預けた』

と言い、一方クラマルスキーは『買った』と言い、しかし当事者はだれも生存せず、書類の一枚もありません。クラマルスキーが一九九〇年、ガシェをロンドン・ルービーズで売却し、百八十億円という莫大な代金を得たわけですが、ケーニヒスはいまだに所有権は自分の家にあると主張している。一方でオッペンハイマーの権利について、あれは一九一一年にうちが頼んで贈与の形を取っただけのものだから、なんとかオッペンハイマーに義理を返したいというフランクフルト美術館の思いがある。そうこうするうち、ガシェはとんでもない高値を付けていったんです」

茜は黙り込んだ。それから城田に顔を上げた。

「結局絵はどうなるの。その百八十億を懐に入れた人はどうなるのよ、払った人はどうなるの」

「わからないでしょ」

「わからない」

城田はその言葉に得心して頷いた。

「だから面倒だって言うんです」

その瞬間、茜と荘介は納得できたような気がしたのだ。城田は続けた。

「ゲーリングの行為は、『ガシェ』を返せという、フランクフルト美術館の主張の、少なくともモラル上の論拠になる。『ガシェ』が個人のものであったとすれば、まさに国家が力任せに個人を踏みにじったモデルです。ヨーロッパはナチスドイツの犯罪については厳しいんです。オッペンハイマーを泣き寝入りさせることは、当時の市民の善良さと、文化に対する健全で誇り高い精神を、踏みにじられたままにすることになる。その上、ガシェを守り抜こうとしたのはユダヤ人館長です。加えて、ヨーロッパは、自国の名画が、他国、それも、その価値をわかっているかどうかわからないような人たちの間を右往左往しているのを快く思っていない。あるべき場所にあるべきだと考えています。それはフランクフルトの言い分を後押しするものでもある。ナチスドイツによって歪められた歴史を元へ戻すということです。そこへケーニヒスが返還要求を出した。これは、フランクフルト美術館やオッペンハイマーなんかよりずっと面倒です。欲と面子《メンツ》を前面に出した、それこそ泥仕合覚悟ですから。だから今度ガシェが表に出れば、その所有権を巡って面倒が起きる可能性が極めて高いと言われているんです」

荘介がおずおずと聞いた。

「時効って、ないんですか」

城田は整然と答える。

「確かにこの手の事件にも時効を設けるのが大勢《たいせい》です。ただ、それに納得しないから問題が起きている。国によって時効の期間も違い、また、いつ、犯罪行為が発生したかも議論になるでしょう。それに、そもそもナチスの行為については、時効は認めないという国もある」

荘介が呟いた。

「なんたって金額が金額だからな」

城田はゆっくりと頷いた。

「その上当時の担保物件の権利関係は縺《もつ》れた糸のように複雑で、とくにガシェは何重にも担保が組まれていて、権利者がわからない。だからいまだにガシェは、どこにあるのかわからないということになっています。業界では、すでにアメリカに売却されたという話さえあります。逆にいうと、そこまで伏せられるのは、興味を持たれているからで、とてもオークションなんかには出せない。それこそマスコミがあることないこと書き立てて、格好の餌食《えじき》にされることは目に見えている」

「ガシェって、なに？」

荘介が答えた。「ゴッホの描いた絵。ガシェという名前の医師の肖像画」

「そんなに有名なの？　学校の美術の教科書に、ある？」

城田はそれにも明確に答えた。

「ありません。日本がバブルマネーで買い取るまでは、さほど注目されていなかった絵です。いまでこそいろんな褒められ方をしますが、それまでは、ゴッホの絵だから値が付いていただけの、小振りな絵です。ゴッホからガシェ医師にプレゼントされたものです」

「じゃ、なんでそのなんとかって人はガシェをそんなに守ろうとしたの」

「守ろうとしたのはガシェだけではありません。ナチスドイツが退廃芸術だと非難した六十点から七十点を、彼は屋根裏部屋に隠したんです。絵を後世に残すことがキュレイターの職務だから。なぜガシェだったかを強いて言うなら、ゴッホ自身が書簡の中で『ガシェの表情は時代のやるせなさを写し取っている』と言っている。古典絵画と現代絵画の接点という位置づけよりむしろ、当時のユダヤ人はわが身のやるせなさを、ガシェに重ねて見たかもしれない」

キュレイターがなんなのか、茜にはわからなかった。横文字の名前。彼らの執着。絵に意地を張り、誇りを持つこと。なにより、とんでもなく昔の権利を、いまだ主張するということ。長い話の中で茜にわかったのは、未亡人の件《くだり》だけだ。

「ゴッホがジャパンマネーで買われたというのは聞いたことがある。でもそれは――」

荘介の言葉に城田は再び明確に答えた。

「一九九〇年。あるのはガシェだけじゃありません。ピカソ、モネ、モリゾ、ドガ、モジリアニ、ベックリン、ミロ、ダリ、ルノワール。当時押収した絵画のすべてです」

荘介がぐっと息を飲む。

「十三年経ったいまでもあるんですか」

城田は静かに頷いた。

「確かに、一九九七年からそれらの絵は少しずつ国外に流出を始めています。アメリカのマーケットがよかった一九九九年から二〇〇〇年の間に売りさばくべきだった。うちの銀行が機を見誤ったのです」

茜はピカソとルノワールしか聞いたことがない。城田は続ける。

「絵画は専用ロッカーに保管されています。一年を通じて温度二十度、湿度五十パーセント。最新のコンピューター制御で、空調設備や防塵、防虫、防黴、防磁など、万全の管理で保管されています。二十四時間セキュリティシステムです。でもそのセキュリティは外部侵入者を想定したものです。内通者がいれば、極めて簡単なんです」

城田はわずかに身を乗り出す。

「出入りにはカードが必要です。カードがないと、エレベーター一つだって動きません。厚さ十センチの鉄の扉は、ぼくら社内管理者立ち会いでないと開きません。一つ一つの倉庫にも個別に鍵があり、それは借り主しか持っていません。現場はいざというときのために、どの倉庫でも開けることができますが、それは上部からの指示書があって初めて暗証番号を開示され、規定の人々立ち会いのもとに解除できるものであり、それ以外に開ける手立てはありません。その鍵も、システム暗号も、ぼくが持っているんです」

時間が止まったようだった。

「その画商はガシェをいまでも喉から手がでるほど欲しがっているんですよ。ぼくが聞いたときには、十億円までならと言っていました。おそらく買い手はその何倍かの値段で買うのだと思います。もしオークションに出せば、百億出しても手に入らないものなので、不自然な話ではありません」

――十億。茜はぼんやりと言った。

「あたしたちで直接その相手に売れば――」

「欲しいと言っているのは多分スイスの銀行家ですよ」

「あ。外国の人」

茜はスイスという名前は知っているが、どこにあるのかは知らない。雪山の景色の綺麗なところだ。スイス語があるのかも知らないし、スイス人に会ったことも、あるのかないのかわからない。「戦争をしない国」で、「マネーロンダリングできる国」で、クリーンなのかダークなのかよくわからないという印象がある。山羊のチーズが美味しいのはハイジの国で、しかしハイジの国がスイスだったかどうかは、知らない。

ヨーゼフ。

パトラッシュ。

マッチ売りの少女。

おとぎ話が交錯する。

荘介の頭の中も劣らず、フワフワしていた。しかし彼の頭の中にあるおとぎ話はアニメーションによって具象化されたものではない。寓話であり、神話であり、とてもうさん臭いが、茜の頭に浮かんだおとぎ話がそうであるように、確立されたものだ。

それは炎の画家、ヴァン・ゴッホの物語だ。

彼の名前は美術を学んだものでなくったって知っている。彼の不幸な一生と、その死のドラマチックさは、美術にかかわりがなくても心惹かれる。若い芸術家はみな、彼のようになりたいと思い、同時に彼のようにはなりたくないと思う。

芸術家は非凡であり、すなわち世間に迎合してはならず、迎合しなければ疎外され、孤高となり、そして孤高であることに誇りをもってその誇りを失うことなく死ぬ。芸術家の宿命をそのままに生きたのが彼らのいうゴッホであり、芸術家は彼の生涯を畏敬する。それが創作されたものであっても、だからといってその世界が崩れることがないのは、現実に彼の描いた絵があるからだ。彼の孤高が作り物だとしても、彼の苦悩がなかった訳ではない。彼の苦悩を、写真のように、そこに見せつけるのが彼の作品であり、生涯と作品の一体感こそが、彼を万民に知らしめる。

こうなると美術的価値なんか二の次になる。

ゴッホは正確には数えられないほどたくさんの絵を描いている。友人も家族も恋人も金もないゴッホは、ただただ絵を描いた。アルルで描いた「ひまわり」だけでも七点あると言われる。その上、ガシェという医者はアマチュア画家であり、ゴッホの絵を趣味で模作しており、それはもちろん暇つぶしに写し遊んだだけだろうが、とにかく、ゴッホの作風は乱暴で作品は多く、贋作だか真作だかわからないものが無邪気に溢れていた。彼の絵に、模写を犯罪だと思うような価値はなかったということだ。

オランダを離れるときは、随分な量の作品をアパートに残したままアントワープに去った。その際絵は、破られたり当時の屑屋に売られたりした。そういう絵はどこから出てきても不思議はない。だからある日突然「これはゴッホの作品だ」と言われても、誰にも「違う」とは断言できない。仮に、彼の絵が金になることを知っただれかが商売として贋作を描こうとすれば、特徴的な荒さを持っているので、素人を誤魔化せる程度のものは描ける。どれがガシェの描いたものでどれがゴッホの描いたものか、プロでさえ本当のところ判然としないというのだから。

そういうスキャンダルがいつまでも彼を雲の上の人にせず、それがまた絵の価値を高めていく。

だから金余りの人間たちが欲しがるのは、まったくもってもっともな話であり、なぜなら来客のだれもがピカソとゴッホならそれと見分けがつくからだ。

「われわれで、それを盗み出すんです」

城田はそう言った。

その夜、茜の携帯電話が鳴った。

非通知だった。

茜は恐る恐る通話ボタンを押した。

男の声が聞こえた。

「借金取りです。わかってますよねぇ」

ひどくちゃらちゃらした声だった。どういうわけだかその瞬間、茜に怒りが稲妻のように走った。

「わかってるよ、ぐずぐず言ってんじゃねぇよ！」

腹の奥から湧き上がった。電話の男が一瞬間をあけた。それから男の声がゆっくりとした。

「用意できるんだな」

心の中ではたじろいでいる。でも突き上がった感情は収まらなかった。

「十日待ってよ。十日でいいんだから」

茜は耳を澄ました。

「わかった。十日待つ。ただ、その間に逃げようなんて考えたら、海外に売り飛ばすからそう思え」

改めて電話すると言い、電話は切れた。

なんとかという画家の、なんとかという絵が、ものすごい価値があり、城田がそれを倉庫から持ち出しさえすれば、どんな銀行強盗だって見たことのないような現金を摑むことができる。倉庫には何千という美術品、絵画がひしめいていて、その実体は美術専門家でさえ知らない。ということは、一枚失くなったってだれにもわからないかもしれないし、仮にわかったとしても、表沙汰にしない。

「銀行直営の倉庫ですから。おおやけにして寝た子を起こしたくないという心理が働くかもしれない」

城田はそう言った。「寝た子を起こす」とは、人の注意を引かなくなった問題に再び光を当てて、片付くあてのない問題を再燃させるという意味だ。それがこの場合、どういう意味で使われたのか、茜にはわからなかった。いや、城田の話の大半が、茜にはわからなかった。ゲーリングも、一億マルクも、長い名前の外国の人々のことも。

茜には百円の皿と百万円の皿の見分けもつかない。ダイヤモンドの指輪は欲しいが、客が買ってくれれば、すぐに質屋で金に換えて、指には似たデザインのジルコニアの指輪をつける。だから、一枚の絵に何億円という値段が付くということが、茜にはもともとわからない。

でもそれがあるから自分は、この状況から抜け出すことができる。

百年以上前に遠い異国で描かれた小型の絵。

茜は城田に貰った、絵の写真を見つめた。眠たそうなおっさんが片肘をついて座っている。これがガシェという男で、医者で、自らも神経病で、その上画家だったのだと城田は言う。ごわごわした感じの上着はなるほど、金持ちの持ち物には見えない。こんな絵が引っ越しの荷物の中に混ざっていたら、手伝いにきた友だちにやるだろう。

そのおっさんの絵がいま、自分たちの運命を握っているのだ。


浅間山の麓に広大な別荘地がある。環状八号線から関越自動車道に乗り、藤岡ジャンクションで上信越自動車道に入り、碓氷《うすい》軽井沢で高速道路を下りる。国道十八号線を走ると、浅間山の南東の麓に出る。軽井沢である。

道なりに進んだあと、追分《おいわけ》の交差点で十八号線を北に折れる。高級別荘地、旧軽井沢はすでに右手に過ぎて久しい。

軽井沢の別荘といっても、自然の大地、言い換えれば荒れた土地に、平屋の小さな家が並んでいるだけだ。少し入れば道はもちろん舗装されていない。軽井沢に別荘を買う人間は石ころだらけの道を喜ぶのだから、問題はない。

別荘なんか買うものじゃないと、五反田二郎《ごたんだじろう》は思う。妻にそそのかされて買ったものの、電気、水道のすべてが、別荘価格で、高い。しばらく行かないとあたりにはすぐに雑草が生えてくる。管理人を置くのがもったいないので自分で通うと、好きで行くのとは違って、その道のりの長いこと。一日を潰して、草刈りだ。面倒なので放っておくと、管理会社からお宅の敷地が荒れていると電話がくる。結局、ただ持っているだけで月に十五万円が消えていく。

もう一つ面倒なことは、交通手段だ。

買ったときは、妻は「新幹線に乗ればすぐよ」と言った。確かに東京から一時間しかからない。でも、軽井沢駅からはどうすればいいのかを考えていなかった。タクシーに乗れば、タクシー代はばかにならない。妻は、それなら中古車の軽自動車を買って、駅前の駐車場に置いておけばいいという。でも車の購入費、駐車場代がどれほどになるものか。その上、冬場に行く回数を減らすと、軽自動車はバッテリーが上がって動かなくなる。結局、自宅から車で行くことになってしまった。

持ってみないとわからない苦痛だ。

それでも別荘の持ち主たちはそんな苦労をまるで語らない。五反田二郎も、だから決して、その苦労を人には言わない。諸経費なんか痛くも痒くもないという顔をして、娘に「この週末は軽井沢の別荘に行くの」と言わせる。その一瞬の贅沢のために、五反田二郎は日曜を潰してせっせと通う。ちなみに小学生の娘は、整体師の父親のことを、クラスでは「医者」で通している。

それを改めさせるかどうかを考えることもまた、ささやかだが喉に刺さった小骨のような微妙な苦痛である。

去年の十月の初めのことだ。二郎が草むしりをしていると、隣の敷地に一台のワゴン車が止まった。

空家だった隣の別荘は、夜になると二階に電気が点《つ》くようになったので、人が入ったのはわかっていた。しかし実際に出入りするのを見るのはそのときが初めてだった。

また一人、逃れがたい巣に引っかかっているのだと、五反田二郎はほくそえんだ。なぜなら、そこに止まったのが、決して金が有り余っている人間の乗るタイプの車ではなかったからだ。

降りてきたのは、男が二人だった。

一人は背の高い若い男だ。ジーンズに白いＴシャツという出で立ちで、決して遊び馴れた風ではないが、女の目を引きそうだ。

もう一人は、はじめの男よりは少し年上のようだが、それでも三十五ぐらいだろうか。スーツではないものの、いかにもきちっとしたサラリーマン風だ。

五反田二郎は奇妙な組み合わせだと思った。共通項らしきものがない。親しげでもない。そのとき五反田二郎は確信したのだ。

何かの同好会に違いない。それも、大して親しくない人たちが、家主に高いレンタル料を払って、集うタイプの。——もしかしたらちょっと不道徳な。

　というのは、五反田二郎はそういう噂をちょくちょく聞くからだ。人里離れているし、近所の目もないから「結構そういうこと、あるらしいですよ」と、後輩は酒の席で小声で言ったし、大人用のビデオを見ていると、ここは間違いなく軽井沢の別荘だなと思われる部屋でややこしい行為が行われている。いや実際、一人で別荘にいると、五反田二郎自身、暇と静けさを持て余してだろう、非日常的なことを夢想する。

　二人はなにかを語らうでもない。鍵をあけ、家の中を覗く。

　やがて二人は、乗って来たワゴン車から大きなダンボール箱を抱え出した。二人で一つを持ち、それを運び込むとまた車に戻って、一人で持ったり二人掛かりで持ったりしながら、いくつもの箱を家の中に搬入する。終始無言だ。

　五反田二郎は、たいして雑草の生えていない部分まで、丹念に草むしりを続けた。二人の男は箱を運び終えると、家に入って行った。

　五反田二郎は家に電話をした。

「今夜はこっちに泊まって帰るよ」

　五反田二郎の妻は、夫がさしたる理由もなく外泊することをすんなり認めるタイプではない。五反田二郎はカーテンを透かし、隣の別荘を覗く。別荘は隣近所からの目がないことが売りの一つだ。だから、覗いても見えるのはワゴン車の端だけ。

ありきたりな白のワゴン車だ。耳には妻の声が聞こえる。

「どういうこと？」

隣は静まり返っている。繁った草が頭を垂れている、その向こうに車の端が見えているだけだ。

もうすぐタクシーで色っぽい女が乗り付けて来るかもしれない。

それでも五反田二郎には、それ以上妻にいう言葉がなかった。

「わかったよ。たいした理由はないんだ。帰るよ」

五反田二郎は電話を切りながら、思う。

つまらない人生だ。

ひとつやふたつ、冒険があってもいいだろうに。

五反田二郎には、若い男の、ちょっと神経質そうで、それが芸術的な印象を与える、整った顔立ちと、それより少し年のいった男の、生真面目で堅いくせに、妙に陰のある感じが頭から離れない。

二階のテラスのドアが開いて、中から若い方の男が出てきた。

彼はそこから広くあたりを見回して、それから肩の力を抜くと、手すりに身体を持たせ掛け、くつろいだように笑った。

真っ白な歯をしていた。

彼が背後を振り返る。もう一人の男がテラスに出てきた。短く言葉を交わすと、二人は部屋の中へと戻る。年行きの男は、部屋に入る直前に周りを見回したが、それがまるで、あたりを窺《うかが》うようだったと、五反田二郎は思った。

あれは確かにあたりを窺ったぞと思いなおした。

それで矢も楯も堪《たま》らなくなったのだ。

覗いてみたい。

妻にはあとからなんとでも言いわけをすればいい。俺の勘は絶対に正しいし、いままでそういうことを見誤ったためしはない。

五反田二郎は二階に上がると、クローゼットの奥からダンボールの箱を引き出した。中にはオペラグラスと双眼鏡と、それから最近妻に内緒で通信販売で買った、赤外線スコープのついた双眼鏡が入っている。

最近すっかり忘れていた情熱が蘇る。隣のアパートのカーテンの隙間《すきま》を覗き見したり、深夜の物干しをじっくり眺めたりしていたころのあの熱い思いだ。対象は女性の独り暮しに限らない。五反田二郎はこれを「人間観察」と認識していたのだから。だれにも見られていないと思っている人間の所作のすべてが興味の対象だ。もちろん、そういう状態でしかないことが、最も興味を引くのは確かなのだけれども。

五反田二郎にはそれはささやかな冒険であり、決して彼を裏切ることなくいつも楽しみを提供してくれる、金のかからない趣味だった。

一帯は同じ「建て売り別荘」だ。二階は大きな部屋のはずだ。

五反田二郎は双眼鏡を構え、張り込み中の刑事のように二階に陣取った。

暗くなり、隣家の二階に電気が点く。カーテンは閉じていて、中は見えない。

五反田二郎は根気よく待った。双眼鏡を持ってしまえば、待つことそのものが楽しみなのだから。

五反田二郎は朝の四時までそこに座り続けた。女の乗ったタクシーは到着しなかった。閉められたカーテンに、真四角な影と、その前に立つ男の影が一つ、映り続けていた。男は一度、三十分ほど部屋を空けただけだ。多分食事に降りたのだろう。そのあと白いワゴンが出て行った。背の高い男は二階に戻って来たから、車で出て行ったのは年上の男のほうだろう。

それから一度、カーテンが開いた。五反田二郎は双眼鏡にかじりついた。男の向こうに見えた部屋には、ちょうど男の肩の高さあたりにイーゼルがあり、そこに写真が掛かっていた。テーブルの上には本が積み上げられている。見えたのはそれだけだった。

五反田二郎はその後しばらく、別荘には行かなかった。翌日やって来た妻は、ベッドに長い女の髪を見つけることはなかったが、クローゼットの奥に、いろいろな用途に応じた、日常生活では見かけることのない双眼鏡をいくつも見つけた。それで五反田家は別荘の管理どころではなくなったからだ。

二郎が再び別荘を訪れたのは、年の明けた四月五日のことだった。妻は二郎に愛情も関心も示さないので、夫婦仲は元に戻ったと思う。それが喜ぶべきことなのか、憂うべきことなのかについて、二郎には関心がない。

隣の別荘は空家になっていた。

二郎はそれを、羨ましいと思った。


同日、四月五日。

東京。

銀座では、三谷雄平《みたにゆうへい》がデパートのショーウィンドーに映った自分の顔をしげしげと眺めていた。

うん。間違いなく、写真写りが悪かった。俺はあんなにサトイモみたいじゃない。

三谷雄平は深川にあるレンタル倉庫会社に勤めていた。

その日は、彼が半年前に書いた「私の仕事」という文章が無事、勤務先の会社のホームページから消えたのだ。

原稿用紙二枚、八百字を書くように言われたのは半年前だ。社は海外への進出を狙っていた。だから趣旨は決まっていて、「この仕事で海外で活躍したい」と結ばれるように書く。個人の夢として書いたほうが、好感が上がり記憶にも残るだろうという、広報部の目論見《もくろみ》だ。それで、わかりやすく誠実な言葉遣いで、お行儀よく書くように言われ、結果、丁寧な文章をそつなく書けたと思う。まあ、出来のよい小学生の作文だ。

ホームページに載ると、彼女からさっそくメールが来た。

「雄平って、英語が喋れたっけ」

喋れない。「得意な英語を生かして」というのは「いつか海外にこの仕事を広めたい」と繋ぐための枕であり、必要だから書いた。「得意な語学を生かして」ではだめなのだそうだ。「英語」と限定するところに、素人のリアリティがあるのだそうだ。

気に入らないのは写真だった。倉庫を背にして写真を撮った。髪を、清潔感のある、それでいていまどきの仕立てにするために、ジェルでセットの練習をしたというのに、コントラストがはっきりしすぎて、肝心の顔がイケていないのだ。なんだか全体にサトイモのようだ。

会社は、宣伝物としてよくできていたら満足なんだろうが、おれには青春の一ページだ。パソコンを開くと、ついでに自分の顔を見てしまう。奇妙だと思うが、やめられない。それが昨日、別の社員のものに変わった。なかなかいい顔をした若者だ。でもこいつも多分、「おれは本当はこんなんじゃない」とげんなりしているのだろうと思うと、満足した。とにかくこれで明日、心置きなくミクロネシアへ旅立てる。

一週間の有給休暇のすべてを青い海でのダイビングに費やす。

こんな素敵な休暇の使い方があるだろうか。

もう半年前からの予定で、忘れもしない、あのホームページに文章と写真が載った日に、旅行会社に申し込んだ。旅行の費用はこのウィンドーの中のマネキンが着ているアルマーニのスーツと同額だ。雄平はマネキンのつま先から頭のてっぺんまでをゆっくりと見上げた。

ファッションには流行がある。型の古いブランド物を身に着けるなんてダサいことはしたくない。このスーツを買ったって短い短いお楽しみだ。第一、靴も時計もカバンも間に合わない。だったら一週間で使ってしまおうじゃないか。

若いときにしかできないことをしなくちゃ、つまらないもの。

三谷雄平は家に帰ると明日に向けて最後の準備をした。会社関係の身分証なんかは置いていかないといけない。運転免許証も、向こうで失くしたら目も当てられないから置いていく。クレジットカードは一枚を残して全部財布から抜く。会社で使う『A―665』『A―666』『A―667』と表記された三枚の磁気カードも、財布から抜き出した。

キーケースから車のキーも外した。新聞の配達を止めてもらうのを忘れていたことを思い出したので、慌てて電話をして一週間分、止めてもらった。それから、置いていく貴重品を、まとめてテレビ台の下の引き出しに入れた。

準備万端整った。あとは明日の朝を待つだけだ。

三谷雄平は翌日、目覚まし時計が鳴るより早く目が覚めた。階段を降りるのに、大きな荷物を引っ張りあげては下の段に着地させ、ガタン、ガタンと音をさせながら一段ずつ丁寧に降りた。それからがらがらと引っ張って、朝焼けの町に出る。今日の夕方にはヤップ島だ。

駅で同行する友達と合流した。

恥ずかしいから電車の中ではガイドブックを開かなかった。

自分の大きなトランクを人が横目に見るたび、優越感を感じた。

その数時間後、彼を乗せた飛行機は高く空に伸び上がって行った。

四

四月六日。

三人はスナック「あかね」で顔を突き合わせていた。

「トラックは倉庫で使っているものをそのまま拝借します。制服も拝借します。本物なので、疑われることはありません」

そういうと城田はテーブルに、大きな紙袋を置いた。それから中のものを取り出して並べる。

黒いナップサックが一つ。白い手袋が二組。作業用らしいキャップが二つ。木型が六つ。ヘアバンド型イヤホンと連結したピンマイクが二つ。それから裁縫道具。針と糸と鋏《はさみ》だ。

「手袋は行動中必ず着けてください。おわかりだと思いますが、指紋を残さないためです」

茜と荘介は神妙にうんと頷《うなず》く。

城田はイヤホンとピンマイクが連結したものを二人に一つずつ渡した。

「秋葉原で買って来ました。走行中でも携帯電話での通話ができるようになっています」

携帯電話に接続した。荘介がイヤホンを耳にはめる。城田はカウンターの奥へと行った。

しばらくして荘介の携帯に着信がある。荘介が受信すると、イヤホンから「聞こえますか」と城田の声がした。荘介はピンマイクに言う。

「聞こえます」

「了解です」

城田が奥から出てくる。

「設定すると三人一度に会話ができます」

そう言うと、そのかぶりものの上からキャップを被《かぶ》せた。すべてがすっぽりと隠れた。

ピンマイクだけがこっそりと口許に伸びている。

「帽子はできるだけ目深《まぶか》に被ってください。顔を隠す役目もありますから」

二人はぎゅうっとつばを引いた。

城田は糸を通した針を持つと、マイクとイヤホンのコードを帽子に縫いつけて固定した。

「あとで丁寧につけなおしてください。ずれたりすると面倒ですから」

茜はそれを受け取ると、すぐにつけなおし始めた。

「金が手に入るまで、茜さんには普段通り店を開けてもらいます。大浦さんと合流するにしても、一旦自分のアパートに帰ってから、向かってください」

確かに、鉄の階段をカンカンと上がる音が数日聞こえなかったら、近所はそれを記憶するだろう。手を止めて聞いていた茜は、しっかりと頷いた。

机の上には直角三角柱の木型が六つある。荘介が聞いた。

「これは何に使うんですか」

「段差になるところがあるんです。両側三つずつ、その部分に挟んでください。測ってぴったりに作っています」

「そんなもの、どこで作ったの」

「ホームセンターなんかに、日曜大工を教えてくれるところがあるんです。いろんな電動工具が揃っていて、材料を買ったら、自由に使わせてくれます。一時間でできました。それより大浦さん、フォークリフトを動かす練習はしておいてくれましたね」

「した。紙の束はたいてい、フォークリフトを使って倉庫まで持ち込むんです。知り合いの製紙会社に納品する時、倉庫の男に、手伝うって言って、一日動かしました」

城田は頷いた。

「もう一つ用意するものがあるんです。全部用意して、明日、渡します」

そう言うと、城田はすべてを袋の中に戻した。

「フォークリフトは何に使うんですか？」

「いまから説明します」

城田はそう言うと、テーブルの上を綺麗に片付けた。コップを奥に運び、奥からふきんを持って来て、卓上を拭く。

それから座りなおすと、いつも持ち歩いている黒い鞄を引き寄せた。

鞄の中に詰まっているのは、膨大な資料のようだった。城田はその中から一枚を取り出し、広げた。

ばさっと音がして、机に白いテーブルクロスがかかったような気がした。

目の前に広がっているのは倉庫の見取り図だった。

「会社の業務は正確にはトランクルームの管理運営です。貴金属や毛皮、海外赴任する際の残置家具、法人、官公庁の書類まで、なんでも預かっています。絵画は五階の美術品専用ロッカーに保管されています。厚さ五センチの頑強な防火扉の奥に厚さ三センチの、ワイヤーが入った防弾ガラスのドアがあり、絵はその奥にあります。警備室には警備員がいますが、彼らはほとんどモニターを見ているだけです。なにかあれば保安本部に通報がいくだけで、彼ら自身がなにかをするというわけではありません」

そう言うと、彼は次々に書類を繰り出し始めた。

見ているだけで目が回った。

二段ビームセンサー、熱センサー、炎感知器、熱感知器、非常ボタン、投光器、電子サイレン、警報ベル、監視カメラ——そんなものがびっしりと書き込まれている。

「防犯というのはね、やればやるほど不確かになる。管理者は、なんでもかんでもつけておけば安全だと思う。でも、しゃっくりしてもどこかのブザーが鳴り出すほど精密にすれば、現場ではスイッチを切ってしまう。だから半分はダミーみたいなものです。よしんば反応しても、みな慣れっこになります。ここに」と城田は見取り図の一部を指差した。

「モニタールームが一つあります。常時二十五個のモニター画面が、監視カメラが捉《とら》えている画像を映しています。スイッチ一つでどこの監視カメラの画像にも切り替えることができます。でも管理が中央に集約されてからは役目がなくなり、特に指示がない限り、警備員は配置されません。だからここは無人のモニタールームなんです。ぼくはこの警備室から、あなたたちの動きを追いかけ、指示を送ります」

それでもこの中から物を持ち出すというのは——。

「もちろん、短時間で済まさなければなりません。いくら内部で保安システムを切っても、それが長時間になれば、保安センターから問い合わせが来るし、そうすると警備員が動きます。でも作業は極めて簡単なんです。作業員は、搬入するときには輸送トラックごとエレベーターに乗ります。コンテナは倉庫内で、フォークリフトで倉庫に移すんです。我々も同じ要領で、コンテナごと輸送トラックで持ち出す。顧客は、いつでも保管品の確認や持ち出しができることになっています。だから管理者が許可し、カードを持っていれば、倉庫への出入りは二十四時間、自由です。トラックまで二往復すれば、持ち出せます」

茜が顔を上げた。

荘介が問うた。

「なにを？」

「絵です」

「二往復って……」

茜はそっと確認した。

「ガシェって、一枚じゃなかったの」

「ガシェは一点です。でも、担保物件はコンテナに収納されていて、そのコンテナは閉じられています。部屋にはそういうコンテナが二つあって、ガシェがどちらのコンテナに入っているのかは、僕にはわかりません。だから、二つとも持ち出すしかないんです」

茜は血相を変えた。

「絵の場所くらい、城田さんが調べておけば済むことでしょ。なんで二往復もしないといけないのよ」

「無理を言わないでください。厳重に梱包された絵です。それが百三十五点あるんです」

「待ってよ」と、茜は遮《さえぎ》った。

「もしかしたら、あたしたちは、その百三十五枚全部を持ち出すってことなの」

「そうです。どれがガシェだかわからないんだから、しかたがないでしょう。倉庫内で梱包を破いて、目的の一枚を捜す方がずっとリスクは高いですよ」

「もしかして、その一枚一枚がゴッホだったりダ・ヴィンチだったりルノワールだったりピカソだったり、――するわけ？」

「ダ・ヴィンチはありません。レンブラントとデューラーが少なくとも一点ずつは含まれていますが」

――それは。

そういう問題だろうかと、茜は思ったのだ。

荷物をトラックまで二往復して荷台に乗せる。そのトラックを運転して、高速道路だの一般道路を走って、移動させる。そこに乗っているのは、札束ではない。しかし、限りなく札束に近いものであり、その額――。

「……俺たちが運ぶ絵の総額は、いくらになるんだ？」

茜の聞いた荘介の声は、どことなく情けなく、後退《あとずさ》りを始めそうな感じだ。一部裏返っていたし。

対して城田は、まるで留守にしていた理由でも聞かれたように、答えた。

「二千億円。すでに売られた絵もありますし、バブル時の価格ですから、現在の適正価格では五百億円程度というところでしょう」

荘介の顔が青ざめて、赤らんだ。

城田は、作業服の枚数の管理は建前だけであり、車は、いつもどこかを動いているので、数時間なら持ち出しても気づかれないと言った。だからこれはそういう心配どころなんだろうかと茜は思う。

倉庫の場所は隅田川沿いの倉庫街の一画だ。

「持ち出したあと、ガシェ以外の絵は目立つところに放置して、警察に持って帰ってもらいます。一応の、保管場所も見つけておきました。古い工場で、いまは廃工場ですが、電気はまだ通っています。うちの銀行と取引のあった会社の持ち物で、身元ははっきりしていますから、心配はいりません」

「放置」と荘介が遅れて繰り返す。

「ええ。手をつけるとそこから足がつきますから」

一千九百九十億円を目立つところに置いておくと言っているように聞こえるのだが、どこを聞き間違えたのだろうと茜は思う。城田は続ける。

「明日、決行します。出発は深夜一時ですが、準備がありますから、夜の十二時に来てください。集合場所はここにある地図の場所、浜町の集積場です。東の端の建物横の広場で待っていてください。ちょうど陰になっているので、間違えないように」

「明日——か？」

荘介は、今度は理解の悪いロボットのように繰り返す。

「そうです。茜さんは明日だけは店を早めに閉めてください。タクシーとかではなく、くれぐれも公共交通機関を乗り継いで来てください。もちろん、自分の車でなんかは絶対にだめです」

荘介はもう、聞き返さなかった。茜はそっと、言ってみた。

「ガシェって絵は、小さいんでしょ、そんな面倒なことをしなくても、小さいやつだけ狙って持って帰れば――」彼女の言葉は城田の鋭い視線に妨げられた。

「コンテナは、閉じてあるんです。全部持ち出すしかないんです」

四月七日深夜零時。

浜町。

丸に菱形の、なにかの紋章のようなマークが、そのトラックには入っていた。ローマ字で社名が書いてある。引越業者か宅配業者が使うようなトラックだ。バックシマスとアナウンスを流しながら、トラックはバックする。茜にはそれがどうしてもガッツイシマツに聞こえる。

城田はトラックを筆坂茜と大浦荘介の前につけた。

「これ一台にコンテナが二つ入ります。キーは車に繋《つな》がっています。詳しいことは無線でぼくが指示します」

それから二人を作業服に着替えさせた。引越業者か宅配業者に見える。キャップは重い。ピンマイクが口のところまで伸びている。城田はキャップを深く被るようにと重ねて念を押した。

「浅く被るとマイクの位置がずれるんです」

それから城田は携帯電話を二台、取り出した。

「これから、今後ぼくに連絡したいときには、自分の携帯電話からはしないで、この携帯電話からしてください。いざというときに足がつきますから」

まっ黄色の携帯電話だった。二人は与えられた作業服を着て、言われたように帽子を被り、まるで黄色いペンキの中に落としたような携帯電話を見つめて、憮然《ぶぜん》とした――正確に言えば不機嫌でかつ心細そうな――顔をしていた。

「詳しいことって、だいたいの話も聞いていないんだけど」

「なにもないんです。ただ、車を倉庫に乗り入れて、美術品倉庫まで上がって、そこでフォークリフトを使ってコンテナを荷台に搬入し、荷台のドアをきっちり閉めて、車に乗り、そして入って来たところから出て行くだけです。従業員が毎日やっていることですから。それより、絶対にぼくの無線を聞き逃さないで、言った通りに動いてください。あまり上手に盗むと、内通者の存在がばれます。いかにも部外者の犯行のようにカモフラージュしますから」

そして城田は黒いビニール製の鞄と、磁気テープの張ってあるカードを三枚渡した。カードにはそれぞれ「1」、「2」、「3」と大きな字がテープで貼りつけてある。そして三枚ともに長い紐がついていた。城田はそれを首に掛けるように言った。

「失くしたら、トラックごと出て来ることができなくなります。そうなったらネズミ一匹、出る隙はありません。警報装置が鳴っても驚かないでください。警察や中央防犯室に繋がらないようにぼくが抑えていますから」

「でももしこのカードを失くしても、それはそれでなんとかしてくれるんでしょ」と茜は聞いた。

「それは難しい。エレベーターの稼働は単純なシステムなんで、中央管理室と電気系統が違うんです。倉庫の中はすべてがリンクしているわけではありません。簡単に言えば、どれかがだめになったら全部がだめになるようには作られていない。単純に、カードでロックを外すだけです」

よくわからないが、この三枚のカードは決して失くしてはいけないということだけはよくわかった。

「それから、鞄には、昨日言った木型と、万が一のときのための連絡用装置が入っています。言うまで開けないでください。光が入ると作動するようにセットされています」

もう、なにがどう作動するかなどは聞こうとも思わなかった。聞いてわかる可能性は低いし、わからないから計画が変更されるということでもないらしいし。カードにはそれぞれ、認識番号が表記されていた。『A―665』『A―666』『A―667』――。

「公道ではくれぐれも交通規則を守るように。順調にいけば一時間で終わります」

荘介は三枚のカードを首に掛けた。

八日午前一時。

茜を乗せて、荘介はトラックを発進させた。

隅田川に沿って読売のビルとIBMのビルが立つ。その間から首都高速九号線が隅田川を渡る。その首都高を右に見ながら、二人のトラックは四七四号線に乗って隅田川を渡る。後方の中央区方向は明るいのに、川を挟んで、前方は暗い。深夜二時の川は鉛が溜《た》まっているみたいに見えた。

大型トラックのハンドルを持つのは二十年ぶりだ。学生時代、引っ越しのアルバイトをしていたとき、組んでいた先輩に運転をさせられた。普通車免許があればできると、彼は荘介に手ほどきをして、助手席でマンガを読んでいた。もちろん、会社は知らない。――ジコったってよ、会社が保険に入っているんだから、大丈夫なんだよ。おれが運転してたことにすりゃ、問題は起きないのさ。おれだってよ、そうやって身に付けたんだから。おかげでこうやって、大きな犯罪に参加できるってわけだ。人間、何が幸いするかわからない。

〝そのあたりは一方通行が多いです。ガソリンスタンドのある交差点は右折禁止です。スタンドを越えて、一つ目の信号で右折してください〟

「了解しました」

〝左手に清澄《きよすみ》庭園を見ながら直進。二つ目の信号で、また右折です。交差点名は松永橋。曲がったら教えてください〟

「了解しました」

ものの三十秒で松永橋交差点を右折する。

「右折しました」

〝右手すぐが目的の倉庫です〟

そう言われたときには巨大な建物は鼻先に来ていた。

道路に面してコの字形になっている。窪《くぼ》んだ部分に同じようなユニフォームを着た大型トラックが数台、眠ったように停まっていた。

〝敷地に入ったらライトを消して。停止しないでそのままゆっくり直進してください。前方に大きな扉が見えるでしょ。それが車両専用のエレベーターです。扉の前で一時停車して、右手のカード差し入れ口に、1と書かれたカードを差し込んで、抜いてください。緑色のライトが点灯して、扉が開きます〟

荘介は言われた通りに扉の前で停止する。城田の言うように、右側にカードの差し入れ口がある。手が届かないので、席を降りる。胸に掛かっているカードの中から注意深く「1」を選び出すと、差し込んだ。ピッと小さな音がして、緑色のライトが一瞬灯《とも》った。

次の瞬間、大きな扉がゆっくりと開き始める。

荘介は慌てて運転席に乗り込んだ。

「城田さんて見かけによらずしっかりしてるんだ……」

茜は感嘆の声を漏らす。

扉が開き切った。荘介はゆっくりと発進して、箱の中に車を納める。

〝降りて、五階のボタンを押してください。五階に停まるとエレベーターの扉は自動的に開きます〟

降りて五階のボタンを押した。エレベーターの大きなドアが、ゆっくりと閉まる。ガクンと振動があって、トラックを乗せたまま、エレベーターは上昇し始めていた。

階を表示するランプが移動する。1、2、3。二人はそれを見つめる。

ランプが五階にきたとき、エレベーターはまた、ガクンと小さな振動を残して停止した。

やがてドアが開く。

エレベーターには、トラックは頭から突っ込んでいる。車の後方、ドアの外には、立体駐車場にある、回転式の台がある。

〝そのままバックで下がり、回転台の上で停車してください〟

「了解」

バックにギアを入れた途端、耳に機械音が炸裂した。

ガッ。

音に反応するようにエレベーターの斜め上で警告灯の赤いランプが点灯した。荘介の心臓がブリンと引っくり返るように跳ねた。

「何かが光った。音がしている……」

よく聞くと、機械音はガッツイシマツと連呼していた。

〝気にしないでください。それはトラックの警告音です。光っているのは、音声録音装置が稼働したということです。音に反応して光るんです。それから、車外に出たらぼくの声に返答しないでください。話しかけるのもやめてください。いまのように一定以上の音量で録音装置が稼働しますから〟

荘介は城田の言葉のひと言ひと言に耳を澄ました。

「ちょっと聞くけど」と荘介は遠慮がちに聞いた。「監視カメラは切ってあるんだよね」

「なにを見てこうやって指示していると思っているんですか。切っていたらあなた方に指示できませんよ。監視カメラは稼働しています。録画をしてないだけです」

回転台の上まで車をバックさせると、停止させた。

〝茜さんが降りて、部屋の右手前方にある装置のところまで行ってください。回転台の操作です。スイッチは入っています。回転と書かれたレバーを手前に倒してください。トラックの載っている回転台が百八十度回転して、自動停止します。停止したら、レバーを元の位置に戻してください〟

トラックが回転を始める。するとトラックの斜め上の赤いランプが点灯する。百八十度回転して停止するまで、点灯していた。

茜はレバーを元に戻す。

〝オーケイ。車から降りて。渡した鞄を忘れないでください〟

荘介は鞄を握りしめて車から降りた。ドアを閉めるパタンという音に反応するように、壁に取り付けてあるなにかの探知機らしいものに赤いランプが灯り、消えた。

〝右手の通路を進んでください〟

右の通路を折れた。その先にあったのは、見通しのいい広い廊下と、頑丈なドアだった。

廊下は強いライトで照らされて、くまなく明るい。その廊下の両側に、ドアが等間隔で並んでいる。そしてそのドアの角一つ一つに、監視カメラが付いていた。

荘介は反射的に引き返したいと思った。しかしどのカードを入れれば下に降りることができるのかを聞いていない。城田に聞こうにも、ここで問答になれば音声装置が稼働してその会話を拾ってしまう。

〝Dの8と書かれたドアまで進んでください。できるだけ顔を上げないで〟

荘介は廊下に踏み込んだ。そこにある監視カメラのすべてが自分を見ているような気がした。その中を、慎重にゆっくりと歩く。上目づかいでドアの番号を確認し、目的のDの8の扉にたどり着いた。

重たそうな扉だ。回転ハンドルが付いている。

〝瓶詰めの蓋をあける要領でそれを回して〟

監視カメラがピタリと荘介に向いている。まるで鎌首を上げたコブラみたいだ。

荘介は回転ハンドルを反時計回りに回した。

始めは重かったが、軽くなった。やがて奥で空気が膨らんだように、向こうから押される感じがした。恐る恐るドアを引く。

向こうには、鉄格子がはまった分厚いガラスのドアがあった。城田の言った、防弾ガラスの扉だ。横にカードの挿入口がある。

〝渡した鞄を開けてください〟

荘介は鞄を開けた。

中には金属製の箱が入っていた。昨日見せられたときにはなかったものだ。これが「もう一つ用意するもの」だったのだろう。幅は五センチあまり。何かの基板のようだ。中央には花火の筒のようにも見えるものがあった。そこに色のついたコードが何本か絡んでいるのが、ちらりと見えた。

〝それを取り出して、平面部分についている紙を剝《は》いでください〟

剝ぎ取ると、糊のようなものがついている。両面テープだとわかった。

〝それをガラスのドアの、下から十五センチあたりのところに張り付けて〟

荘介はそこにある、カードの差し入れ口を見なおした。

言った通りに動いてください。いかにも部外者の犯行のようにカモフラージュしますから——。

荘介は城田の言葉を思い出し、言われた通り基板をドアに持っていった。すると、まるで基板がそれを待ち望んでいたかのように、ドアにぴったりと張り付いた。

〝そこに小さな突起があるでしょ、一回しか言いませんよ、その突起を押して、すぐに大きな鉄板のドアを閉めてください。閉めたら回転ハンドルには触らないで、二人で背中でドアを押して座り込んで〟

そこにはボタンのような小さな突起がある。確かにこのままカードでドアを開けたのでは、内部に共犯者がいたってことがばればれだ。そう考えれば実にそれらしいカモフラージュだ。でもそれならカードでドアを開けてからの方が安全じゃないか？

突起を押しながら、荘介は思ったのだ。なぜカモフラージュに、ドアを閉めて座り込む必要があるのかと。

ボタンを押したとき、なにかが起動したように小さな光がピッと鋭く灯って消えるのを、荘介は見た。

「背筋を冷たいものが走った」とは多分、こういう感じのことを言うのだ。時間的猶予のまったくない、身体《からだ》の危機を察知した瞬間の、条件反射の付帯物に違いない。荘介は鉄の大きなドアをすばやく閉めた。そして茜の腕を摑むと引きずり下ろすように廊下に座らせて、背中をドアに押しつけた。

〝おもいっきり押しつけて。ついでに耳をふさいで〟

言われなくてもそうしていたような気がする。荘介は頭を下げて耳をふさいだ。茜は慌ててそれを真似た。

次の瞬間、背中に突き上げるような振動が響いた。

振動は背骨を走り、同時に腰方向と首方向にわかれ、高速で這《は》い上がり、足の先と脳天から同時に心臓部に折り返してくる。炸裂する背中の中心からの振動と折り返してきた振動が背中でぶつかって、花火を上げたようにドーンと体内で振動が爆裂する。

次の瞬間、背中の部分が軽くなった。そして続いて大きな地響きがした。

すべての振動が止まった。

次の瞬間、けたたましい音が、決壊したダムから水が噴き出すような勢いで室内に響き渡った。

警報音だった。

〝ドアを開けてください。鞄を離さないで〟

廊下には警報音が響き続けていた。荘介は足元に放り出していた鞄を掴むと、ドアを開けた。

ガラスのドアが壁から外れて向こう側に倒れていた。倒れたドアは、格子になった鉄が押し広げたように大きく広がって歪《ゆが》んでいる。防弾ガラスは蜘蛛《くも》の巣のようにひびが入って湾曲し、しかし砕け散ることなく飴《あめ》のような粘着力で枠にくっついていた。そして床と言わず、倒れたドアの上と言わず、壁から剝がれ落ちたコンクリートが砕けて散乱していた。

ドアの外れた壁からは鉄骨がむき出しになっていて、あたりにはまだ土煙が上がっている。

城田の声が聞こえた。

〝目的はその向こうにある二つのコンテナです。キャスターが付いています。でもコンテナを押して室外に出そうとすれば、倒れたドアが邪魔になります。ドアにキャスターが突っ掛かり、乗り上げることができません。昨日説明した直角三角柱の木型を、倒れたドアと床の間に挟んでください。ちょうどスロープになるはずです〟

目を上げれば、一番奥に高さ二メートルほどのコンテナが二台、並んでいた。それぞれ、直径が十五センチほどのキャスターが六つ付いている。かなりの重さがあるということだ。倒れたドアを見た。確かにあのままでは、キャスターはドアのへりに乗り上がらない。

――段差になるところがあるんです。両側三つずつ、その部分に挟んでください。測ってぴったりに作っています――荘介は鞄の中に手を突っ込んだ。

警報は鳴り続けていた。

〝急いで〟

荘介は六つの木型を摑み出すと、二カ所に三つずつ隙間なく並べた。そうすると倒れたドアの横幅にぴったり合った。それで鞄の中は空っぽになった。

〝いまから九分十五秒以内にトラックを路上に出してください。そうしないとエレベーターの電源が自動的に落ちます。エレベーターが止まったら、脱出はできません〟

室内では、緑色の警報灯が、パトカーの回転灯のように回っている。そして緊急音が一種類、また新たに加わった。真っ白な壁に囲まれた小さな部屋に、耳をつんざくように幾重にも反響している。

茜はコンテナの裏側に回り、コンテナを力一杯押し始めた。荘介も走り込むと、茜に加勢して肩をかけて押す。するとコンテナが滑るように動き出した。

二人して、倒れたドアへとコンテナを押した。コンテナがドアへ登るために木型を踏む。わずかな角度なのに、押し戻されそうになる。

カタンと揺れ戻しがあって、台の上に乗った。

〝絶対に倒さないでください〟

茜が懸命に、倒れたドアの端から廊下へとコンテナを押し出そうとしていた。キャスターの一つが、歪んだガラスのへこみにとられていた。荘介が横に回って押し上げて、同時に廊下へと切り返す。

やっと廊下に出た。

そこにはコブラのような監視カメラが二人を凝視している。

キャスターはしっかりしていた。茜が抱えるように押すとガラゴロと低い音を立てて小気味よく回転し始めた。荘介は駆け戻ると、もう一つのコンテナを押し出した。

密閉された場所に、リズムと音域の違う二種類の音が大きな音で鳴っている。しかし茜と荘介は、逃げ出したいと思わなかった。持ち出したいと思ったのだ。それは、持ち出さないと逃げ出せないからかもしれない。もしかしたら与えられたことに手一杯で、もはや音を雑音としか捉えていなかったからかもしれない。もっと可能性が薄くて、しかし説得力のある説明は、このコンテナの中にあるものが二人それぞれに、夢であったからかもしれない。実測することのできない夢だ。

茜の頭の中にはやっと手に入れた場末の店の、色の褪《さ》めた椅子の赤いビロードがあり、荘介の中にはホテルのロビーの喫茶室の片隅に座る小さな母がいる。ただそれだけしかない頭の中に、三億円の宝くじが当たった夢が乗っかると、その存在感で頭の中の現実が遮断される。切れて千切れてふわふわして、現実の方が妄想であったような錯覚にとらわれる。そうやって三億という金額は、自分が何者であったかを忘れさせてくれる。五百億円という金額になると、もしいま自分が水の中に沈んだとしても、溺れないのかもしれないというスーパーな気持ちになる。外を歩けば、指に触れたものすべてが金に変わるかもしれない。そんなことは有り得ないが、だったら自分の手の中にそんな大金があるはずがない。それだけの大金があるのなら、有り得ないことの方が現実なのだ。

だから自分たちはいま、強化金庫のようなドアをダイナマイトで爆破して、警報音の鳴り響く中を、コンテナを運び出しているのだ。

二人の脳はいままでになく見事に動いていた。幸せの体験の少ない彼らの脳を活性化しているのは、自分にも幸せが訪れるかもしれないという、夢だ。実測できない夢が、実測できない危険を伴うのだとすれば、その危険が大きいほど、やってくる夢も大きいに違いない。それは寓話のヒーローが活躍するときの原理だ。

ただ、自覚はない。

二人にすれば、恐ろしいはずなのに恐ろしくなく、身は竦《すく》むはずなのにてきぱきと動く。

自分が自分でないような気がする。身体が筋肉と神経を最上まで研ぎ澄まして、自らの目的を遂行していた。

二人はものすごい速さで二つのコンテナをトラックの荷台の下まで運んだ。荘介はもう、城田の指示を待つこともなかった。小型のリフトが停車してある。城田が「リフトで持ち上げて、荷台に収納してください」と言ったときには、リフトに片足をかけていた。

フォークをキャスターの幅にできた空間に差し込む。持ち手を上昇させると、コンテナがぐらぐらと持ち上がる。緑の警報灯が点灯した。三つ目の警報音が鳴り始めた。

〝あと五分です。急いで〟

茜は荷台に飛び乗ると、荷台にまだ半分しか乗り上げていないコンテナを、荷台の中へと力一杯引き込んだ。荘介はそのときにはフォークを抜いて、リフトをもう一つのコンテナに向けて回転させ始めている。

フォークを二つ目のコンテナの下に差し込む。茜が、一つ目のコンテナの全体をやっと荷台に収める。荘介は持ち上げながらリフトを回転させる。上昇しながら振られるコンテナがぐらりと揺れた。荘介が慎重に、回転速度を落とす。

〝急いで〟

ゆっくりと回転させながら、アームをゆっくり押し上げた。

再びコンテナが持ち上がり始める。

茜がコンテナを摑むと、引き入れた。ゴトンと、キャスターが荷台に着地する音がした。

〝車を出して。その前に荷台のドアをきっちりと閉めてください。さもないとコンテナを振り落としながら走ることになる。キャスターにストッパーを掛けるのを忘れないで。エレベーターを動かすカードは、三番です〟

荘介はリフトから降りると、胸から3と書かれたカードを摑んだ。荷台に、コンテナの格子を摑んで力の限り中に押し込む茜の、力の入った肩が見えた。荘介は荷台に駆け上がると、コンテナを奥へと押し込んで、キャスターを固定した。

それから二人で荷台を飛び下りた。観音開きのドアを閉め、しっかりと閂《かんぬき》を下ろす。それから茜は助手席のある方へ、荘介は運転席のある方へと、弾けるように走った。茜が助手席のドアを開けたとき、荘介はカードを差し込んだ。

カードが吐き出される。それから一瞬緑に光った。エレベーターのドアが開き始める。

荘介は運転席のドアを開け、席に座った。エンジンをかけ、シートベルトをして、クラッチを踏み込み、ギアをバックに入れた。ガッツイシマツガッツイシマツとトラックは音を発した。アラーム音にかき消されて、とても遠慮がちな音になっていた。

サイドブレーキを外す。

エレベーターのドアが開き切った。

クラッチを繋ぐ。そしてゆっくりとエレベーターに乗り入れた。

「一階を押して」

城田はまるで透明人間になってすぐそばにいるようだった。荘介は窓を開け、一階のボタンを押した。

ゆっくりと降下を始める。けたたましい音がエレベーターの中に鳴り響いたのは、二階を通過した直後だった。

右と左の耳を同時に覆い、頭のてっぺんに突き上げる。

城田の声がした。

「エレベーターが停止したら、後ろ一杯までトラックを下げてください。そうしてギアをローにして、一気にアクセルを踏み込む」

荘介は思わず、イヤホンを耳に押しつけていた。聞き間違えたのかと思ったのだ。

「……どういうことだ」

「そのエレベーターのドアはもう、開きません。ロックされました。でもひ弱な鉄板です。三度ほど体当たりすれば、破れます。絵は一点一点丁寧に梱包されています。多分、大丈夫です」

そのとき荘介はおぼろげに思った。

危険は、内通者の存在を隠すために強《し》いて取られた方法により生じたのではなく、すなわち爆破は、方便なんかじゃなく。

これは最も手荒い手法の強盗なのだということ。

二人の手が同時にシートベルトに伸びていた。荘介はギアをバックに入れ、車を後ろに当てた。

前に出来た隙間はせいぜい二メートルだ。アクセル全開で踏み込んで——どれだけの効果があるだろうか。

エレベーターが止まった。

〝サイドブレーキを引いて、エンジンを吹かして、急発進して〟

城田の声が少し緊張していた。

荘介はサイドブレーキを引き、クラッチを軽く繋いだまま、アクセルを唸《うな》らせた。

もしおれが、マニュアル車を運転できなかったら。

しかし城田は一度だって、それを確認はしなかった——。

そしてサイドブレーキを落とすと同時にアクセルを踏み込んだ。

トラックの鼻先が、ドアに激突した。身体がバウンドして、シートベルトが締まる。トラックの前方から「グシャ」と鈍い音が響いた。でも扉はほんの二十センチ、へこんだだけだ。

〝下がって。もう一度〟

荘介はバックに入れなおす。

〝急いで。ぐずぐずしていると気づかれます〟

闇雲《やみくも》に発進した。

ドアが、二枚の継ぎ目から、割れた。トラック前部からはさっきよりかたく甲高《かんだか》い音が響いていて、それは多分、バンパーが潰《つぶ》れた音だ。トラックの損傷は、すぐ足元まできている。城田の抑制の利いた声が聞こえた。

〝もう一度〟

荘介はバックした。サイドブレーキを引いた。ギアをニュートラルに入れる。クラッチを軽く繋いで、アクセルを吹かした。角を摑まれた闘牛のようだ。エンジンは戦闘的な唸り声をたてている。ギアをローに入れ、クラッチを繋ぐと、サイドブレーキを落とした。

茜が目をつぶり、耳をふさいだ。

午前二時二十分。金属を割り、あらゆる音を振り切って、トラックは夜の闇へと飛び出した。

外は、別世界のように、静まり返った夜だった。

ガラスは割れていたかもしれない。でも二つのヘッドライトは路上を照らし出していた。そのまま国道二十号線を十分ほど走ったところで城田がトラックに乗り込んだ。

彼は荘介を脇に押しやると、白い手袋をして、ハンドルを握った。

茜は放心していた。

「説明してくれないか」と、やっと荘介は言った。

「あんた、確か、車を倉庫に乗り入れて、美術品倉庫まで上がって、フォークリフトを使ってコンテナを荷台に搬入し、入ったところから出て行く。従業員が毎日やっていることだと言ったよな」

「金を手に入れたって捕まったら元も子もないでしょう。暗証番号は社内機密なので、知っているのは数人です。使えば、自動的にぼくは容疑者として絞り込まれるんです。早い話が、ぼくが職業上知っている特別事項は、一切使えなかったんです」

そう言うと城田は後方を確認し、ゆっくりと道に乗った。

そのまましばらく無言のまま運転した。窓の外には大型トラックばかりが見えた。ガラスに運転する城田が映った。ひどく思いつめた顔をしていた。そうしてやっと口を開いた。

「しかたがなかったんです。中の強化ガラスの扉を、暗証番号を使わずに開ける手立てがなかった。あのダイナマイトの量は、美術倉庫を設計した会社の資料から逆算したものです。耐久性に関して、耐久実験を繰り返した実験結果が、プレゼンテーションの際の資料として載っている。外の防火扉の強度も資料で確認済みです。二つは別の会社が作った物で、耐久性に大きな差があるんです。その間を取って爆薬を詰め込みました。ぼくはゼネコンの融資担当をしていたことがあるので、工事現場も、ハッパと呼ばれる爆破現場も見学したことがあります。そういうとき、現場の人たちはよく自分の知識を披露してくれます。そのときにもあらゆる管理を確認したんです。どこにどんな火薬が管理されているか。もちろんそのときには、悪用しようなんて思っていません。でも要は、多くの場合、管理マニュアルは、問題が起きたときぎりぎり責任逃れができる程度にしか運用されていない。薬品会社の薬品も、土木現場の爆発物も、目の粗さの差こそあれ、中に入れば管理はザルです。防火装置は付けてても、その電源を切っておくというようなもので」

城田があまりに淡々としているので、荘介はだんだん居心地が悪くなってきた。

「で、どこかから火薬を調達して、あの爆弾を作ったのか」

城田は頷いた。

「工事現場を見たら管理のレベルはだいたいわかるんです。ここなら、あの小屋の隅あたりに積んであるって。そういう現場には、監視員もただ立っているだけ。夜中は酒飲んで寝ています。木箱に入っているダイナマイトを三本ほど失敬しました」

トラックは国道二十号線を降りると、林道を登っていた。どこを走っているのかはわからない。細い片側一車線の道で、人家はまばらだ。城田は慎重に運転を続けていた。

「物事には『想定』というのがあって、コンビニエンスストアを建てるときには、強風や地震を想定して強度を考えますから、飛行機が落ちてくれれば潰れるんです。エレベーターの材質と構造を見れば、何を想定して作られているかは自ずとわかる。トラックが体当たりすることは想定されていません。たとえば警報装置にもランクがあって、あるランクの警報装置が鳴れば、警察に直で通信されます。でもそれ以下だと、保安センターに通報となる。その場合、倉庫には警察に見られたくないものを保管している顧客もいるので、被害にあったからすぐに警察ということにはならないんです。人的被害がなければ、顧客、もしくは顧客の弁護士への連絡が先になる場合もある。もう一つは、保安員は一般人で、身を挺して危険に立ち向かう義務がないということです。今回のように手荒な行為の場合、入り込んだ人間はピストルを持っているかも、手榴弾を持っているかもしれない。保安員が死んだりしたら、倉庫の管理者は、当の強盗犯より厳しい世論にさらされます。マニュアルに沿って、出入り口を封鎖する。それが、保安員の限界であり、管理者にしても良策なんです。でも完全封鎖すると、中に無関係な人がいた場合、巻き込まれることになる。そこにも手続きがあります。トップエマージェンシーから十分で、問題が発生した最寄りの出入り口から遮断され始めます。管理系統を残して電気が止められ、同時に最後の出口は非常口も含めてロックされる。目的は、犯人を中に留《とど》めることです。その状態で警察を待つことになっています。トラックが倉庫から飛び出したとき、外は静かだったでしょ。断言しますが、幹部はすぐには警察に通報していませんよ。この絵画は顧客からの預かり物ではありません。親会社の持ち物です。事態を把握した幹部はまず、親会社である銀行のトップに連絡を入れます。そのやりとりだけで二十分はかかる。そのあと、絵はすでに盗まれているわけで、いまさらじたばたしても始まらない。彼らはこれによりなにが一番問題になるかを考えるでしょう。通報はそのあとになる。もし内部の犯行だと確信を持つことができれば、通報さえしない可能性だってあるんです」

「二千億をか」

城田は黙って頷いた。

「彼らには梱包物に過ぎないんです。あってもなくても、なにかが変わるわけじゃない」

停車したとき、三時半だった。

ヘッドライトが照らし出した工場は、かなり古い。手前の、広い駐車スペースに、城田はトラックを停めた。

バンパーは潰れ、右のヘッドライトはカバーガラスにひびが入っていた。明かりはそのヘッドライトだけだ。他には光を出すものはない。街灯も、人家も、通行する車のヘッドライトさえも。

懐中電灯の明かりを頼りに、荷台の門を開ける。中にはコンテナが二つ、入っている。

「絶対に落としたらいけませんよ」

荷台に長いスロープ板を渡して、コンテナを丁寧に降ろした。力一杯押し返しながら、ゆっくりと進ませた。

地上に降ろしたあと、工場内に運び入れた。

パチンと音がして、工場に明かりが入った。

ぶら下がった裸電球が三つ、ぼんやりと灯った。

天井が高かった。足元は土だ。大きな織機のようなものが整列して並んでいた。使い物にならないが、撤去するのにはかなりの費用がいる。そういう、始末に悪い巨大機械が、錆《さ》びたまま放置されている。

コンテナは、一つが上下二段に分かれていた。その一段に三十点ほど詰め込まれていた。その一点一点は、茶色い油紙のようなもので丁寧にくるまれて、その上から木枠で固定、保護されていた。大きさはまちまちで、梱包物は、大きさによって分類されているのではなかった。木枠の構造はどれも同じだが、梱包は非常に丁寧なものと、比較的雑なものがある。そして、最近梱包されたとわかるものと、ずっと以前に梱包されたままらしいものがある。茶色の梱包紙にはアルファベットと算用数字とが組み合わせて書かれていて、その番号にもアルファベットにも連続性はない。

城田は神経質な目をしていた。

城田が一つ目の梱包を解《ほど》いた。出てきたのは裸の女の絵だ。寝転んだ裸の女。もっちりと肉がついていて、それが淡い明かりの中に浮かび上がる。

城田は手を止め、見つめた。

それからそれを壁に立て掛けた。

それからは、彼の手が止まることはなかった。無表情で、慎重だった。彼は絵を取り出すと、木枠を横に置き、包んでいた紙を丁寧にたたんだ。だからそこには、梱包された絵と、梱包を解かれた絵と、そして絵を梱包していた木枠と紙の三種類しかない。

なんだか厳《おごそ》かに行われる儀式のようだ。

途中から茜が紙を横に引《と》き取った。

城田が包装を解き、茜が紙をたたむ。荘介は城田から、包装を解かれた絵を受け取り、壁に立て掛けた。

電力の弱い電灯が三つ、室内を照らしている。その薄闇の中に絵が一点立て掛けられるたび、荘介は不穏な気分になった。

——優れた芸術は。

荘介の頭の中に言葉が蘇《よみがえ》った。それは美大時代の教師の言葉だった。

——突然生み出されるものではない。科学と同じだ。創造者は、それ以前の創造者が仕上げた仕事を見て触発され、学び、自らの仕事をその上に乗せていく。文化は、その堆積の総体である。

荘介は、絵は描けたが絵画に興味はなかった。絵画に、文化だの、創造性だのと言いたがるのは、面倒な人たちだと思っていた。美術史の論評を聞いて共感したことはない。それは一方で荘介自身が美術を解さないからであり、もう一方では、評論家が絵の実体を見ていないからだと思っていた。絵画に公共性だとか文化性がなければ、彼ら評論家は存在価値を失う。だから声高《こわだか》に弁じ続けなければならない。

荘介の頭に痩《や》せて顔の細長い教師の言葉が出てきたのは、そこにあるものが「優れた芸術」という言葉を呼び出したからだと荘介は思った。しかしそこにある数点の絵画に「優れた絵画」という言葉が連想される要素はない。暗くてよく見えないのだから。

だったらなぜおれはあんな遠い昔の言葉を思い出したのだろうか。

総体――蓄積。

暗がりの中に一つ、また一つ。紙を剝ぎ、絵を壁に立て掛けるたびに、気配が増えていく。

三人は黙々と作業を行った。薄明かりの中で、ただ紙を開き、中身を取り出し、壁に立て掛けた。

三十点ほど取り出したときだっただろうか。朝日が射《さ》した。

荘介は声を上げた。

壁にはモネが、ピカソが、モジリアニが、セザンヌが、ユトリロ、ダリ、ゴーギャンそして遠い昔に挿絵の中だけで見た宗教絵画が、あった。ティツィアーノであるような、デューラーであるような、カラヴァッジオであるような、そしてレンブラントであるような。

大理石のような肌。桃のような瑞々しさ。カーテンのビロードは、本物の布を張りつけたようだ。ぽってりとした腹と腿《もも》をして、小さな乳房がかたちよくついている。天使である赤ん坊たちはみななぜだかかわいげのないこまっしゃくれた顔をして、下腹はふくよかな女のものだ。

城田は手当たり次第に包装を破っているのではない。手に取るたび、包装紙に書いてある認識番号を確認している。彼が探しているのはこの中の一点であり、それも、大きなものではない。それでもどう見ても捜し物とサイズの違うものを開けていくのは、多分、見たいからだ。

彼は見——見入って、——得心したように壁に立て掛ける。荘介も茜も視界にはない。

荘介の見る城田は極めて表情の少ない男だ。その仮面のような顔は、臆病にも見えるし、小狡《こずる》いようにも見える。目の奥は堅く、過敏で、用心深い子供の目だ。その目が、警戒を忘れたように、過敏な観察力をあるがままにしている。眼差しは鋭く、しかしそこには優しさがある。人間臭い感情とは次元の違う優しさだ。

その城田の手が止まった。

彼の手の中には、五十センチ四方ほどの包みがある。

彼は丁寧に梱包を外した。

中から出てきた絵は、仰々しい金色の額に入っていた。男の胸像画だ。肖像画というにはちょっとポーズを取り過ぎているし、視線がずれている。覇気のない、初老の男の顔。黒いフロックコートと、赤いテーブルと、黄色い本と、コップに活けたエンドウの花のような野草。ぺたぺたと刷毛で塗ったような線が落書きのように至るところに入っている。

「医師ガシェの肖像」だった。

城田の、その表情のない顔の表面に、うっすらと笑みが広がった。水面を走る波紋のような薄い笑み。それでも、その目は笑っていなかった。彼は絵と、百年も前の、平面の中の、哀愁があるとも言えるが見方によればどこかしら滑稽な男の絵と、しばらく対峙《たいじ》した。

城田の目の奥が緩んだのはそのあとだ。薄膜のように笑みを張り付けたまま、すっと、その瞳の奥を緩ませたのだ。

裏の木枠にステンシルの刷り込みがあった。
G　７０６８
城田は携帯電話を取り出した。手帳から番号を見て、丁寧に押した。

それから受話器を耳に当てる。

しばらくして、電話が繋がった。

「城田です。『ガシェの肖像』を手に入れました。間違いありません。いま、ルービーズのステンシルを確認しました」

四月八日。

警備会社から警察に電話がかかったのは、早朝の四時だった。大きく口を開けて破られたエレベーターの扉を前に、警官たちは当初、盗まれたものがなんであるのかを理解することができなかった。刑事がやって来ても事態は同じだった。

「絵」

「絵画」

それに、どうして銀行の幹部が真っ青になって立ち尽くしているのか。

被害総額について、刑事は初め、円ではなく、何か別の国の通貨単位で話しているものだと思った。どうしても話がかみ合わなかった。警官は、被害にあったものを書き出してくれと言ったが、現場にやって来たレンタル倉庫の管理担当者はそれを拒んだ。銀行幹部が呼びつけた弁護士がやって来るまで、事態は硬直したままだった。

弁護士が到着してもなお、だれも語り出そうとはしない。会社に戻って資料を見ないとわからない。正確には、金額の査定ができない。

やがて弁護士が言った。

「だれも覚えていないのです。とにかく、何千億円にもなる、絵画です」

すると堰《せき》を切ったように、みながピカソだのゴッホだのルノワールだのマチスだのと言い出した。ゴーギャンとか、聞いたことのあるようなないような画家の名前も言った。ティツィアーノとか、ミケランジェロはソビョーですがとか。何度聞き返しても、そういうことを言う。警察官は、こいつらは詐欺師かと、思った。大きな保険金詐欺を目論んでいるのではないか。身分証明書がなければ、彼らこそ事情聴取するべきだ。

ピカソの「悲しい花嫁」と聞いたとき、若い警察官が、初めてはっとして目を見開いたのだ。

「はあぁぁあ。それってもしかして……」

中央管制室で警報装置をキャッチしてから、警備員が室内を確認するまでに、三十二分かかっていた。そのときにはすでに逃走したあとだったと、警備員は言った。時間がかかったのは、警備システム上、ドアに自動ロックがかかり、中に入るのに手間取ったからだ。その上エレベーターの電源が自動切断されていて、階段で五階まで駆け上がらなくてはならなかったから。

「通報から二十分で、現場倉庫には到着したんです」

室内は、一枚目のドアは歪み、二枚目のドアは中に倒れ込んでいる。到着した刑事は考えた。爆発物使用——爆発物の威力が足らないと、防弾ガラスのドアは破れないだろうし、強すぎると部屋ごと吹っ飛んだだろう。ドアだけが壁からねじり取れている。偶然に頼るにしては、他が計画的過ぎる。では計算されたものだとすると——。

「怪我人なし。被害総額、未確認」

それが第一報だった。

号外が出た。

読み取れる文字は強盗。絵画。億。そして2000。

「大胆　二十五分間の犯行」

ニュースは朝、一報を流した。それから昼のワイドショーが報道特番になる。

——八日未明、東京、深川にある倉庫に、強盗が押し入りました。

女性のアナウンサーが、手許で原稿を一枚ずつ右に流しながら、カメラを見つめて話し続ける。

「強盗は二人組と見られ、トラックで五階の美術品倉庫に乗り入れ、一室のドアを爆薬のようなもので爆破、侵入し、室内に保管されていたコンテナを二台、持ち去りました。警備会社の警報機が侵入を認めたのは一時五十五分から二時二十分であり、犯行はその二十五分間で行われたものと思われます。コンテナには一台につき絵画が六十点から七十点収納されており」

そして決然として手を止める。

「総額は二千億円を超え、盗難事件としては世界史上最高額になるものと思われます」

隣には突然呼び出された解説委員と美術評論家が並ぶ。そこにはどういうわけだか経済ジャーナリストも並んでいる。

——それにしても二千億円分の絵画というのはどういうことなんでしょうか。

経済ジャーナリストの肩に少し力が入る。

日本にはかつてバブルと呼ばれた時代がありまして、みなさんすでにお忘れかもしれないのですが、その時代にジャパンマネーが海外の一等地にあるビルを買い、海外の一流企業を買い、そして絵画を買いました。もちろん、銀行の融資を得てです。すなわち、いま盗難にあった絵画というのは、美術品として売買されたものではなく、土地を買う、会社を買収するようなときに銀行が資金を貸す、それと同じ方法で買われたものです。銀行はそれらを担保にしてまた金を貸したわけですが、その金が返せなくなったとき、担保を回収しますよね。その、当時回収された担保が、今回の被害にあった絵画だということです。当時はビル一棟と絵画一点が等価だったりしたわけで、だから総額でいくと、簡単にそのような額になります。

「それにしてもそのような巨額の絵画がなぜ、厳重な管理の下になかったのでしょうか」

いや——と、風采の上がらない美術評論家が言葉を濁すと、隣の、上等な背広を着た解説委員が助け舟を出した。

「一概に警備態勢の整っていない場所と断定することはできないと思います。むしろ犯罪が周到であったというのか——」

視聴者の代弁者であるアナウンサーは進行表通り、容赦ない。

「それにしては犯行の一部始終を残しているというのはどういうことなのでしょう」

上等な背広の男は解説委員だけにテレビ慣れしている。投げ返された話を都合よく回転させた。

「今回は真っすぐにその部屋を狙っている。かなり計画的な犯行だということでしょう。爆発物の分析も急がれます。しかし一見手荒い手口に思えますが、今回のように、一枚が非常に頑丈なドアとの二枚重ねの、内側のドアだけを破壊するというのは、思うほど困難なことではありません。確かに、爆発物の威力が強すぎるとドアが飛んで、奥のコンテナに収納してある絵を傷つける。弱すぎるとドアが破壊できない。ただ着眼は、壁とドアの接合部分にあったのだと思われます。これ以下なら接合部が持ちこたえるという量と、これ以上ならドアそのものが飛ぶという量さえ算出できれば、その間を取ることで今回の犯行は可能になります。そしてそのデータなら、二つのドアの材質、ドアの取り付け方法、壁の構造の三つがわかれば、ある程度の精度で計算は不可能ではない。間違いなく綿密に計画されたものだと思います。しかしご指摘の通り、大きなミスを犯しています。実行犯の犯行の一部始終が警備室のテープに録画されている。こんな間抜けな話はない。ちょっと異様な感じさえ受けます。しかし外国の犯罪の場合、かなり強引に決行する犯罪グループは多いです。そういう意味でいうと、国際犯罪の可能性を十分に検討する必要がありますね」

女性アナウンサーは再びカメラに視線を合わせる。

「今回盗まれた中には、モネ、シャガール、モジリアニ、ピカソのような近代絵画をはじめ、ティツィアーノというようないわゆるオールドマスターと言われるものも含まれ、その損失は金額で測れるものではありません。また、ゴッホの『医師ガシェの肖像』、ピカソの『悲しい花嫁』も含まれていると思われます。海外メディアも大きく取り上げており、今後、国際問題に発展することも視野に入れた対応が求められそうです」

三人のコメンテイターたちは、同様にうん、うんと頷いた。

ニュースはすでにアメリカABC、CBS、CNN、イギリスBBC、フランス国営テレビがその日のうちに取り上げ、ニューヨーク・タイムズ、ワシントン・ポスト、フィナンシャル・タイムズ、ルモンド各紙は一面に載せた。

眠れる名画、略奪される。

夕方のニュースでは爆破された室内が映像で流れると、視聴率が上がる。

——エレベーターを動かすにはカードが必要で、そのカードは内部の人間しか所有していない。エレベーターは、倉庫内の緊急装置が作動したことにより自動停止したものであり、それによりトラックはエレベーターを強行突破したのだろうが、エレベーターが動いたということは犯人はどこからかカードを入手していたはずで、その筋から事件を追えば、犯人像はすぐに明確になるだろう。ただ、絵が返ってくるかどうかは別の問題だ。

海外メディアはこぞって日本を非難した。

――日本が、自らの責任について、その所有権が国内にあるということを盾に、言い逃れるには限界がある。芸術は万民に開かれたものであり、かつ、万民に守る義務があるものである。芸術品を購入するというときには、それを所有するのではなく、ある時間について、その作品に対する保護の責任を果たすと、人類の歴史に対して公言することだと自覚しなければならない。その自覚のあるものだけが、大枚の金をはたいて購入する資格を持つ。すなわち日本は、文化を有するものとしての自覚を問われるであろう。

レンタル倉庫会社の前には報道陣が詰めかけた。彼らが三谷雄平の存在に気づいたのは、当日八日の夕方だ。記者たちは「事件二日前から海外に出国していまだ連絡の取れない男性従業員」がいることを知るや、大急ぎで自社に情報を送った。

その男は英語が得意で、海外での生活に言及していたと。

三谷雄平の彼女は雄平に関する情報を知らせるアナウンサーの顔を、激しい困惑と不安を浮かべて見ていた。

――雄平はマリンスポーツをしにミクロネシアに行っただけなんだけど……。

「総額二千億円。世界史上最高額の盗難事件、内通者手引きか」

彼女は新聞の文字を横目に見つめる。その下には、あの、ルノワールの太り過ぎたような裸体が飽きたように長々と寝そべっていた。

大絵画展まであと三日。


荘介と茜は、城田に言われた通り指示されたホテルに待機して、報道番組を見ていた。

――実行犯の犯行の一部始終が警備室のテープに残っている。

荘介はそれを聞いたとき、耳を疑った。

間違いなく、テープは回していないとあの男は言った。

荘介は自分を見据えたあのコブラのようなカメラを思い出す。二人が動くたびにそれを見届けるように光ったランプ。そして警報音。茜の頼りない声がした。

「いま、実行犯が防犯ビデオに残っているって、テレビで言わなかった?」

テレビでは、コメンテイターが、盗難にあったと思われる、史上最高値をつけた近代フランス絵画について、当時の取引価格と現在の実勢価格を加え、一つ一つ紹介し始めていた。

茜の横で黄色いペンキ色の携帯電話が鳴った。

「ぼくです。城田です」

茜は荘介の顔を見、荘介は茜から携帯電話を奪い取っていた。

「大変なことになりました」

城田の声がした。

「例の画商がひどく興奮して、一つと言わず買いたいと言い出したんです」

――このルノワールは、どう見積もっても五十億円は下りません。絵には、一流作家の二流品というのがあって、どの絵にも本当に価値があるというものではない。でも、これは本物です。

荘介は監視カメラの話を問い詰めるつもりでいた。でもそれを忘れてしまった。

――これはティツィアーノの名品です。本来市場に出るものではありません。なぜこれが問題のトランクルームに入っていたのか、われわれは日本国民の責任として、それを追及する義務があると思います。

あとで連絡するからと言い、城田は電話を切っていた。

荘介には朝の光景が蘇る。朝日に照らされて、面倒くさそうに威厳を保ち続けている膨大な絵画だ。物であることを拒み、どこにあっても動じることのない物たち。

さっきから、この男は何枚の解説をし続けているのか。

城田はいま、なんと言った？

ぼんやりと夕刊に目を落とす。夕刊には特集記事が載っていた。評論家が間に合わなかったのだろう、著者肩書には「美術愛好家」とある。題は『印象派絵画と競売店と税制改革とアメリカの飢え』。

――歴史あるヨーロッパ諸国は、オールドマスターと呼ばれる古典絵画を愛し、印象派絵画についてはその台頭を「危険なブーム」と言い、その絵を「この国の美術を汚染した」と言い捨てた。彼らには印象派絵画は「奇抜さに熱中して、それが理解できないからすばらしいと買い手が思い込むような絵」だった。

「極度に不可解なのは、自分たちの欠点を示そうと努力しているようにしか見えない画家たち」が描いた「乱暴な言い方をすれば、表か裏かわからないような絵」には「醜く、貧相な色がいい加減にへたくそに塗られて」おり、それらは「馬鹿げた愚かなもののすべてが遅かれ早かれ消え去るように、きっと過ぎ去ることだろう」と、彼らは考えた。

それがなぜ、この五十年の間に、オールドマスターと呼ばれる絵画をもしのぐ価格を付けるに至ったのか。その化学変化を引き起こしたのが、当時新興国だったアメリカの、文化に対する飢えだ。

新興国アメリカでは、土地があり金があり、人はいたが文化はなかった。ヨーロッパ諸国は自国の文化に対するプライドが高く、古典絵画を他国に流出させなかった。そもそもアメリカに印象派の絵画が流れ込んだのは、ヨーロッパに買いつけに行ったアメリカの画商たちが、そのころ二流の絵を同業者に流通させる市場だったオークション・ハウスに流通している印象派しか、買えなかったからだ。しかし海を越えた自国、アメリカでは、その印象派は高く売れた。新しいものが好きだった。ヨーロッパに対抗心があった。もしくは、ヨーロッパの閉鎖的な社会でぬくぬくとしている黴《かび》の生えた文化に飽き飽きしていた。古典絵画をいいと思っていなかった。いいと思っていたが売ってもらえなかった。どれであれ、とにかく、アメリカの人々は印象派の作品を喜んで受け入れた。

印象派の絵画に目利きは要らない。アメリカの金満家たちは馴染《なじ》みの画商を引き連れオークション・ハウスに乗り込んで、自ら印象派の絵画を競り合った。価格は高騰し、オークション・ハウスは、異様な高値をその絵画の国際的標準価格として公表する。そうして近代印象派絵画は、見る見る値を上げたのだ。

ヨーロッパの文化を汚染したと言われた印象派絵画の価格を更新し、古典絵画を置き去りにしたのが、文化に憧れた国の金だったというのは、皮肉かもしれない。一九八〇年には、ターナーの油彩画が七〇〇万ドルで競り落とされた六カ月後、ケンタッキー州の病院チェーンの重鎮が、ピカソが十九歳のときに描いた自画像を五〇〇万ドルで買った。近代画家の若描きが、ウィリアム・ターナーに迫っていた。

一九八四年にはルネッサンス期の絵画、マンテーニャの「東方の三博士の礼拝」が一〇〇〇万ドルで売れてターナーの絵画を抜いた。その年、ゴッホの「朝の麦畑」が九九〇万ドルで売れた。

そうやって、十年で近代絵画の価格は十倍にまで上がった。二千万円で買ったものが二億円で売れるということだ。

価格高騰は、絵画の保険金を撥ね上げた。価値が上がれば盗もうと考える者も出てくる。絵一点のためにおちおち家を留守にすることもできなくなり、古くからの絵画の所有者たちは困惑した。それに追い討ちをかけたのが、美術館に寄贈すれば受けられていた所得税からの控除が受けられなくなるという、一九八六年の税制改革だった。

持つのには金がかかる。売れば天文学的な値になる。

オークション・ハウスに自分の絵の価格精査を求める人の数が、倍増した。

しかし一方で、一九八一年にはすでに美術市場は後退を始めていた。その冷え込みかけていた美術市場で、一〇〇〇万ポンドから一五〇〇万ポンドだろうと思われていたゴッホに約七〇〇〇万ポンド、日本円にして百八十億円というオールドマスターの六倍の値を付けたのは、海を越えて買いに行ったわれわれ日本人だった。

かつてアメリカが印象派を買ったとき、ただ、金に物を言わせるというだけでなく、そこには、文化をいとおしむという感覚があった。絵画は美術館に展示され、多くの美術評論家が海を越えてやって来た絵画たちを、好奇心を持って眺め、論じた。俗であろうがなかろうが、そこには愛したいと思う心があった。

日本はどうであったか。

買いに行ったのはコレクターではなく投機家、それも実際に決断するのは総務課あたりのサラリーマンだった。彼らには美術品は「価値の付けられないもの」ではなく「価値のわからないもの」だった。競争相手が五十億円と言えば五十一億円の値を付けて手に入れた。相手が二億円と言えば二億五千万円の値を付けて手に入れた。現に「ひまわり」を競り落とした日本企業はその前にマネの購入に失敗しており、依頼された画商は「いくらでも払うから今度は必ず競り落とすように」と指示を受けてオークションに臨んでいる。そうやって買われた絵が、いま「塩漬け絵画」と呼ばれ、担保物件として倉庫に積まれていたのだ。

われわれは、世界に対する文化財保護という責任について、考えなければならない。

そもそも——。

美術愛好家は大風呂敷を広げ、そのあと主張は右往左往する。そしてその隣には『大絵画展』。

4月11日より開催
世界の名画を一堂に集め、忘れていたときにあなたを誘います
4月20日まで
セザンヌ、ピカソ、ゴッホ、ルノワール、カンディンスキー

ルネサンス期から現代絵画に至るまで、名画の数々を一挙公開
開館時間午前10時から午後5時　金曜は午後7時まで（入館は閉館の30分前まで）　休館日なし
観覧料　無料　愛媛県西宇和郡三好村立美術館
なお、公共交通機関が不便なため、お車でご来場ください

ルノワールの裸婦が微笑《ほほえ》んで寝転ぶ。


池谷実が日野智則から電話を受けたのは、報道番組でティツィアーノのビーナスが、師匠であるジョルジョーネのものと比較されている最中だった。

池谷は多分、自分はティツィアーノもジョルジョーネも見たことはあると思う。ブロンドの髪をした西洋の女がいて、似たような顔をしているし、色調も似たようなものだ。あんな絵は、ヨーロッパの街に行けば、どこにだって売っている。

なにがティツィアーノだ。

おれはかつて、百八十億円の絵を買った男だぞ。

彼は、たくさんの絵画を買ったが、何を買ったかはほとんど覚えていなかった。取り扱

った量が多かったせいと、買ったあとは現物をほとんど見なかったからだ。強盗現場が三池深川倉庫と聞いて、内心おだやかならぬものはあった。彼が異国から買いつけた絵のほとんどがそこにあるだろうからだ。

池谷はかつて、一年間に二千億円ほどを絵画購入費に当てた。それを、当時自分が役員をしていたモリトク繊維工業に数倍の値段で買い取らせた。古くからの役員は抵抗したが、株のほとんどを舟木とその関連企業で押さえていたから、なにもできやしない。池谷は自分の金融研究所を通じてモリトクに融資をし、絵画は、その担保として回収した。

いい時代だった。

百貨店の美術部員だって言いなりだった。モリトクに売りつけた価格は仕入れ値の数倍だったが、仕入れ値そのものが適正価格の十倍ほどなんだから、モリトクの被害は計り知れない。勘づかれそうだったので、本物の美術部員に偽物の適正価格表を作れと言った。担当者の有田ってやつ、「わかりました」と言いやがった。それでモリトクの役員をなんとか押さえ込んだが、それにしても金づるを失わないために節操のないことをするのに、インテリ面《づら》をしながらやるから笑えた。有田は自分が価格表を作成するのは気が引けたんだろう、結局部下のもやしみたいな顔をした若い美術部員に押しつけた。内山って言ったその男は、ひどく引きつった顔をしていたがな。それでも上司命令だもの。

そう言えばあの有田は自殺したな。

インテリの世界だから自殺なんだな。

おれたちの世界じゃ、そんな気の弱いやつはいない。自殺ってのは、消された時の公式発表用語だ。

いまも池谷は、会社を一つ、自分の胃の中に引きずり込んで、ゆっくりと胃酸で溶かしている。でも以前に比べれば小さな、小さな規模だ。

ああ——と池谷はテレビに映ったティツィアーノを見ながら思う。

あのころはぼろ儲けだったのにと。

電話が鳴ったのはそんなときだった。

電話の相手は日野画廊の日野だった。

「今朝電話がありましてね。あなたに見せたいものがあるという画商がいるんです」

「だれ」

日野は至極自然に言った。

「だれとは名乗りませんでした」

その一瞬、池谷は覚醒した。血が騒いだという感じだ。

日野は仲間うちでさえまっとうな画商という顔を崩さない。偽造の鑑定書を見せたときも、おれの顔を見ようともしなかった。無茶な価格表の存在を知ったときも、決して話題にしようとはしなかった。

仲間うちでさえだ。

こういうやつが一番信用ができる。

池谷は、自分の悪事を自慢したり、仲間意識をかき立てようとする人間は信用できないことをよく知っていた。池谷自身が吹聴せずにいられない質《たち》だからだ。舟木は、仲間にさえ自分がかかわっていることについて話しはしなかった。

二種類いるってことだ。

悪事をステイタスにするやつと、真っ当に悪事をするやつと。

舟木も日野も後者だった。

池谷は、日野が、いまとんでもなくおいしい話を耳打ちしているのだと気がついた。

「絵か」

「そうです。テレビをつけてごらんなさい。ずっとニュースでやっている。その絵です」

——テレビ?

テレビでやっているのは、『史上最大の泥棒』だ。倉庫の絵をごっそり盗みやがった、羨《うらや》ましい野郎どものニュースだ。

その絵。

池谷は思わず受話器を持ちなおした。そして間抜けなほど言葉に詰まっていた。

盗人が一番に考えるのは、盗んだものをどうさばくかだ。安全、確実に、そしてできるだけ早く金にしたいと思う。闇で手に入れたものを安全にさばくには、闇に売ることだ。昔から決まっている。ということは、いま、日本中で騒ぎになっている二千億の絵をただで懐《ふところ》に入れたやつが、その絵をこのおれに、さばこうと考えているということ——か？

もしもしと日野の声がして、やっと池谷は言った。

「あんたの知っているやつか」

「名乗らなかったからわかりません。わたしが池谷さんの懇意の画商であることを知って、うちに連絡をしてきたようです。わたしは頼まれただけですよ」

いわくのついた高価な美術品は、隠密裏に取引されることが多い。日野画廊がその中継ぎを頼まれるということはたいして特異なことじゃない。

日野は淡々とたたみかけた。

「断りますか」

テレビ画面には、ティツィアーノの裸女が寝そべっている。

「間違いなく、このニュースの絵か」

「初めて先方から連絡があったのは昨日、事件の前日の四月七日です。先方は、明日、ニュースを見てから検討していただけばいいと言いました。わたしはなんのニュースかと聞きました。相手は笑って、ニュースの方からあなたに飛び込んできますと言ったんです」

チャンスには後ろ髪がない。すれ違ったらもう摑めない。正面を摑むのだ。それには度胸と即断力だ。彼は地上げをするとき、テーブルを挟んだ相手に怯《ひる》んだことはない。

「わかった。見せてもらう」

日野から電話が入ったのは二時間後だ。日野は言った。

「明日、迎えの車が来るそうです。私の画廊に、十二時四十五分に来てください」


翌四月九日午前十時。

ロンドン、ヒースロー行きの飛行機は成田を飛び立った。

持ち込み可能な荷物は五十センチ掛ける三十センチだ。青い目をした男は、高級ブランドのバッグをしっかりと握りしめていた。

飛行機が滑走路上を加速する。背中が席に沈み込む。この世界からなにかをぶっちぎって別世界に飛び立つような、強烈な強引さだ。

男はボストンバッグを手から離さなかった。小さな子供の手を大切に持つように、決して強く握りしめず、しかし注意深く、全身が、ボストンバッグを握る手のためだけに存在しているみたいだった。

やがて飛行機は上昇して、雲を突き抜けた。そしてまだ上昇を続けた。

青い目の男は、ゆったりと椅子に身を預けているような顔をして、キャビンアテンダントのどんな問いかけにも——水も食事もアルコールも雑誌も毛布も——ノーサンキューと繰り返した。そしてただ窓の外を見つめた。

窓の外を見つめる目はちょっとした恐怖を湛《たた》えていた。

彼、ベン・アーウィンはボストンバッグの中にG７０６８と刻印があるヴィンセント・ヴィレム・ヴァン・ゴッホ作「医師ガシェの肖像」を持っていた。

城田は、成田からその飛行機を見送った。

小さな針ほどになって視界から消えたとき、彼は決然として踵《きびす》を返した。

そしてタクシー乗り場から、茜と荘介に電話をかけた。

「いまから二時間後、昨日の工場跡に来てください。そのとき、タクシーには乗らないで。茜さんの車を使ってください。場所はわかっていますね。くれぐれも、人に尾《つ》けられないように」

場所はわかっていたって、道を覚えてはいない。荘介と茜は、たった一回、それも他人の運転で行った場所に自力で行かなければならなかった。何度か城田の携帯を鳴らし、道を聞くのに、その度に現在地の説明もままならなかった。そのうち二人は、国道を特にないにも考えず走っていればたどり着くのだということを学習した。あとは行き過ぎなければいいのだ。目的地あたりは少しこまこまと分け入らなければならないが、そこまで来れば迷うことはない。十二時に到着したとき、城田は荘介と茜を待ち構えていた。

「すぐに絵を並べてください。全部です。あと二時間しかないんです」

庭からはあの運送会社のトラックは消えていたが、廃工場の中は昨日二人が帰ったときのままだった。解きかけた絵画と、まだ梱包されたままの絵画と、壁に立て掛けてある絵画だ。

「その画商は、この中に、他の客から頼まれていたものがあるかを確認したいと言うんです。だから全部並べないといけない」

城田はひどく急いでいた。

「なんでそんなに急ぐの」

城田は呆《あき》れた声を出した。

「皆がいま、血眼《ちまなこ》になってこの絵画を探しているんですよ」

そして茜を、それから荘介を見据えた。

「警察に発見される前にすべてを終えないといけない。もし二時に三十分でも遅れたら、画商はこの件から手を引くと言っています。ぼくだって、はじめは『ガシェの肖像』だけを手に入れたらいいんだと思っていたんです。彼はそれを欲しがっていたから。それで三人分の損失、三千万円に膨大なおつりがきた。このガシェを――ええ。このガシェです」

城田はそう言いながら古いスチールのテーブルの上に載る、ガシェを見る。

いま、ここにある「ガシェ」の木枠の裏の、Gから始まるステンシルは、城田が入れた。城田はすべての手順を心得ていた。

初めから、すべての手順をだ。

イアン・ノースウィッグと名乗る男が何者であるのか、美術商なのか美術収集家なのか、それとも犯罪者なのか、城田には関係のないことだった。

城田に大事なのは、金を払う相手が池谷実だということだ。彼に金を払わすために、筆坂茜のスナック「あかね」に通い、頭にネクタイを巻いて馴《な》れない歌を歌った。西新橋の雑居ビルの一室で、筆坂茜と大浦荘介を待ち構えた。ガシェに関して、面倒があるのは紛れもない事実だが、日本がどこか別の国に返却する義務は、法的にはない。ケーニヒス家は確かに返還要求を出しているが、当事者であるフランツ・ケーニヒスとジークフリート・クラマルスキー両人に取引を公表するつもりがなかったのだから、後世の人間に白の黒のとわかるはずがない。確かにフランクフルト美術館は取り戻すために手を尽くしたが、クラマルスキーは絵の返却にも買い取りにも応じず、ゲーリングの不法行為に対しても、ナチスの宣伝省が押収したあとに起こったことであり、押収を合法化する法令で守られているから、ゲーリングの相続人に対する賠償請求は無理だと判断されている。フランクフルト美術館がいまだオッペンハイマー家に義理立てしているかと言うと、目まぐるしく変わる世界情勢の中で、それに固執し続けることは、常識的には難しい。城田はすべてを踏まえた上で、筋書き上求められるだけ脚色して、思考力が動く余地を失うまで二人の頭に二千億円の「夢」を詰め込んだ。

城田はこの十三年でいろんな思いをした。もし有田春樹《はるき》が生きていたら、その恨みの一つ一つを彼にぶつけていたことだろう。でも有田は自殺した。

彼が死んで気がついた。彼の死によって真実が封印されたということ。そしてそれが、城田自身をも守ったのだということ。

だから城田は、もうだれに恨みを言うこともできない。

有田を死に至らしめて自分の恨みを封じたのはだれであるか。本当は池谷実一人に帰することではないのだろう。それでも、記憶の限りにおいて、上司の有田を死に追いやったのは、間違いなく池谷だった。彼が傍若無人《ぼうじやくぶじん》な顔をして言い、行ったすべてが、有田を死に追いやり、自分を社会から抹殺した。

そして池谷は、いまでも黒塗りの車に運転手付きで乗り、名門コースでゴルフをしている。

ひとりぼっちで残された悲しみは、怒りも恨みも吹き消した。有田の妻は、マスコミに騒がれるので葬式も出せなかった。城田が彼の家に焼香に訪れたとき、娘はまだ三歳で、生真面目な顔で座っていたが、なぜそんなに神妙にしていないといけないのかをまるで理解していなかった。城田を見ると今にも走り寄って来たそうに目をきらきらとさせる。それでも我慢して座っていた。

娘がそうすることになんの罪があるだろうか。

信じた者の望むようにすることに。

いま、この廃工場のスチールの机の上にあるガシェの絵は、ロンドンの画材店から買ってきた十八世紀の二流の絵画——もしかしたらゴッホ自身の絵がたどったかもしれない、ほとんど値の付かない古びた絵画——の、カンバスを外したあとの木枠に張り付けたものだ。ロンドン各地には、ジャンク・ショップで年代別に分けられたカンバスが売られている。絵は美濃部健《けん》によってその古いカンバスに描かれた。

美濃部はこの半年の間に何度も何度も描きなおした。何度描いても本物に近づかないことに癇癪《かんしゃく》を起こした。

もしかしたらガシェは、気に入らない絵の絵の具を削り落としたカンバスに描かれたものかもしれない。ゴッホは描くことが好きだった。自作の絵はいつもたくさんあった。考えられることだった。追いつめられた美濃部は、自分が描いた試作品の絵の具をヘラで削って、最後の挑戦をした。

城田と美濃部とイアン・ノースウィッグの三人の中で、本物の「医師ガシェの肖像」を見たことがあるのはイアンだけだ（イアンというのが本名であるかどうかは別として。そういうことも、問題じゃないんだ）。でも日野も、本物を見ている。美濃部は、本物を見たことがない。

絵の具を削り落とした十八世紀のカンバスに描かれた美濃部の最後の「ガシェ」を見て、イアンは小首を傾げた。

そうしているととても愛嬌がある。特徴といえば、耳が大きい。日本でいえば福耳だ。彼は流暢《りゅうちょう》な日本語で言った。

「そうですねぇ」

彼の日本語は大変に丁寧で、その上正確だ。彼のような日本語を話す日本人は多分いない。聞いていると、言語というより記号のような気がしてくる。少ない記号を組み合わせることで、感情さえ情報の一部として的確に伝達される。曖昧《あいまい》さはない。

イアンは、美濃部の絵をしみじみと見た。それから、ふっと微笑んだ。

「ヤケクソさがいい」

優しい笑みだ。

人に向かっているとき、彼がこの優しさを顔から絶やしたことはない。彼は美濃部に向きなおり、言った。

「使いましょう」

その瞬間、美濃部の顔が真っ赤になった。

古い額縁に美濃部の描いたガシェをはめたのは、イアンだ。

そういうときの彼は、人に向かっているときとはまるで違う顔をする。緻密《ちみつ》な仕事をする技師の顔だ。もしくは、聡明な少年の面差《おもざ》し。どちらにしても不純物がない。城田がこのうさん臭い話に自分の運命をかけてみようと思ったのも、彼のこの魔物のような率直さのせいだと思う。

ガシェは額のないままにガシェ医師にプレゼントされた。後に金色の豪勢な額に入れられたが、それについて、イアンは上機嫌なときに言った。

「似合いません。西洋人が下手《へた》に着物を着ているようだ」

でも、似合う、素朴な木の額縁に入れれば、絵はたちまち老けてしまうだろう。

イアンは特徴のある「ガシェ」の額と同じように見える別の額を用意していた。同じように見えるというのは、くすみとか、煤《すす》の溜まり方までが、ルービーズの台に乗せられたときの額の状態に似ているという意味だ。それに、美濃部が十八世紀のカンバスに描いたガシェを張り付けた十八世紀の木枠を、はめ込んだ。

立派な「ガシェ」が出来上がった。四月三日。決行日五日前のことだった。

トランクルームから持ち出した本物の「ガシェ」が日本にあったのは、持ち出された八日午前二時からルービーズ印象派部長ベン・アーウィンが飛行機に乗せた翌九日十時までの三十二時間だ。美濃部が、自分が描いたガシェを廃工場に持ち込んだのは九日未明。その前日八日の夕方、城田と美濃部は、美濃部の描いたガシェを前にビールを飲んだ。そのときには、美濃部は、ベン・アーウィンに渡されるまでの短い時間、自分が半年間格闘した、まぼろしの「医師ガシェの肖像」――ゴッホが描いたガシェを見ていた。

特に言うこともなくて、一時間ほどは黙っていた。

暗くなって、明かりを点《つ》けようかと思ったが、薄闇の中の美濃部のガシェがとてもよい具合に見えたので、しばらくそのままにしていた。美濃部が点けるかと思ったが、彼も点けない。

「この絵、ガシェに見えますか」と、美濃部が聞いた。

「わかりません」と城田が言った。

それから城田は笑った。

「ヤケクソとは、言われましたね」

「ぼくは執念と言って欲しかったです」

「でも、確かにヤケクソですよ」

だんだんと美濃部のガシェが闇に沈んでいく。

「これ、ルービーズにかければ、いくらになると思いますか」

美濃部の問いはとても切実に聞こえた。

「美術部員のだれかがぼんくらで、ゴッホの真筆だと思ってしまえば、百億です。でもゴッホの絵じゃないと知れれば、二万円です」

「ぼんくらじゃなきゃ、真筆だと思いませんか?」

城田はしばらく間を開けた。

「ワシントンのナショナル・ギャラリーにね、ゴッホの自画像があるんだけど、フェイクなんだ。もちろん証拠はない。でも見ればわかる。あの中には『ゴッホさん』がいない。美術界が騒ぎ立てるヴィンセント・ヴァン・ゴッホではなくてね。道でいつもすれ違うとき、挨拶をするだろ。そのときに『あの人、だれ』と聞かれたら、ああ、筋向かいに住む、ゴッホさんだと答える。そのときその人はゴッホという人の生活とか、性格とか、それまでの人生を知っているわけではなくて、毎日決まった時間にその道ですれ違い挨拶を交わすゴッホしか知らない。でも彼は間違いなく、ゴッホという人を知っていて、後ろ姿でも『ああ、ゴッホさんだ』とわかる。構図がどうの、筆遣いがどうのというのではなくてね。ゴッホの絵には、やあ、ゴッホさんと、挨拶したくなるほど、確実に彼がいる。ナショナル・ギャラリーのゴッホの自画像には、そういうゴッホさんはいないんだ。君のこの絵をこうして見ているとね、いるような気はする。でも本物のあの絵を見てしまうと、確実に、いないということがわかる」

城田は言葉を切ると、しばらくして、ビールを飲む。

「絵の中にだれもいない絵って、たくさんありますよ」と、つけ足した。

美濃部は俯《うつむ》いた。

それから顔を上げて、自分の描いたガシェを見た。

「日野画廊の日野は、これが偽物だとわかるでしょうか」

ガシェが神妙な顔で前にいる。まるで二人の話に耳を傾けているみたいで、おかしい。

美濃部のガシェはパソコンで解析したから原画と同じ構図を持っていた。色調は、取り込んだ写真によって変わる。原画とまったく同じ色をパソコンで再生することはできないが、写真と同一の色なら解析により得ることができる。すなわち、パンフレットにあるガシェの色調は、再生できるということだ。ただ筆遣いは、再生できない。言い換えれば、美濃部の筆遣いが、日野に、ゴッホのものと見紛《みまが》うものがあるかどうかだろう。それを、イアンは「ヤケクソさがいい」と総評した。

ゴッホの筆先の熱は、美濃部の筆では、呪いのような怒りになっている。焦りとか、憎しみとか。

「こう考えると、あの画家は確かに個性があったんだと思いますね。君の絵の方がどろどろした感情に操られているはずなのに、原画より上品だ。そしてまとまっていて、全体に出来がいい。贋作というのは往々にして原画より愛されるそうです。棘《とげ》がなくなって、よい部分だけが誇張されるから。そういう意味では、あなたのガシェは成功です」

「凡庸だという意味ですか」

「なんとでも。少なくともあなたは自分の絵を描いたわけではないのだから、あなたらしさがなくて当たり前で。ぼくはただ、見たままを言っているだけです」

日が落ちて、ガシェは完全に闇に沈んだ。美濃部は言った。

「今度のことはあなたがぼくに声をかけた。ぼくは日野智則が憎くて引き受けた。ぼくがあの男に恨みを抱《いだ》いていることは、調べたらわかったことでしょう。ぼくは皆に、と言っても少ない友人ですけど、恨み言を言い募っていたから。でも内山さん、あなたはどうしてこの計画に加わったんですか？」

暗くなっていたから、二人はお互いの表情を見ることはない。ガシェだけが浮かぬ顔で聞き耳を立てている。

内山と呼びかけられた城田は、聞きとがめる風もなくちょっと笑った。

「ぼくらは法を犯す人は悪い人だと思ってきました。ぼくは法を犯したので、悪い人です。捕まったら刑に服します。でもあのイアンという人は、悪いことをしているのに、どうもそんな自覚がない。ぼくがお願いしたとき、彼は言いました。犯罪は、したいというのと、本当にするというのは、まるで違う。その覚悟はありますかって。美濃部くんも言われましたよね。でもそれを言う彼には、まるで自覚がない。ああいう悪人は何と呼べばいいのでしょうか。犯罪を、私心なくするというのが、ぼくには理解ができない。でもぼくがこんなに気持ちよくやってしまうのは、そういうことなんでしょう」

美濃部ははぐらかされたように奇妙に黙っている。城田は続けた。

「確かにイアンの言うのには道理があります。ガシェが市場に出ないから、こういう手段を取ったのだという、その理屈です。彼は正規のルートで購入しようと十三年、根気よく待ち、努力した。彼はただ、あの絵が欲しいんです」

彼が正当に買おうと努力したのは事実だ。

ノースウィッグはただの「金余りの収集家」ではない。常に柔軟に事態に対応し、簡単に大きな資金を動かし、しかし金には執着しない。商売とはそういう人の周りで動いているものだ。その彼が、すべてのルートを駆使してその行方を、交渉相手を探した。扱ったものには億単位の手数料が入る。なにより、氏の商売をしたという実績は貴重だった。画商たちは氏の信頼に応えるためには努力を惜しまなかったはずだ。それでも結局、ガシェは姿を現さなかった。

美濃部の不安はわかっていた。もし日野が、このガシェを偽物だと言ったら、六カ月かけたこの計画が水の泡になる。イアンは「お気の毒に」と、あの美しい日本語で慰めて、ロンドンに帰って行くだろう。本物のガシェはすでに確保している。

「それにしても内山さん、よくあれだけの情報を覚えましたね。繊維会社に勤めていた人にはとても思えませんでした。まるでガシェの専門家だ」

城田は浅く頷いた。

「ノースウィッグ氏の受け売りです。彼は美術品のことならなんでもよく知っている。一般に美術商が、盗聴や、なんの痕跡《こんせき》も残さず人の家に出入りする技術を持っている人々と懇意であるかどうかは知りませんが、美術品のあらゆる歴史をコンピューターのように覚え込んでいる人間であることは確かです」

美濃部は遠慮がちに聞いた。

「ぼくには、あなたが、ただ自分が勤めていたモリトク繊維という会社が倒産に追い込まれたというそれだけで、ここまでするということがなんだかよくわからないんです。失敗すれば身の破滅です。ぼくはあの日野という男に復讐出来るかもしれないというなら、破滅も厭《いと》わない。でもあなたにはなんの得があるんですか。池谷をやり込めたって、モリトク繊維が再生されるわけでもない。内山さんが今名乗っている『城田』という名は『ジョータ』をもじってつけたと菊池《きくち》さんから聞きました。ジョータというのは、いま池谷が手をつけている会社ですよね。いまのあなたにはかかわりがない。なぜなんですか？」

城田はうん、そうですねと呟《つぶや》いた。

「モリトクは大きな船のようなもので、いろんなものを腹に納めたまま、なおかつ近くのものを渦に巻き込みながら、沈んだ。ぼくがジョータを名乗ったのは、こんなことに参加する自分が何者なのかわからないからだと思いますよ」

ずっと不思議だったんですけど、内山さんはなぜ、池谷と交渉するとき裏に隠れていないといけないのですか？——そう、美濃部は聞いた。池谷がぼくの顔を覚えているからですよ——でも城田はその言葉を飲み込んだ。

「気合を入れましょう、美濃部くん。ここまで来たのだから。ぼくらは選択したのですよ。少なくともぼくは選択した。いまだれより困惑しているのはこのガシェだと思いませんか。こんな自分で、そんなに金が取れるのかいって。おれ——」城田はガシェを見つめた。

百年後に亡霊のように人々の前に立ち上がるような肖像画を描きたいと言ったゴッホ。嘘であれ真であれ、絵の具とカンバスの世界に自分の時間と心のすべてを費やした男。さほどの出来ではないが、美濃部の手になる「ゴッホ作ガシェ」はいまここに確かに、幽霊のように立ち上がっている。城田は呟いた。

「——迷惑なんだけどって」

絵はすべて並んだ。その中に、美濃部のガシェがある。

城田は時計を見た。

「もうやって来ます。大浦さんのマンションに戻ってください。そしてぼくの指示を待つこと。勝手に出歩かないで。それから、取り分についてですが、いま取り決めておきましょう。売り上げの半分をあなた方二人で分けてください。残りの半分はぼくがいただきます」

茜は茫然とした。

「なんで一番の危険を冒したあたしたちが四分の一なのよ」

それは、ちょうど詐欺にあったあのときと同じ、悲しくて悔しい顔だった。茜は続けてなにかを言おうとしたが、城田は遮った。

「あなた方が手にする金額は、あなた方が必要な額の何倍にもなる。だれのおかげだと思っているんですか。ぼくはあなた方がいなくてもこのまま計画を進行するしかない。ええ、するんですよ。できるんだ。でもあなたたち二人はどうなんですか。ぼくがいないと、これだけの絵を抱えて、動きがとれないでしょ。理解してください。主導権はぼくが握っている。ぼくがここで放り出したら、あなたたちには一円だって入らないんです」

城田はつけ加えた。

「自分たちでさばこうだなんて無謀なことは考えないでください。その画商が買わなかった分は、放置するんです」

「どうもわからないんだが、放置って、どういうことなんですか」

「警察が見つけてくれるのを待つということです」

そして荘介を見つめた。

「バブルの頃の資金には、多かれ少なかれ暴力団が絡んでいる。ぼくらはその不良債権を盗んだんです。勝手に処分するくらいなら、警察に捕まった方がどんなに安全だかわかりませんよ」

それから茜と荘介を追い返した。

すべては計画通りだった。

いま一時三十分。あと三十分で幕が開く。

大団円に向けて、ほんの序幕から。


荘介は廃工場を出るとき、広場の端に、高級車が止まっているのを見た。深みのあるモスグリーンで、表面は磨き込まれた水晶のように光っている。後部座席には男が一人、くつろいだ風に優雅に座っていた。サングラスをかけていて、見る限り、着ているのはずいぶん仕立てのいいスーツだ。

そのとき荘介が運転席を見たのは、一瞬、専用の運転手を連想したからだ。イギリスの貴族が連れているような、白い手袋をしたお抱え運転手だ。

運転席に座っていた男は白い手袋はしていなかった。

そこに座っているのは屈強ながたいの外国人だった。

五

廃工場には絵が掛けてあった。

青い顔をした女が片隅で笑っていた。

クレヨンで塗りつぶしたような厚塗りの白の上にペンキを刷毛《はけ》で塗ったような、漫然とした背景。紳士淑女ばかりが集《つど》っているはずなのに、なぜか猥雑な酒場。

その隣にある風景画は、フランスの橋だが、絵のうまい十二歳の子供が描いて、何かの賞に入選したもののようだ。水面は藻が生えたような緑色であり、空は晴れていないらしく、重く垂れ込めた雲の、白。Ｍａｒｑｕｅｔ　１９０６と、サインがある。

精密な筆致で無数の羊の背を丹念に描いた古い時代の美しい絵、写真としか思えない孤島の絵、その隣では若い貴族の女がピンク色のドレスの裾を風にはためかせながら、ブランコに乗っている。下から覗く若い貴族のうれしそうなこと。女性はブランコの上からその若い男を見、若い男は下から女のスカートの中だけを見ている。その隣は、ここにあるのが何かの間違いだとしか思えない。画面のすべてが、まったく濃淡のない青一色に塗られているだけだからだ。

極端に足の小さなビーナスたち。

明らかに太りすぎた裸の女。

不機嫌な赤ん坊。

たくさんの画家が裸の女を取り囲んで絵を描いている光景。

足元はむき出しの土だ。下から湿気が伝わり上がってくる。

しばらく、池谷と日野は、たった二人で絵に囲まれて座っていた。

「二千億円の価値ですよ」

そう言ったのは、得体の知れない男だった。

日本人ではない。日本人に見えないからではなく、日本人にはないタイプだからだ。

池谷はアジアやイタリアのマフィアに接したことがある。日本のヤクザだって向こうの映画の中では「クール」に演出される。同じようにアジアやイタリアのマフィアは映画の中にいるようにかっこよくはない。力頼みで、間が抜けていて、癇癪《かんしやく》持ちだ。品もないし、温厚でもない。結局ヤクザは万国共通なのだ。

目の前に立つ男は違っていた。

男からは、身に染みついた金の匂いがした。それは血の匂いであり、多分「上流」の匂いだ。

人を人とも思わない。

野良猫一匹を助けるために、二千人ほど射殺するような慈善活動ができる階級だ。

彼のグレーの瞳が池谷を見た。攻撃対象としてロックオンされた気がした。

「このコレクションに所縁《ゆかり》のある方を優先的にご招待しました。われわれも国外に持ち出すリスクを減らしたいのです」

見知らぬ画商はやわらかな日本語で言った。

「まとめて二百億円でいかがですか」

池谷はその男を見た。

「いくら絵の相場が下がっているとはいえ、仕入れ値としては格安です」

池谷には絵にほとんど記憶がない。立ち上がると、指を差しながら数を数え出した。そして百三点目の、古びたスチールの台の前で立ち止まった。

「医師ガシェの肖像」だった。

その絵はオークション・ハウスでの熱気を思い出させた。電光掲示板の金額がくるくるとまわり、会場の人々が溜息をついた、あの渦巻く熱だ。

「買い手なら見つけてきて差し上げますよ。コレクションというのは、まとまってこそ価値がある。あなた方があまりに一貫性なく買ったものだから、コレクターはその穴を埋めることができないで困っています。彼らは、出所は問いません。もちろん、そのときは二割の手数料はいただきますけどね」

男は楽しそうだった。

池谷は貫禄を湛《たた》え、何かを言い放ちたかった。たとえばいま、偶然手持ちがないというようなことを。でも出た言葉は、恨みがましい声だった。

「そんな金は、無理だ」

青い目の画商はそれを聞くと気の毒そうな顔をした。小さく息をつき、斜めに目を伏せた。育ちのいい少女のようだ。

「ではしかたがありません。なかったことにしましょう」

池谷は学歴のある人間や育ちのいい人間は嫌いだ。やつらはいつも嗅《か》ぎ分け、仲間には微笑み、それ以外を、かろうじて言葉を操ることができる猿かなにかのように眺めている。

その視線は池谷のからだを熱くした。

「その絵に二千億の価値はない。市場の二倍から十倍で売買された。裏取引なら二百億が妥当だ」

男がその視線を上げる。人形のようにきっぱりと瞳を見開き、不思議そうに言った。

「だからそう申し上げているでしょう」

「それでは優先ではないじゃないか」

「じゃいくらなら買えるのですか」

いま動かせる金は、ほんの数億だ。いや、それさえ現実には資金繰りはつかない。もう時代は変わったのだ。彼がそう思ったとき、画商が言った。

「ではお帰りいただくとしましょう」

あまりにあっさりとした物言いだった。そうとわかれば無用な時間を費やす気はないのだと言わんばかりに。

猿。

池谷はまた、熱くなるのを感じた。

「どうするつもりだ」

「欲しがっている方は他にもおいでになります」

「盗品をか」

「あなただって資金があれば買うでしょ？」

「いま、そんな金が用意できる人間がいると思うのか」

男はクスリと笑った。

「それはあなたには関係のないことです」

――買う人間はいる。二百億円ぐらいの資金を裏金として動かせる人間はいつだって一定数いる。転売して二百億を四百億にするのだ。リスクはない。ハイリターンだけが約束されている。

池谷に思い出されたのは、遠い日の記憶だった。初めて銀座の土地を地上げした。有楽町の駅近くの、細長い青空駐車場だった。百七十五億円で買った土地を一年後に二百七十億円で売った。待つだけで百億円が転がり込んだ。

金を動かす者がいる。そして金に無縁な者がいる。一度引き潮に乗った者は二度と金のある場所には戻れない。ただただ離れていくだけだ。でもこの男は――。

目の前の男からは、池谷が長い間嗅いでいない金の匂いがした。

危険なギャンブルの匂い――そして彼はルーレットの運を必ず引き寄せる媚薬を身に付けている。

そのときだった。池谷は、日野が以前から言っていたことを思い出した。スイスの銀行家が「医師ガシェの肖像」を欲しがっているということ。

――いえ、代理人ですけどね。よっぽど欲しいんですね。日野は、肉づきのいい小さな手を握り替えながら、確かにそう言った。

それを思い出したとき、奮い立った。

十三年前、紳士淑女の集う場所で、俺はあのガシェを買った。あそこには金が紙切れのように渦巻いていた。目障りでしかたがないんだ、だれか片付けてくれないか――彼らは女に鞄を買ってやるように、絵を買った。そこにいる人々は汗水垂らして金を稼いだりしい。Ｂｅ ｃｏｏｌ——紙切れを渦巻かせながらウィンクするようにそう耳元で囁《ささや》いて、その熱気を楽しむ。

ふわりと笑う、彼ら。

モネがあった——シャガール、モジリアニ、ピカソがこの古い工場の中でいま再び池谷に、あの日の記憶を呼び覚ました。

池谷は、ガシェを振り見た。

「あれは本物か」

日野は真っ青な顔をしていた。

「あのガシェは本物かと聞いているんだ」

日野は絵を手に取った。絵を舐《な》めるように見つめると、内ポケットからレンズを取り出す。そして、息を止めてガシェの頬のあたりに見入った。

その表情は少しずつ険しくなっていた。

日野は絵を裏返した。

木枠の一部を凝視していたが、やがて目を上げた。

そして木枠を池谷に見せた。

木枠にはくっきりと赤く番号が型抜きされてあった。

Ｇ ７０６８

「ルービーズの認識番号です。われわれがロンドンで競り落としたときのものです」

――ルービーズ。ロンドン。

社交界の華やぎが耳元に聞こえて、池谷は「医師ガシェの肖像」を指差していた。

「それを買いたい」

日野が囁いた。

「おやめなさい池谷さん。悪いことは言わない」

しかしそのとき、青い目の画商は困惑したのだ。

彼は英語で何かを独りごちた。それからゆっくりと、言いなおした。

「これはだめです。先約がいて」

先約という意味が池谷には理解ができなかった。盗品をさばくのに先約なんて言葉があるだろうか。封筒に金を入れて持ってきたものが所有者だ。池谷はむっとした。

「盗品だぞ」

「もちろんです。先方もご存じです。でも申し上げたように、こういう絵はリスクを冒しても欲しいという人がいるのです。世間に行方不明の美術品がどれほどあるか、ご存じですか？　転売さえ考えなければ問題はないんです」

臆するところは微塵《みじん》もない。そのもっともらしい顔にますますからだが熱くなった。欲しい。この媚薬の香を放つ男のする商売に参加して、この男が吸い上げているうま味にあやかりたい。

「その男より出す」

「一二〇〇万ドルですよ。日本円でいえば十億円になりますか」

池谷は驚いた。

スイスの銀行家の言い値は四十億円だ。

転売したら四十億円で売れるということだ。すると三十億円の利益が出るということだ。

池谷の顔にみるみる笑みが広がった。

「それを買う」

男は困ったような顔をしたが、あっさりと肩を竦《すく》めた。

「しかたありませんね。ではお売りしましょう。キャッシュを明日の二時までに用意して、お一人でおいでください。品物は代理の方にはお渡ししません」

池谷はぐっと息を飲んだ。

明日の二時までに十億円の現金を用意するということを、初めて考えたからだ。

支払いの時間を延ばしてくれといえば、また彼はあっさりと言うだろう。ではしかたがありませんね、この話はなかったことにしましょうと。

池谷は頷いた。

池谷が自由にすることができる一番大きな資金は、ジョータ・コーポレーションの株だ。七億円相当分を、池谷個人が握っている。ジョータ・コーポレーションはもとは城田農機具株式会社という、手堅い農機具メーカーだった。世間で社名をカタカナに変えるのが流《は》行《や》ったとき、乗り遅れまいと考えついたのが「ジョータ」だ。なんだか律儀さが伝わってくるじゃないか。ジョータの役員たちは、会社の経営権を取り戻し、本来の農機具会社に戻るため、池谷が握っている株を買い戻そうとやっきになっている。このままでは「モリトク」と同じ運命をたどるということを、よく理解しているからだ。

池谷は帰りの車の中でジョータの弁護士に電話をした。

「あんたの会社の株を、全部売ってもいい。ただ、十億円のキャッシュですよ。明日の二時までに入り用なんだ。できないなら、売らないと伝えて」

「明日？」と弁護士が聞き返す。

「そうだ。明日までじゃなかったら、未来永劫手放さない。絶対に」

弁護士は強張《こわば》った声で返答した。

「二時間待ってください。すぐに役員に連絡します」

運転しているのは迎えに来た運転手だ。日野は運転手を気にするように、小声で囁いた。

「いいんですか。ジョータを手放して」

「お前は馬鹿か。あとからいくらでも買い戻せる」

——もっと大きな会社だって。

池谷の目はぎらぎらとして、空中に魔物でも見据えているようだった。

日野が隣で、自分はやめるように言った、それは覚えておいてくれと言った。池谷は聞いてはいなかった。

「わたしは同席しませんよ。明日は予定があるんです。わたしはこんなことにはかかわり合いになりたくない」

池谷はそれも聞いていなかった。

俺は幸運を拾ったんだ。神様が取りに帰って来る前に懐《ふところ》に納めないといけない。それが成功するものの鉄則だ。

二時間後、ジョータの弁護士は、池谷が持つ株のすべての買い取りの場合のみ、キャッシュを用意してみると言ってきた。彼らがどんな無理をしようとしているか、目に見えるようだ。池谷は申し出を了承した。その後、全株買い取りを前提にしてもキャッシュは五億円しか用意できないと言ってきた。池谷は激しく苛立《いらだ》った。が、背に腹は代えられない。

あと五億円を作らなくてはならなかった。

夕方六時、池谷は舟木に電話をした。彼なら、絵画の購入費だといえば都合してくれるものと思っていた。舟木に始めから連絡しなかったのは、彼にこの取引のことを知られたくなかったからだ。

詳しい事情は話さなかった。ただ、儲け話があるとだけ、言った。リスクのない儲け話だと。舟木は興味を示さなかった。五億と聞いて「悪いがかたちだけでもええから担保を出してくれんか」と言った。

「ええですか。キャッシュはなんとか用意します。でもわしかて自分が持っているわけやない、頼みに行きますねん。担保がないと、借りれませんがな」

「ジョータの手形でいいですか」

「手形やったら明日の十時までには持って来ておいてくださいよ」

それから舟木は低くゆっくりと言い加えた。

「それにしても割引で決済して五億分にしよと思たら、額面十億はいりまっせ」

池谷は電話を切るとその手でジョータ・コーポレーションの社長、逸見民雄《たみお》に電話をした。

「この目で見た。本物のゴッホだ。転売先は決まっている。その十億が四十億になる」そして囁いた。「逸見さん、これであの四億も返せるんですよ」

逸見がおれに弱みを握られる元凶となった、四億円の借金だ。逸見も四億円分のジョータの株を持っている。あの役員たちはそれを知らないから、おれの分だけ買い戻せば会社が取り戻せると思っている。

裏切り者は、悪そうな顔をしたやつばっかりじゃないことを、学習しな。

「十億円の手形を振り出してくれ。明日の朝、社長室に取りに行くから」

翌日の朝八時、逸見は充血した目をして社長室で待っていた。そして手形の入った封筒を差し出した。手が心なしか震えていた。

「これが銀行に渡れば、ジョータは事実上倒産する。わかっているな」

「倒産したら、あんたの株もくずになるものな」

池谷は封筒を内ポケットにねじ込んだ。二時まで、六時間しかなかった。

舟木が池谷を連れて行ったのは、とある金融会社の社長のところだった。社長は舟木には挨拶をしたが、池谷にはしなかった。

「お宅さんには、この舟木さんの口添えがあるからお貸しします」そう言うと、十日以内に返済がない場合には、手形を決済に回すと言った。

彼はそこで五億円の現金を受け取った。それから自分の事務所で、弁護士の立ち会いのもと、ジョータの役員に持ち株のすべてを渡して、五億の現金を受け取った。

十一時半。札束がはち切れそうに詰まったスーツケースが二個、池谷の車のトランクに乗っていた。

同日午前九時。

茜を連れて荘介はマンションにいた。

なにかが釈然としなかった。なにが釈然としないのかはわからない。わかるのは、金が入るということだけだ。それも想像できない額だ。そしてそれが望みなのだから、何を考えればいいのかがわからない。

城田から茜と荘介が待つマンションに電話があったのは、昨日午後四時のことだ。

「二時に一点、取引が行われます」売れたのかと荘介は聞いた。すると城田は言ったのだ。

「ええ。十億円のキャッシュです」

そこで初めて「あなた方が手にする金額はあなた方が必要な額の何倍にもなる」という城田の言葉の意味を理解した。

「それが困ったことに、ガシェだそうです」

スイスはどうなるのと、茜が聞けというから聞いた。城田はさぁ、どうなるんでしょうと要領を得ない返事をした。茜が、だれが買うのか聞けと言うので、それも聞いた。それにも城田は、極めて不明瞭な返答をした。

「よくわかりません。画商の話では、十三年前にガシェを競り落とした人のようですけど」

十億の金。その半分で五億。茜と分けて二億五千万円。

荘介は夢心地で一夜を明かした。いろんな人間が夢に出てきて賑《にぎ》やかしかった。

磨き込まれた水晶のように光っている、ものすごく塗装のいいモスグリーンの高級車の運転席に、白い手袋をした運転手が座っていて、それが矢吹だった。矢吹は、金はあるところにはあるんですと言い、花咲か爺さんの灰のように金をばらまいた。灰のようにばらまかれた札は桜の花びらのようにはらはらと舞った。後部座席には死んだ伯父さんがそれを見て、快活に荘介に笑いかけ、城田は無表情な顔をしてフロントガラスを磨いている。

目の前には山盛りの大トロとウニだ。

白いご飯を食べなさい。

腐っても白いご飯は悪さをしない。

そんな声がするというのに、矢吹は「腐るほどある」といい、大トロとウニは食っても食っても減らない。

車の横には車と同じ高さの金運のマリア様だ。

茜は茜で夢を見ていた。

茜が見ていたのはスズメの夢だ。

舌を抜かれたスズメが、茜を森の中に引っ張っていく。「こくどう20ごうせん」と書かれた道を降りて、見たことのあるような工場の前でスズメは立ち止まり、お礼を差し上げますと言い、茶色い油紙に包まれた二つの包みを茜の前に置く。茜はどちらかを選ぼうと思うのだが、スズメはどちらかを選べとは促さない。お礼をどうぞ、お礼をどうぞと繰り返すだけだ。スズメは知らぬ間に富男になって、お礼をどうぞと言うのだ。そのうち右側が札束に変化した。摑んでみると、それは督促状の束だった——。

だから二人とも、ぼんやりと朝を迎えた。

食べるものはなかった。冷蔵庫の中のものは古くなって、食べられない。インスタント麺は昨日の夜に食べたのが最後の一袋だ。炊飯器の中の飯は、いつ炊いたものだか覚えていない。

最近新聞紙面にときどき「餓死」という言葉を見るが、このまま外に出なければそういうことになるのだなと漠然と感じた。引き込もりのやつは家の中に食うものがなくなる恐怖を想像したことがないのだろうか。

コンビニエンスストアはマンションの下にある。買い出しに行こうと二人がドアを開けたときだ。

そこに二人の男が立っているのを見つけた。頭の禿げた、五十絡みの男と、若くて背の高い男だ。

二人も、ドアが開いたことに驚いている。

禿げた男は一瞬、虚を突かれたような顔をしたが、荘介を見ると、そこにはみるみる会心の笑みが広がった。

しまったと思った。荘介はノブを引いた。しかしドアは閉まらずに、撥ね返された。若い男が靴先をドアの間に挟んでいた。

禿げた男はポケットから手帳を取り出すと、その隙間から、荘介に提示した。

「警視庁」と書かれていた。

「大浦荘介さんですね。お話を伺いたいことがあるのです。ご同行願えませんか」そして隙間から中を覗き込んだのだ。

「そちらのご婦人もです」

禿げた捜査官の足元に、隙間から道路が見えた。そこには身を潜めるようにパトカーが止まっていた。

確保、確保。九時二十分、二人、身柄を確保――と、ドアの向こうでだれかが興奮気味に連呼している。ピーピーと雑音のような無線の音、それに応える捜査官の「了解です」――。

荘介は茫然として、その声を聞いた。

「警視庁の前にマスコミが集まっている。面倒が起きないように〝32〟に連行してくれということだ。先方了解済み」

ドアが閉められると着ていたパーカーを頭からすっぽりと被せられた。

車が急回転して、身体がぐらりと揺れた。

「深川のレンタル倉庫に侵入して、二千億円相当の美術品を盗んだな。全部話してもらいたい。三谷雄平は共犯なのか。トラックはどこで手に入れた。爆薬はどうやって製作したんだ。なぜカードキーを手に入れておくという細かいことをしながら、監視カメラは回りっ放しにしておいたのか。内部構造はだれに聞いた。なにより、絵を、どこにやった」

ドアに足を挟んで閉めるのを遮った若い捜査官が、横手から、苛立たしげに荘介の顔を覗き込んだ。

「言い逃れができるだなんて、思うなよ。あんたら二人の顔は、ばっちりビデオに残っているんだ」

荘介はとりあえず知らないとしらを切った。すると捜査官は、荘介と茜の犯行時の服装を言い当てた。爆発のときに、耳をふさぎ座り込んでいたことも。

「しらばっくれて済む問題じゃないということは、わかりますよね」

荘介は言葉を失った。思い出すのは、あのコブラだ。覗き込むようにしていた、一つ目。あの目玉の中に映り込んでいたとすれば、言い逃れのしようはない。

「倉庫内にいたことは認めます。コンテナを持ち出したことも認めます。でもあとのことは知らない。全部城田という男がしたことです」

「城田？」

「あのレンタル倉庫会社に勤めていた男です。トラックも、カードも、全部彼が用意した」

禿げた捜査官と目配せすると、若い捜査官が出て行った。

「盗み出す準備は全部城田という男がしました。盗んだ絵は――」

喋《しゃべ》りながら荘介はなお逃げ道を探した。茜はどこまで喋るだろうか。それとも彼女は知らないと言い通すだろうか。

いや。茜は考えるだろう。ここで絵のことを知らないといって、城田をかばう義理はない。彼は今日の二時に取引をする。そして金を掴む。でもおれたちは、あのカメラが回っていた以上、絶対に解放されない。

城田が一人取りする。

茜はそう考えるだろう。

「絵は山の中の工場跡に持って行きました。行けば道はわかりますが、どことは場所はわかりません」

出口はそこだったのに。

すぐそこまで来ていたというのに。

不意に、母の顔が浮かんだ。銀座のホテルの喫茶室の端で、いつも黙って封筒を置いてくれた毅然《きぜん》とした、しかしどこか悲しげな、母。

――腐っても、米ならそれほど悪さはしないって言うんですよ。

涙が込み上げた。

しかし顔を上げたとき、彼を見つめる捜査官は、憮然としていた。

「本当なんです」

荘介はわずかに焦りのようなものを感じた。

「城田という男が、自分の勤めている倉庫に、高値で売れる絵があると言ったんです。それを盗めば、金になると」

「どこで知り合った」

「筆坂茜のスナックの客だったんです」

「だいたい筆坂茜とあんたの関係は」

そこで荘介は未公開株の詐欺に引っかかった話から、その証券会社に乗り込んで、偶然茜と、そこの客だった城田と出会ったまでの経緯を事細かに話した。

「で、その男から強盗を持ちかけられたと言うのか」

「そうです」

捜査官がうさん臭そうに荘介を見ている。

「だから、ぼくらにはそのとき一千万円の金が必要だったんです」

「その矢吹という男のフルネームは」と捜査官がペンを持つ。

「知りません」と荘介が言う。

「仕事を依頼してきたんだろ。そのときの名前でいいんですよ」

なんの書類も作らなかった。そう言ったとき、捜査官の手が止まった。

「十三倍の未公開株の話を持ちかけられて、その男の名前もはっきりとは知らないまま、言われた口座に一千万円を振り込んだというのか。そんな被害者が三人いて、欲しかったのは三人で三千万円だが、盗み出したのが二千億円分の美術品。そしていまはその美術品も、どこにあるのか知らないと言うんだな」

その通りだ。一点たりとて嘘はない。

「二千億円分もは要らなかったんです。でも目的の絵がどれだかわからないから、とりあえず全部盗むしかないと言われて」

部屋を出ていた若い捜査官が戻って来ると、何か耳打ちしながら禿げた捜査官に台帳のようなものを見せた。捜査官は注意深く聞いていたが、うんと頷いて、若い捜査官を下がらせた。そして荘介に問いなおした。

「だれに言われたんですか」

「城田さんです」

若い捜査官が大きな溜息をつく。

「三谷雄平という男とはどういう関係なんだ」

「聞いたこともありません」

捜査官がうんざりした顔をした。荘介は危機感を持った。

「本当なんです。ぼくら三人は騙されて、ぼくはそれを母親に知られたくなくて、それでぼくらは城田さんの管理する倉庫の中にある絵を盗むことにしたんです。ゴッホのガシェを買いたがっている画商がいるからって言われて」

茜も別室で同じことを喋っていることだろう。

「筆坂茜とはそれまで面識もなかったんです。ジェイビージェイというペーパーカンパニーの事務所で鉢合わせして。知り合ったのは三十日です。防犯ビデオは回っていないと、言われたんです。ぼくらだって、爆破するだなんて思っていなかった。言われた通りに」

そう言うと、荘介はポケットから、城田に貰った携帯電話を取り出した。「この携帯で指示された通りに、動いただけです」

そうして黄色い携帯電話を机の上に置いたのだ。

これで二億五千万円は完全に消えた。

荘介の説明を、年行きの捜査官はただの一度も口を挟むことなく、聞いていた。

荘介が置いた携帯電話を眺め、彼の前に座りなおし、溜息をついた。

「いろいろ言いますけどね。あなた」そしてつくづくと、言ったのだ。

「あのレンタル倉庫会社に城田という社員はいません」

荘介は穴があくほど捜査官の顔を見た。頭のてっぺんの禿げ上がった男だ。

「われわれは事件発生以来、ずっと調べていますから。内部関係者がかかわっているだろうことはわかっている。だから、この四十八時間、社員の名簿は、それこそ覚えてしまうほど見ています。いま若い者にも確認させた。城田という社員は、いない」

「銀行からの出向なんです。担保の管理で。だから倉庫内部のことは全部できるからって
——」

捜査官は首を振った。

「エレベーターのカードは旅行に行っている関係者が持っていたものだ。警報装置その他は、すべて通常通り動いていた。架空の首謀者を仕立てようったって、そうはいかない」

荘介には、捜査官の言っていることがわからなかった。


——「盗んだあと、その画商が言い出したのよ、その絵を全部買いたいって」

机を挟んで茜に対面したのは若い捜査官だった。頭の禿げた男はただ困り果てた顔をして聞いていた。

「それで安福富男って男の名を出すんだろ。未公開株に引っかかって、素性もわからない相手に店を担保にして五百万円を渡したって。次には城田という男の登場だ。あんたたちは犯罪が露呈したときのために、大急ぎで口裏を合わせた。それが城田という男だ」

若い捜査官は茜を、あらん限りの眼力で睨《にら》みつける。禿げた捜査官が、言った。

「あんたたちは倉庫に絵があることをだれかから聞いて知った。多分店の客かなんかからでしょう。倉庫のエレベーターのカードキーを盗んで、倉庫に入った。入ったはいいが、出られなくなった。それで強行突破した。いいですか、城田という男は、あの倉庫にも、銀行にも勤めてはいない。何度言っても同じことなんです」

そうして、うんざりした声を上げた。

「だいたい、いまどきあれだけの絵をさばける画商なんていない。作り話も大概にしてくれ」

茜には事情がわからなかった。なにかを言わないといけない。でも頭の中が真っ白で、なにも思い浮かばない。パトラッシュが閃《ひらめ》いて、茜は「スイス」と口走っていた。

「初めはスイスの銀行家だったのよ、それが別の男が買うって言って。ゴッホを欲しがっているとかって言ったのよ。なんとかっていう、ゴッホが描いたぼやけた男の小さな絵が十億円だって」

それからわらわらと思い出す。「城田は、今日、その絵を男に——十三年前にその絵を競り落とした男に売って、現金を持ってくるのよ。本当です。作り話じゃありません」

ドアが開いた。入って来た捜査官が禿げた捜査官を突ついた。彼はしきりに耳打ちした。

筆坂茜が二十六日に店を担保にマル西金融から五百万円を借りていたのは事実のようです——そう、聞こえた。それからなにかを見せた。

禿げた捜査官は、渡されたものをしげしげと眺めていたが、やがてうーんと一つ、うめき声を上げた。そして、「だったら詐欺にあったのは本当なんだ」と呟いた。

捜査官は茜の前に自分が見ていたものを置いた。

ジェイビージェイ証券株式会社のパンフレットだった。茜が握ってくしゃくしゃにしたものと同じもの。

居合わせた四人の捜査官たちは困惑して顔を見合わせていた。

「詐欺にあったというのが本当なら」と一人が呟くと、思案気に一人があとを継ぐ。

「確かに、素人《しろうと》二人でできることじゃない」

「でもそんな男はあそこには勤めてはいないんですよ」

「その男の身元がわかれば――」

そのときだった。それまで黙っていた禿げた捜査官が、ぬっと顔を上げた。

「今日、その城田という男が絵をだれかに売って、現金を持って来るって、いま言ったよな」

茜は頷いた。

「二時」

捜査官たちは一斉に時計を見た。時間は十一時半だった。時計を見つめて、若い捜査官が気後れするように呟いた。

「うまくすれば一網打尽ですよ」

もう一人の捜査官がたたみかけた。

「万に一つ、二人の言うことが本当なら、取引が済んだら、絵を別の場所に動かすでしょう。城田という男も消える。そうすれば、この二人にも絵の場所はわからなくなる。そうすると完全に手がかりを失ってしまいます」

どうしますかと詰め寄られて、禿げた捜査官は決断した。

黄色い携帯電話は、コードで機械に繋がれた。そこから改めて出たコードの先にはイヤホンが付いていて、それを、捜査官たちはめいめいの耳に突っ込んでいた。そこに荘介と茜は二人揃って、据えられたのだ。

二人の前に、黄色い携帯電話が置かれた。

「なんですって?」と、城田は荘介に声を上げた。捜査官たちに囲まれて、荘介は「だから」と、黄色い携帯電話を一層耳に押し付けた。

「同席させて欲しいんだ。ぼくらにもそれぐらいの権利はあるだろ」そして捜査官たちをチラッと見る。

彼らがそれでいいんだと頷く。

「言いましたよね。とても微妙な取引なんですって」

「それでもだ」

「なぜですか」

「絵を持ち逃げすることはないだろうけど、金は持ち逃げできるからだ」

城田が一息、黙り込んだ。

「私たちは持って逃げられるような小金を取ろうとしているのではありませんよ。これがどれほどの取引か、わかっているんですか」

「なんだか散々利用されているような気がしてならないんだ」

捜査官たちはイヤホンを耳に入れて、緊張した面持ちで俯いている。しばらく沈黙が流れた。城田の決然とした声がした。

「わかりました。そうまで言うなら、考えます。いまさら仲間割れはごめんだ」

電話を切ったとき、どよめきが起こり、禿げた捜査官が高揚した顔で頷いた。

茜は言われて、自分の車のキーを渡した。

取引現場にわれわれを誘導すること。取引が成立するまで、城田と名乗る男の言う通りにしておくこと。われわれが応援を連れて踏み込むまで、城田という男から離れないでおくこと。この男に関して身元照合ができそうなものはいまここですべて提出すること。

最後に、禿げた捜査官が、神妙な面持ちで言った。

「言っておくが、くれぐれも警察を手玉に取ろうとは考えるんじゃありませんよ。ぼくたち警察は正義の味方、なんたって全国ネットなんですから」

部屋を出るときにはまたパーカーを被せられた。二人の捜査官に付き添われて、裏口階段から出口すぐにつけてある車に乗った。しばらく走ると路上に止まっている茜の車があった。茜は、降りてきた捜査官からさっき渡したキーを受け取り、荘介とともに自分の車に乗り込んだ。

茜が車を発進させる。

捜査官二人が乗った車がそのあとを慎重に追いかける。

そのころ三谷雄平はミクロネシア諸島ヤップ島のホテルで日本の司法関係者四人に取り囲まれた。

彼はなにが起きたのかを理解していなかった。

四人に囲まれて飛行機に乗り、二回乗り継いで羽田に着くと、そこには三人の刑事と五人の警官が三谷の到着を待っていた。八人を引き連れて自宅マンションに帰り着く。男たちは彼に、部屋の中を見せるように要求した。三谷雄平は言われた通りに部屋の鍵を、回して開けた。

部屋は出て行ったときのままだ。

部屋に上がっていいかと刑事が聞いたので、どうぞと答えた。刑事たちはそのあたりで少し困惑していた。会社の身分証や持ち出し禁止の品はどこかと聞かれたので、持ち出し禁止のものは会社であり、自己保管分はそこだと三谷はテレビの下の引き出しを指差した。

「倉庫内エレベーターのカードキーもですか」

「はい。いつも大事なものはここに入れることに決めているんです。うっかり捨てたり失くしたりしたらいけないので」

それから誤解を招かないように慎重に(なにをどう誤解されるのか、まるでわかっていなかったが、野犬の群れに取り囲まれたとき、とても慎重に動くように、雄平は、とても慎重に動いたのだ)引き出しを開けた。そこには、置いていった物が、置いて行ったときのままに、置いてあった。

パサリと一番上に散らばった三枚のカード。

彼らは白い手袋をした手で、それを手に取った。そして裏返す。カードにはそれぞれ、認識番号が表記されていた。『A—665』『A—666』『A—667』。

刑事は喜ぶでもなく落胆するでもなく、何かマジックでも見ているような顔をして、その番号を見ていた。

「何があったんですか」と三谷は聞いてみた。

「この番号のカードが、あなたのいない間に使用されていたんですよ」

三谷は、実はそのとき、その三枚のカードだけが出て行ったときと微妙に位置が違っていたような気がしたのだ。三枚をきちんと重ねて、置いたような気がする。

でもそれは記憶違いというものだろうと思った。

現にカードはこうしてここにあるのだから。

荘介と茜から同席したい旨の要求があったと城田が伝えたとき、イアン・ノースウィッグは、絵の飾られた廃工場で、芯の錆びた古い椅子に腰掛け、熱心に展示室の見取り図に見入っていた。「すばらしい。何度見てもすばらしい展示室だ」と称賛の声を漏らしながら。

「いまからでもプランを変えるということはできないでしょうか」

すでに廃工場からの運び出しが始まっていて、飾られている絵は半分ほどになっていた。

「あの二人が取引現場に同席すれば、あの二人に、あなたや菊池くんの顔を見られてしまいます」と城田は言った。

イアンはふふんと、ちょっとくすぐったそうに笑った。

「見るということと、見たものの意味を理解するということは別です。あの二人になにがわかるでしょう。人は頭を割って自分が体験したその記憶を他人に見せることはできない。そして前後の脈絡を失えば、言葉は機能しない」

イアンの目が笑っている。

「あなたはあの二人を最後まで利用し切ることに罪悪感があるのでしょう。でもそんなことを考えていたら池谷という男に復讐はできませんよ。そしてなにより、あなたのもう一つの望みは叶《かな》えられない」

そしてわずかに身を乗り出した。

「そんな簡単な覚悟でこのプランに参加したのですか?」

そしてゆっくりと、もとの場所に背を預けた。決して尊大ではない。さざ波一つ立たない湖面のような、静かな身のこなしだ。

「すべてを終わりにしてもいいのですよ。わたしの計画には多少の支障は出ますが、たいしたことじゃない。あなたのパートナーたちと協議しますか?」

城田は「いや」と、顔を上げた。

「最後までやり遂げたいと思います」

晴れた日にはブルーになった。この湿気の強い廃工場の中では、グレーだ。彼の瞳は猫の目に似ている。

「大丈夫。仕掛けは済んでいます。彼らだって引き金を引くくらいのことはできるでしょう。問題は起こりませんよ」と、灰色の目の紳士は言った。

廃工場の外に荘介と茜は待っていた。

城田は時計を見た。

一時半だった。

「画商が連れているボディ・ガードが持っているのは本物の銃です。でも彼は画商を守るために雇われています。われわれになにが起きても、助けてはくれません」

城田はまず、そう言った。「だから」彼はそう言うと、ピストルの形をしたものを二つ、取り出した。

「これをポケットに入れておいてください」

「本物か？」

「運動会で使うピストルです。火薬が入っています。引き金を引くとパンと音もします。なんにも持っていないと、いざというときに危ないかもしれないからと思って、自分用に買っていたものです」

この男はレンタル倉庫会社の社員でもなければ、銀行の職員でもない。荘介はあのペンシルビルの五階で、土気色の顔をして自分を見た、城田を思い出す。

これ以上気味の悪いことがあるだろうか。

「だからぼくは見えないところにいることにします。それで、危険なことが発生したときの合言葉を教えておきます。その言葉を画商が言えば、異常事態が起きたことを意味します。たとえば先方が持ってきた金が偽物だったとか、われわれに危害を加えようとしているとかです。彼がそれを言ったら、身の安全を図る。逃げてください。このピストルは

――」と城田はピストルを見つめた。

「撃ったって、火薬の匂いがするだけですからね」

それから城田はそれを一つ、荘介に渡した。

そして合言葉を『ボン・ボヤージ』だと、言った。

「画商は日本人ではありません。彼がフランス語を言うのを聞いても、池谷――そう、交渉相手は池谷と言います。その池谷は不自然に思わず、聞き流す」

城田はそう言いながら、なかなか荘介の手を離そうとはしなかった。

「ぼくは、今回のことが無事に済み、お互い二度と顔を見ないで済むようにしたいと思っているんです。だから、手順をもう一度言います」城田はやっと荘介から手を離すと、今度は茜の目を見つめ、ピストルの形をしたものを手に握らせた。

「彼が合言葉を言えば、決裂です。なんでしたか、茜さん」

遠くに旅立つ子供の身を気遣う牧師のようだ。

「ボン・ボヤージ」

「そうです。彼がフランス語で『よい旅を』と言ったら、決裂です。そうしたらポケットからこのピストルを取り出し、引き金を引いてください。あなた方が同席したいというなら、そうすればいいと彼は言いました。しかしあなたたち二人の身の安全までは考えない。あなたたちは、自分たちが逃げる時間を自分たちで作らないといけない。とても危険な取引なんです。どちらもまともな人たちではないということを忘れないで。何ができるわけでもないけど、ぼくは奥で待機しています。合言葉が聞こえたら、引き金を引いて、逃げる。いまとなれば、あなたたちの仕事はそれだけです」

そう言うと、城田は茜と荘介に小さな鍵を渡し、心持ち顔を寄せた。

「地下鉄西新宿駅B3出口にあるコインロッカーの鍵です。実はあの絵の中から二点、くすねてあります。それが入っていますから、失敗したときには、なんとか換金してください。ぼくにも、他にどうしようもないんです」

もしこのコインロッカーの中身を受け取るようなことがあれば、そのときには、受け取ったあと、その合図にこのシールを貼っておいてくれと、「ニコちゃんシール」を一枚、くれた。

十五分したら工場の中に入るようにと言い残して、城田は先に入って行った。

二人は空き地に取り残された。

向こうの木立の間から、禿げた捜査官が手を上げた。指先の向こうで新緑が輝いている。荘介は、手を上げて返した。茜も手を振りながら、「いまなら逃げることができる」と荘介に言った。

「逃げたって無駄だよ。おれたちは身元がばれているんだ。一生逃げ切ることができるものじゃない。それは茜さんが一番知っていることじゃないか。それも警察だけじゃない。

海外マフィアが絡んでいるって新聞が騒いでいる。逃げたら、なにを敵に回すのか、まるでわからないんだ」

バブル——暴力団——見せしめ——不良債権。そして二千億円の絵画。

『警察に捕まった方がどんなに安全だかわかりませんよ』

二人はポケットの上からピストルの形を確認した。荘介のポケットの中に、長い間忘れていた自分の携帯電話の感触があり、それとは別に小さくてもっこりとした膨みがあり、ああ、ギリシャの神様だと思い出した。

考えたらこの金運の神様って、いったいなにを連れて来たんだろう。

二人は倉庫に踏み込んだ。

城田が「画商」と呼んだその男は、かっきり二時に姿を現した。そして城田の言う通り日本人ではなかった。四十代半ばだろうか。整った顔立ちをしていた。

彼が連れているボディ・ガードは一人だ。中肉中背。黒いスーツを着ていて、サングラスをかけている。

彼はそこに荘介と茜という二人の人間などいないかのように、まったく二人に注意を払わなかった。そのあとにすぐ、ががらと、重い音が工場内に響き始めた。

見れば、工場のシャッターがわずかに開いて、そこからシャッターを掴む手がにょきっと出ている。

その手が力任せにシャッターを引き上げていた。

やがて隙間から車のタイヤが見えた。それから車全体が見えた。

シャッターを引き上げている男は、背広を着た大柄な男だった。髪は黒く整髪料でてかてかと光り、ぴったりと後ろに撫《な》でつけている。

男はシャッターを自分の背丈分ほど引き上げると、車に戻った。運転席に座りなおし、ゆるゆると車を進めた。そうして工場の中に車を乗り入れた。

画商は気遣わしげにその様子を見ていた。

男は車から降りると、画商の視線などまるで気にせず、茜と荘介を見ることもなく、馴れた仕事でもするように車の後ろに回り、トランクを開けた。

特大のトランクが二つ、入っていた。海外旅行に行くときに使う大型のトランクだ。男は、その一つに手を掛けると、勢いをつけて引き出した。

画商の前には古びたスチールの机が二つ並べてある。男は持ち上げたトランクを、そのスチールの机の上に置いた。

トランクに机の面が当たって、ガシンと音がした。

男はまた車に向きなおると、頭をトランクの中に突っ込み、もう一つ、トランクを引き出した。勢いをつけて持ち上げ、一つ目のトランクの横に置いた。

またガシンと音がして、隣のトランクがわずかにバウンドした。

トランクが二つ並んだ。それぞれ縦七十センチ、横百二十センチ、深さは片面で優に二十センチはあるトランクだ。

そして池谷は顔を上げ、やっと画商の顔を見ると、トランクの蓋に手をかけた。一つ、二つと。

トランクには封をされた一万円札がびっしりと詰まっていた。ひとつはまるで風呂場のタイルのようにきっちりと並んで、そのまま三十センチ積み上がっている。もうひとつは並んだ上になおぎゅうぎゅうに詰められて、盛り上がり、一万円札の束がいまにも流れ出しそうになっていた。

「十億だ。数えるか」

画商は、答えようとはしなかった。手も触れなかった。納得した風でもなければ、圧倒された様子もない。彼は机と距離を取っていた。そして机の上に静かにガシェを置いた。

封のされた一万円札が並んでいる分厚いトランク二つと、「医師ガシェの肖像」が並んだ。

憂いを湛《たた》えた男の顔。

池谷はその絵を手に取った。

そしてそれを裏返した。

G　7068。そのステンシルを見たとき、とろけそうに満足な顔をした。
画商はそれを見て、微笑んだ。とても満足げに――いや、楽しそうに。

「ボン・ボヤージ」

茜と荘介は顔を見合わせた。

――決裂の合言葉はボン・ボヤージです。そうしたらこのピストルを取り出し、引き金を引いてください。

なにも考えなかった。なにを考えたらいいのかわからなかったからだ。二人はポケットからピストルを取り出していた。それを見た池谷の顔からみるみる血の気《け》が引いた。

城田が裏から飛び出して来たのは、そのときだった。

池谷は城田の顔を見たとき、二人のピストルを見たときよりなお驚いた顔をした。口を開いた気がした。城田に向かってなにか言おうとしているようにも見えた。茜が引き金を引いた。

パンと音がした。銃口から煙が立って、火薬の匂いがした。

続けざまに荘介が引き金を引いた。同じようにパンと音がした。そのときだ。まるで弾丸にでも当たったように、城田のスーツの胸の部分が小さく弾けたのだ。

そこから血が噴き出していた。そして城田が倒れていった。

ゆっくりと、ゆっくりと。

弾けた血が、空中に広がりながら残り、それは空中に浮いた赤い水銀の玉のようで、その中を、城田が地面へと落ちて行く。

目を見開いたまま。

ガシェに、赤い血玉が飛び散った。

ピストルの先からは、火薬の匂いがし続けていた。

その瞬間、大きな音が聞こえた。

鼓膜を破るような大きな音だ。

何台ものパトカーが一斉にサイレンを響かせ始めたのだ。

目の前には、城田が血を流して倒れていた。

机の上にガシェがあり、そしてトランクに詰まった十億円の金があった。そして壁には無数の、絵だ。カラヴァッジオであり、モネであり、ピエール・ボナールであり、サルバドール・ダリであり、オーギュスト・ルノワールでありエドヴァルト・ムンクでありジョルジュ・ブラック、カミーユ・ピサロ、クリムト。ミレーがあり、コローがあり、ゴーギャンがあり、パブロ・ピカソ——。

サイレンの音に混じって男たちの声が聞こえた。低く開いた入り口から、制服警官が叫んでいる。動くなとか、そこまでだとか。

城田の血溜まりが膨らんでいた。

茜は画商の連れていたボディ・ガードを見た。しかし彼はピストルなんか持っていない。茜に見つめられて、ボディ・ガードの男は口元を笑うように歪めて、大きなサングラスを、ちょいと上げた。見知った仲間に挨拶するように。

あの男——。

「そこまでだ、武器を捨てろ、止まれ」

喉を涸らすような大声が響いて、池谷は弾かれたように車に向かって踵を返す。池谷が乗り込んだ車のドアが閉まる音が大きく響いたのはそのすぐあとだ。

池谷のベンツはアクセルを噴かし、猛スピードで出口に向かってバックを始めた。茜ははっとすると、倉庫の奥に向かって走り出した。

外ではサイレンの音に混じってわあわあと声がしていた。下がれとか、危ないだとか。その中を、ベンツはタイヤを鳴らしぐねぐねと腰を踊らせながら、猛然と尻から進む。

ブレーキ音。そしてタイヤの軋み——。

荘介は茜のあとを追って一目散に駆け出した。

廃工場の裏には、来たときにはなかった大型のトラックが止まっていた。トラックの運転席に男が見えた。荘介はその男に目を奪われた。茜は自分の軽自動車に滑り込むと同時にエンジンをかける。荘介が慌てて飛び乗ると、助手席のドアが閉まるのを待たずに車は走り出していた。

「――なあ。あれ、撃ったのはおれたちなのか」

「バカじゃないの。それ、間違いなく競技用よ、見てみなさいよ！　でも撃ったのはあたしとあんただけなのよ！　ここまで来て、競技用のピストルを撃ちましただなんて、通用すると思う？　逃げるしかないんだよ！」

茜はちきしょうと叫んだ。

前でベンツが方向転換して、加速していた。

茜の車はそのあとを、猛烈な勢いで蛇行しながら国道に乗る。禿げた捜査官は、茜の車がベンツとは反対方向へと消えて行くのを、唖然《あぜん》として見ていた。

土煙が収まるまで。

倉庫のシャッターは池谷の車が走り出したときのまま、半分開いている。捜査官は倉庫を見やると、近づき、腰を屈めて、シャッターの中に向かって言った。

「はい、カット。終了でーす」

そこにいた三人の警察官がパチパチと手を叩いた。

城田が血溜まりの中で目を開けた。

「だいじょうぶですか、内山さん」と青い目の紳士は言った。

内山と呼ばれて、城田は「脳震盪《のうしんとう》を起こしたかと思いました」と答えた。

紳士は気の毒そうに頷くと、城田に手を貸した。城田は血溜まりの中から起き上がった。

待ちかねたように裏口から倉庫内に三人の白人の男が入ってくる。ノースウィッグは少し癇の立った顔をして、彼らに向かって「止めてくれませんか、この音」と言った。一人が慌てて奥へと戻った。そうしてパトカーのサイレン音が止まった。

禿げた捜査官は満足して覗き込んだ。

「ああいうの、なんて言うんでしょうかね。遁走《とんそう》っていうんでしょうかね。ぼく、撥ねられるかと思いましたよ」そうして中の絵を見ると、悪いものを見たように慌てて顔を引っ込めた。そして外から大きな声で言った。

「じゃ、菊池さん、任務完了ということで、撤収します」

それにはボディ・ガードの男が大きな声で答えた。

「ご苦労さまでした」

紳士は言った。「キクチさん、ビデオカメラは動いていましたね」

ボディ・ガードは、にっと笑って答えた。

「スチール台に向けてばっちり固定していましたから、逃れようはありません」

そして血だらけの城田を見て、おかしそうに笑った。

笑われて、城田は改めて自分を見回した。

「ほんとに血に見えますね」

「いまは小道具さん、進歩していますから」

絵の半分はすでに運び出している。三人の男たちは残っていた半分をてきぱきと運び出し始めていた。城田は赤い色をからだ中につけたその格好で、神経質そうに口を出していたが、三人の男たちはだいたいを聞き流していた。菊池が紳士に、内山はなんと言っているのかと尋ねた。

「彼は丁寧に扱ってくれと言っているのですよ。人類の財産ですよって」そして紳士は独りごちた。

「全部が全部でもないと思うんですけどねぇ」

スチールの台の向かいの高いところから、ビデオデッキが下ろされた。奥からは音響機器が持ち出される。すべての配線が片付けられて、地面に吸い込まれた赤い液体も削り取られていく。

役目を終えた美濃部のガシェ。

「記念に取っておきますか」とイアンが城田に聞いた。

「手筈《てはず》通り処分します」と城田が答えた。

最後にトランクの蓋を閉めた。ドスンと大きな音がした。

百三十四点の絵と美濃部が描いた「医師ガシェの肖像」とともに、二つのトランクもまた倉庫から持ち出されて行った。

外には大型のトラックが待っていた。

運転席には美濃部が座っていた。

荘介は茜とビジネスホテルに身を隠した。

あの禿げた捜査官から連絡があれば、どうしたらいいのかと茜は荘介に聞き続けていた。彼女はクラブ「花蓮」のオーナーからの接触も恐れていた。城田と名乗る男の殺害も自分たちに容疑がかかっているのだろうか。

窓にカーテンを引き、一歩も部屋の外に出なかった。カップ麺をすすり、テレビでニュースを見続けた。

しかしどこにも、十億円置き去りのニュースは流れなかった。廃工場で多量の絵画が発見されたというニュースも、たとえば、千葉県の端にある山の中で射殺死体が発見されたというような事件も。

茜の携帯には一度、ミミから電話があっただけだ。茜さん、お店、今日は休むんですか？

茜がなんと答えたのかは知らない。

「花蓮」からの接触はなかった。

捜査官からも、電話はかからなかった。

加えて言えば、エビス金融からの取り立ての電話も、ぷっつりと、ない。

——あのトラックの運転席に矢吹がいたような気がする。

そういったとき、茜はまばたき一つすることなく荘介を見つめた。

「あたし、あのボディ・ガードが富男に見えた」

サングラスを上げた。あの男、富男だったような気がする。

茜と荘介はしばらく顔を見合わせていた。

「確かに、エレベーターのカードキーなら比較的簡単に手に入る。しかし肝心の倉庫の美術室のキーと暗証番号となると話は別だ。城田という男は初めから、ドアを開ける手立てを知らなかった。だからドアは爆破した。ということは、あの禿げた捜査官が言ったように、あの男はレンタル倉庫には勤めてなんかいなかったということだ。セキュリティシステムだっていじったりしていない」

荘介は茜を見つめて、丁寧に話した。それはまるで、自分自身に言い聞かせるようだ。

「思い出してみろよ、茜さん。帽子、やけに重かった。マイクが付いているからだと思っていた。でもあの帽子にはカメラも付いていたんじゃないのか。だから城田は、おれたちの行動を、まるでその場から見ているようにわかったんだ」

そして茜を見つめた。

「おれたちは初めから、セキュリティが通常通り作動している場所で強盗をさせられるように仕組まれていたんだよ」

茜がぼんやりと荘介を見返す。

「でも城田という男がおれたちに指示したということを証明することは、おれたちにはできない。あいつの存在を示すものはもうおれたちの手許《てもと》には残っていない。携帯も、あの警察のやつらに渡した。あれきりなんの連絡も寄越さないあの警察に」

「——なにが言いたいのよ」

茜は語調こそ強かったが、本当は泣きそうな気分だったに違いない。

「あの警官は偽者だったんじゃないかと思うんだ。おれたちから黄色い携帯を取り上げ、おれたちをあの場に押し出すための」

茜は本当に泣きそうな顔をした。

「矢吹にしても、富男にしても、なんであのジェイビージェイ証券のパンフレットを置いて行ったのかってこと。騙されたとわかったあと、あれしか手がかりがなかった。だからおれたちはあそこに行った。そこに城田が待ち受けていた。茜さん、思い出してみてよ。城田というあの男、いつごろから店に現れるようになったか。——この半年じゃないか？」

茜はゆっくりと、頷いた。

「矢吹が事務所に現れたのも、ちょうどそのころだ」

「富男が初めてうちに来たのも」と茜は荘介を見つめた。「実はそのころなのよ」

荘介は頷く。そして続けた。

「おれたちが取り調べを受けたあの警察署だけど、おれたちはすっぽりと被りものをして取調室まで入った。警視庁に報道陣が詰めかけているという話が聞こえて、これからどうなるんだろうと頭がまっ白だった。部屋を出て、長い階段を降りるときも、人気《ひとけ》のない狭い廊下だったけど、おれたちは頭から被っていたし、警察署の非常用通路だろうと思った。待っていた車も、覆面パトカーだと信じて疑わなかった。でもおれ、いまになって思うんだけど」と荘介は茜の顔を、悲しげに見たのだ。

「あの取調室、おれたちがパンフレットを握りしめて集まった、ペンシルビルの一室に似てないか？」

じっと荘介の顔を見つめていた茜が、瞬間、はっとその顔を上気させた。

いまでも思い出す。そんなに簡単に上場できるんですかと聞いた。そのとき矢吹は答えた。『プロですから』——あの勝ち誇ったような無邪気さ。

「未公開株はおれたちをこの事件の実行犯にするための仕掛けだった。あのパンフレットはおれたちへの招待状だったんだ」

どこからだか、相手が何人なのかさえ、わからない。

「このプランで確実に本物だったのは、あの百三十五枚の絵だけだったんだよ」

あの警官は本物だったかもしれないし、本物でなかったかもしれない。でもそんなこともうどうだってよくなっていた。矢吹がトラックの運転席に座っているのを見たそのときから、荘介には、ことの本質が見えたような気がしたのだ。なにが本当だかわからないけど、もう決してこの事件にかかわってはいけないということ。

そして多分自分たちはこれで解放されたのだということ。

——ぼくは、今回のことが無事に済み、お互い二度と顔を見ないで済むようにしたいと思っているんです。

荘介は茜を連れて電車に乗った。ポケットには、城田からもらったコインロッカーのキーとシールを入れていた。

西新宿で降りて、城田が言ったコインロッカーを見つけた。二人は言われたように、開けた。

中には紙袋が二つ、入っていた。

ずっしりと重かった。

二人はトイレまで運んで、それぞれ、男子用トイレと女子用トイレに分かれて入った。

紙袋の中には百万円の束が三十個、詰まっていた。

三千万円の現金だった。

五分で出口に出て来たとき、荘介は青い顔をしていて、茜は赤い顔をしていた。二人とも口を利かなかったが、顔を見れば、話すことはなかった。

二人はコインロッカーの前まで戻ると、ポケットからシールを取り出した。にこにこ笑ったまんまるな黄色いシールを、隅に丁寧に貼った。

電車の中で、二人は、それぞれに、紙が入っていることに気がついた。同じ紙で、中には同じ短い文が一つ。

『換金してくださいとは言ったものの、馴れないだろうから、現金にしておきました』

そして追伸として、

『くれぐれも電車の中に忘れないように気をつけて。城田』

荘介の携帯電話の先には、あの銀の神様がぶらぶらしていた。

同じころ、テレビ局に一本のＤＶＤが送られて来た。そこには十億円をテーブルの上に置き、「医師ガシェの肖像」を手に取る池谷の姿が映っていた。

六

四月十日、ワシントン・ポストは社説を載せた。

だれもが、当たり前のように、持ち主がだれであるのか、絵がどこにあるのかを、理解していないし、それを当然だと思い、だれもそれについて問題意識を持たず、ゆえに見捨てられてきた絵画。

それらは闇の社会から別の闇の社会へと流れて、今後五十年は姿を現さないだろう。ある日だれかがニューヨークの地下鉄の空洞に、たくさんの絵画を発見するということが起きるかもしれない。それはニューヨークでなく、アイルランドの田舎町かもしれない。地下鉄の空洞ではなく古い倉庫かもしれないし、バチカンの地下墓地かもしれない。おそらく日本国内ではないだろう。そのときにすべての絵が揃っているのを見ることができれば、奇跡的な幸いだと考えるべきだ。われわれはその場所から姿を消している膨大な量の絵画を求めて、何年も彷徨《さまよ》い歩くことになるだろう。

内山信夫《のぶお》こと城田は菊池源太郎《げんたろう》と美濃部健にその記事を読んで聞かせた。

菊池源太郎はにっと笑った。

菊池は安福富男と名乗り筆坂茜を釣り上げた。本職は役者だ。「花蓮」も、「エビス金融」も、取り立ての電話は彼がかけた。ちなみに、「花蓮」は八年前、店を閉めるにあたって、まだ勤めていたホステスからは貸した金を取り立てたが、逃げた女のことなど思い出しもしなかった。「エビス金融」に至っては、金融会社そのものが架空であり、大浦荘介はエビス金融に二百万円の借金などしていない。

美濃部は、少し表情を曇らせた。

「大浦さんが捕まるということはないですよね」

美濃部は矢吹と名乗って大浦荘介を引き込んだ。彼こそが日野画廊の日野に絵を持ち込んでいたかつての「若き画学生」だ。城田にこのプランを持ちかけられて、日野を見返したい一念で参加した。

城田は美濃部の不安に答えて言った。

「大きな事件です。威信にかけても解決しないといけない。われわれが報道局に送ったDVDにより、池谷から解決の糸口が摑めると、警察は捜査を池谷の周辺に絞ってやっきになっています。もちろん、倉庫関係者は軒並み頭のてっぺんから足の先まで調べられるでしょうが、どこを突っついても、どこまで手を伸ばそうと、捜査がその二方向を進む限り、大浦荘介と筆坂茜は浮かんできません。池谷は叩けば埃の出すぎる男だから、その疑惑を潰していくのはたいへんな作業でしょう。初期捜査に誤りがあったと気づくのはずっとあとで、そのときに残ったただ一つの遺留品であるあの防犯テープに残った二人の男女、筆坂茜と大浦荘介は、すっぽりとキャップに顔を覆われていて、顎《あご》から下しか映っていない。映像は人物の特定のできない代物《しろもの》です。二人には犯罪歴はなく、接点もありません。茜に借金があることを知っている人間は少ないし、実家から常に支援を受けられる呑気《のんき》ものの大浦荘介は犯罪にかかわる環境にない。警察があの二人に行き着く可能性はないと言っていいでしょう」

企画した人間と、得をする人間と、実行する人間が、接点のないところにいる。そんな状況を作るというのがイアン・ノースウィッグが要求したことだ。それにより、厳正なる審査を経て、筆坂茜と大浦荘介は、実行者として選出されたのだ。

筆坂茜を実行犯に選出したのは、一千万円の借金を作ったまま逃げた元ホステスが東京で店をやっていると、菊池が当の「花蓮」の関係者から聞いたことが始まりだった。三年前、知り合いに、保証人になってくれないかと電話がかかってきたのだという。菊池は富男と名乗り、茜の懐《ふところ》にもぐり込んだ。彼女は寝言で一千万円だの延滞金だのと言ったり、うなされて飛び起きたりする。うなされているところを揺すって、なんの夢を見ていたのかと問いただすと、彼女は朦朧《もうろう》としながら『延滞金の取り立ての電話が』と話す。彼女がいまだに取り立てを怖がっていると知れたので、メンバーと相談し、実行犯の一人にした。

四人の「警察斑」を用意したのも、菊池だ。

「ぼくの友だちで、四人とも役者です。あの格好で、三度の飯より警官の小芝居が好きという連中で、もう完全にオタクの領域です。あの格好で、スピード違反の取り締まりなんかして、今日ばかりは見逃してやるなんて言って悪戯《いたずら》するんだから、しかたがありません。彼らが使っているパトカーは、警察官でも偽物だとはわからないという代物です。ここだけの話ですが、本当に本物なんじゃないかと、ぼくは疑っているんですけどね。彼らが着ていた警官の制服は本物ですから。なにも聞かずに手伝ってくれといったら、面白がって協力してくれたんです。役者なんか、どこかでアウトローを気取ってますから。究極のナルシシズムというのか。金払ったら、夜逃げだろうがデモだろうが、殺人とか傷害以外だったらなんでも手伝ってくれます。今回は好きな警察芝居を思う存分した上に、一人頭百万円渡したんだから、もうたいへんな喜びようでしたよ」――菊池は台本を渡して、趣旨を説明した。役者は全体を知らないまま言われたことだけを演じるというのには馴れている。制服を着たり脱いだりと、まるで舞台裏の早変わりのように着替えては、何人分もの警察官と捜査官をこなしたが、彼らは事情を知らないし、知ろうともしなかった。

城田は頷いた。

「良心的な人たちでした。リーダーの方には他にも用事を二つ、していただきましたが、こんなにもらったからいいですと、それ以上は受け取りませんでした。彼がサービスでしてくれたことにより、ぼくらの足跡は完全に消されたはずです。池谷がぼくの顔を見たことが若干の不安ですが、池谷の中ではぼくはあの瞬間死んでいるわけで。そして彼が、あの廃工場で人が死んだという話を繰り返す限り、相手にされないでしょう。あの男が、どんな見え透いた嘘でも吐《つ》き通すということは、あの男を知る人間ならみな知っていることで、本気で耳を傾けることはしない。身から出た錆です」

それに菊池も頷いた。

「あの男は本気で内山さんが死んだと思い込んでいますよ。だってどれほどの勢いで逃げたか。やればやれるもんなんだって、あの逃げ足の速さにはみんな感心していましたから」

大浦荘介は、城田が知り合いの古美術商から聞いた話から始まった。

――出来の悪い息子のために、夫に内緒で先祖代々の品を持ち出して金に換えている老婦人がいて、夫に内緒で蔵のものを工面してかれこれ二年になる。そんな話だった。母親は、『一度痛い目にあえば目も醒めるんでしょうけど』と、弱り果てている。

婦人がかつて持ち込んだ一枚の日本画の履歴から、大浦新造という、かなりの山野を持つ群馬県の地主が浮かんだ。調べると、長男の荘介には消費者金融に小口の借金が途切れることなくあった。なるほどその男を騙して仕事をしてもらったら、痛い目にあって目も醒める。人助けにもなると、釣り上げてメンバーに組み入れることにした。

釣り上げるといっても、美濃部は菊池ほど器用にはできない。——「ぼく本当は酒はダメなんです。若い女の子に囲まれたこともなかったし。さも酔っぱらったみたいに飲まないといけないし。緊張して、汗だくでした」

立ち居振る舞いと金のかかった格好でなんとか乗り切った。大浦荘介から「金はできた」と言われたときには、彼はガッツポーズをしたものだ。

美濃部の本当の役割は「医師ガシェの肖像」を描き上げることだった。

この計画において譲れなかったことは、ガシェは確実にノースウィッグの手に落とすということであり、ガシェは盗んだ翌日にはロンドンに送られることは決まっていた。だからこの計画には池谷を騙すためのもう一枚のガシェが必要であり、言い換えれば鍵は美濃部が握っていた。美濃部健は半年、軽井沢の別荘にこもり、ガシェと格闘したのだ。

主犯、イアン・ノースウィッグは、三人の「仲間」を連れて来ていた。倉庫突破の際のトラックや制服、爆弾から、倉庫の間取り、警報装置のいろいろ、絵画強奪に関するすべては、彼の仲間である三人が調達してきたものだ。彼らは自分たちのバンを持っていて、倉庫爆破の際には、内山はそのバンの中で、二人の帽子についたカメラが送ってくる画像をモニターで見ながら、指示した。倉庫関係者である若者の部屋から三枚のカードを盗み出したのもまた、彼らだ。あのカードが手に入らなければ倉庫襲撃が始まらないからだ。だから半年前、三谷雄平があの日に海外旅行に行くという情報を摑んだとき、犯行日は彼の出発日の翌々日、四月八日未明と決定された。すべての計画はそこから逆算して行われ、城田が筆坂茜と大浦荘介に絵画強奪の話を持ちかけたのは、三谷雄平がミクロネシアに飛び立つ三日前だった。

「本人は知らないことですが、三谷雄平の、本件に占める位置はかなり大きい。会社の広報に紹介が載ったときから、三谷雄平はカード提供者に決定され、計画の土台を担ったわけですが、気の毒ながら分け前はありません。使用後、カードは速やかに元の位置に戻されました」

菊池が大きく頷いた。思えば菊池は内山、すなわち城田や美濃部に知り合う前から三谷雄平を知っていた。向こうは知らないが、菊池には彼が一番初めの「同士」だった。ノースウィッグが三谷雄平に迷惑がかからないように細心の注意を払っていたことを、よく覚えている。

スナック「あかね」、筆坂茜の自宅アパートにそれぞれ三台の盗聴器と、一台のカメラを取り付けるのも、すべてイアン・ノースウィッグ氏の管轄だった。

彼らが日本に持ち込んだバンは、報道局の中継車のような装備で、三人の外国人は、たとえば探偵というより、フリーのジャーナリストか、諜報局関係の人間に見えた。温和であったが、自分たちのことは話さなかった。城田は英語が使えるのでほとんど彼らと行動を共にしたが、彼らについて知っているのはファーストネームぐらいだ。仕事は慎重で丁寧で、どこからみてもプロだった。池谷を公衆の面前に引き出した「仕掛け」も、彼らならではの手際のよさだった。

池谷は、新聞、テレビ、あらゆるメディアに追い回される時の人になっていた。

彼らが撮影し、テレビ局に送りつけたDVDには、計算された通りのものが思惑のままに映っていた。

スチールの机の上にスーツケースが二つ、ドンという音とともに置かれた。それから男が、それを開けた。

中には一万円札がぎっしりと詰め込まれている。

ぱんぱんになった掃除機のゴミパックのように、はち切れそうに詰め込まれた一万円札だ。そして男の手許に一枚の絵が置かれた。

頼りない初老の男が、くたびれたベレー帽のようなものを被り、眠たそうな顔で、焦点の合わないままに前を見ている。何かに飽き飽きしているような男の絵。ゴッホの「医師ガシェの肖像」だった。

そのテープには、絵を手に取った男の顔がはっきりと映し出されていた。

報道関係者はすぐに、その男に見覚えがあることに気がついた。だれであるかを思い出すには時間がいったが、やがて、だれかが膝を打った。モリトク繊維工業を食い物にしながら立件を免れた地上げ屋の池谷であると。

それからというもの、海外の週刊誌までが、彼の、てかてかと光らせた髪をオールバックにした写真を載せた。

——日本マフィアの仕事にしては雑みがない。しかしこのテープがある以上、イケタニが強盗団に金を払おうとしたのは事実で、だとすれば、実行犯はもう生きていないだろう。彼だけが誘拐された絵画の行方を知っている。

それで池谷は追い回されている。

泥の中に沈んでいる引き網を引っ張り上げると、絡まりついたゴミも引き上がる。見逃されてきた彼の過去、うやむやにされてきた彼がかかわった事象。けりのついたはずの事件。実際には彼にはまったくかかわりのない、それでも強引に関係づけるとおもしろそうな未解決の謎まで、池谷という網に絡みついた、金の生《な》るゴミだ。

彼ら三人に関しては「すべてがビジネスです」とだけ、イアンは言った。ただ、彼らとイアンの間には「あうんの呼吸」とも言うべき一体感があったので、しょっちゅうそういう「ビジネス」は注文しているのだろうと、思った。

ガシェを持ち帰ったルービーズの若き印象派部長、ベン・アーウィンはまるで違っていた。落ち着きを失い、与えられた職務を果たすのに懸命だった。こんなんじゃ税関で引っかかるのではないかと思うほどだ。それでも彼も果敢に職務をまっとうした。ルービーズやサザビーズを始めとする古美術商業界に多大な恩恵を与え続けている紳士であるイアンの要求を不足なく満たすことが、アーウィンのそのときのなによりの職務であったのだから、しかたがない。グリムウェードはそのグレーの瞳を冷徹に輝かせて「覚えておきたまえ。君とノースウィッグ氏のどちらを取るかと言われたならば、間違いなくわたしはノースウィッグ氏を取るよ」と言ったのだから。

イアン・ノースウィッグ氏の最終目的は、『ガシェを正式なルートで買う』ということだ。彼に言わせれば、『非合法な方法で手に入れたのではなんの意味もない』。大切なことは『ガシェの所有に一点の曇りもない』ことだった。それを聞いたとき、城田は唖然としたものだ。事件が世界中に大センセーショナルを起こすことは必須だったから。

ガシェ以外の絵を返したとしても、ガシェがなければ捜査が始まる。国内の警察が動くだけでなく、世界中のコレクター、画商たちが独自に在りかを探し出そうとする。なんといっても百億円を超える商売なのだ。美術界もしばらく、そのニュースを手放しはしない。話題が持続するほど美術ジャーナリストは金になるのだから。それだけではない。世界の印象派絵画の半分が盗まれたのだ。各国の諜報機関も経緯に注目するだろう。この騒ぎの中で、盗まれたガシェを、どうやって正当に所有するということができるのか。

ああいう人たちの考えつくことは想像もつかないと城田は思う。でも彼がそうすると言うんだから、そうするんだろう。とにかく、この六カ月に及ぶプランは、今日無事、われわれの手を離れたのだ。

「ご苦労さまでした」と城田は改めて言った。

「収穫は十億円。われわれの取り分は約束通り、一人五千万円です。これでわれわれは解散になります。ついては、最後にこのプロジェクトの総括をして終わりにしたいと思います」

そういうと、城田は、何かの間違いで残っては困るから、口頭での報告であると前置きした上で、メモを開いた。

「警官専用チームは四人を雇い、四百万。美濃部くんの画材、軽井沢の別荘のレンタル料が約四百万円。盗聴費等は機材代込みでノースウィッグ氏の管轄になりますから、こちらの経費には計上されませんが、宿泊等経費、ガソリン代等実費は別料金です。六カ月で四百万円ほどになっています。こちらに明細がありますが、ぼくがスナック『あかね』に使った飲食費とか、『富男』が茜さんに使った飲食費兼交遊費しめて百二十万円、大浦荘介の事務所に発注するための偽の雑誌の製作費用と、大浦荘介に払った印刷費、美濃部くんの高級スーツなど、しめて三百万。それに高級寿司五十人前の経費は計上しています。倉庫破壊のための爆弾については、たいしてお金はかかっていません。室内の絵画に被害がないようにドアだけを破壊したわけですが、ノースウィッグ氏はその計算を自前のルートでリビアの工学研究所の研究員に委託しました。研究員への報酬は米ドルで一万ドル、日本円にしておよそ百二十万円です。費用対効果は絶大だったと言えるでしょう」

二人は得心して聞き、最後の件《くだり》には揃って大きく頷いた。

城田は続けた。

「他、絵画展の広告費が全国紙朝刊三回と夕刊一回分で五百五十万、会場契約費十日で三十万、それにガシェをロンドンに空輸する費用だとか、トラックの改造費、その他諸経費で百二十万、イアン氏のホテルの宿泊代が二千万円」

菊池がぽっと顔を赤らめた。「イアンは二千万円も飲み食いしたんですか」

城田が訂正した。「飲み食いやタクシー、ハイヤーの使用は彼の自己負担です。請求は宿泊費だけです」そして言い足した。

「滞在はいつもトップクラスのホテルのスイートルームでしたから」

そして顔を上げた。

「以上、四千四百四十万円が経費になります」

菊池は小さく口笛を吹いた。美濃部は顔を赤らめ、感心したように首を振った。ちなみに——と城田は言った。

「大浦荘介、筆坂茜とも、三千万円を渡しました。先に大浦荘介からは一千万円、筆坂茜からは五百万円を受け取っていますから、二人の労働報酬はそれぞれ二千万円と二千五百万ということになります。五百万円の差額は出ましたが、渡す金額を揃えた方がいいだろうということで」

——筆坂茜は「花蓮」のオーナーを捜すのに苦労をした。やっと見つけて、三千八十六万円を二千万円に負けてくれないかと切り出すと、なんのことだと言われた。八年前に借りて、そのまま逃げた一千万円の話だというと、そんな昔の借金を自分から返しに来るとは律儀なと感心された。十日以内に返さないと外国に売り飛ばすって言ったじゃありませんかと言うと、相手は不思議な顔をした。

「それにしてもその十日でどうやってこんな金を作ったの？」

大浦荘介は、三千万円を持って実家に行くと、弟と両親を前に並べて頭を下げて、長らくご迷惑をかけましたと、母親に一千万円、父親には二千万円の金を返した。母親の定子は喜んで、「それはあの銀の神様の御利益です。貸してくださった方にお返しするから返しなさい」というので、荘介は携帯から外して、返した。それにしてもと三人は不思議な顔をした。

「どうやってこんな大金を作ったんだ」

筆坂茜と大浦荘介は真っ赤になって揃って口ごもったものだ。

「ええ、実はちょっといい株に与《あずか》りまして」——。

城田は言った。

「十億円から経費と筆坂茜、大浦荘介への報酬、われわれの取り分の二億を引いて、七億千六十万円がイアン・ノースウィッグ氏の取り分になります」

そう言うと、城田は鞄を三つ、二人の前に置いた。そして中を開けて見せた。中には現金がぎっしりと入っていた。

「約束の五千万円です。絵画とギャンブルと生き物は現金が原則です。一つずつ、持って帰ってください」

そのとき、美濃部健は不思議そうに顔を上げた。

「なぜ二億なんですか。五千万ずつだと、一億五千万円じゃないんですか」

城田は、それを待ち構えていたようだった。

「そう。三人なら一億五千万円」

そして美濃部を、一息見つめた。

「ぼくらのチームは四人だったんです」

美濃部は不思議そうな顔をして、その言葉を聞いた。

「美濃部くんはどういう経緯でこの計画に参加することになったかを覚えていますよね。ぼくが美濃部くんに連絡を取った。美濃部くんは美術界の腐敗を憤っていて、ぼくは池谷という男に一泡吹かせたいと言い、ぼくらは意気投合した。フェイクを描く人が必要なんだといったら、協力を申し出てくれた。ではぼくはなぜあなたに連絡を取ったのか。不満を持ち、くすぶっている美濃部健という人間の存在をどうやって知ったのか。いや、そもそもぼくがなぜこの計画に参加することになったのか――」

城田は美濃部を見つめた。

「あなたは言いましたよね。一介の繊維会社の社員だった男が、どうして潰れた会社に義理立てして復讐しようと考えたのかがわからないって。ぼくには答えられませんでした。城田と名乗ったのは、確かに、モリトクの二の舞を踏まされようとしているというのに、だれもそれを助けてやろうとしない、ジョータという会社の代弁者であろうとしたからです。そうするしかぼくには参加する位置づけがなかった」

「――内山さんは、池谷が倒産させた、モリトク繊維の社員だったんじゃなかったんですか？」

美濃部はぼんやりと城田を、いや、城田と名乗る内山という男を見た。

「美濃部くん。考えてください。池谷がもしガシェを買うと言い出さなければ一巻の終わりだった。でも彼があれに十億円を払うと言うことが、予測できたことだと思いますか？確かに池谷は十三年前にガシェを競り落とした。でもだからって、あれを買うと言い出す確証はない。買わないかもしれない。そんな程度の賭《かけ》に、これほど綿密な計画を立て、五千万円もの投資をして準備をしたと思いますか？」

そしてゆっくりと言った。

「問題は二つありました。一つは、十億円の絵の売買に、池谷は必ず絵画鑑定のプロを連れて来るということです。ガシェはフェイクです。池谷にガシェを買わせるには、フェイクのガシェを本物だと判定する人間が不可欠だった。池谷に話を持ちかければ、彼は必ず日野を連れて来る。ということは、日野が、あなたの描いたフェイクのガシェを本物だと言わないといけないということになる。しかし日野画廊の日野智則は十三年前に本物のガシェを見ている。それがどれほどの力のあるものか——本物を見るということが、どれほど物を見るときの確信になるものか。彼の目を欺くのは難しかったとは思いませんか？そして、あなたの絵を、日野が見破れば、まず、ことはなかった」

そして美濃部を見続けた。

「もう一つは池谷がガシェを買うと言わなければならない。池谷はジョータの株をすべて売り払いました。それも、七掛の値段でです。そしてジョータの社長に十億の手形を打たせた。なぜ池谷がそれほど躍起になって十億円を用意し、ガシェを買おうとしたのか。それは、ガシェなら確実に四十億円で売れると思っていたからです。なぜそう思ったと思いますか？　いや——だれなら彼にそう信じさせることができたと思いますか？」

——だれにそれが可能だったか。

「そもそも、十三年前に一度見ただけのルービーズの品番を、日野智則が覚えていると思いますか」

そして城田は美濃部を見つめた。

「ガシェを四十億円で買いたがっているスイス人なんて、始めからいなかったんですよ」

美濃部は茫然として城田を見つめた。

城田は静かに言った。

「ノースウィッグ氏はガシェを求めていました。その消息を求めて一番始めに行ったのが、日野画廊だったんです。十カ月前のことです。その時にこのプランが生まれた。このプランを立てたのは、ノースウィッグ氏と日野さんだったんです」

「嘘だ」と美濃部は呟いた。

「ぼくはモリトクの社員なんかじゃありません。西丸百貨店の美術部員だったんです。モリトクを倒産に追い込んだとき、池谷が大量に絵を買いつけた、あの百貨店です」

美濃部がはっとした。

「新聞沙汰になったから、ご存じだと思いますよ。そのあと責任者が一人自殺して、うやむやになった、あの事件です。池谷が会社を食い物にした。日野がそれを商った。それが可能になるように、価格表を偽造したのが、このぼくだった。日野とぼくと上司の有田の三人で池谷を支えた。ぼくと日野さんとはもう十七年になる知り合いだったんです」

「キュレイター――」

城田は頷いた。

「僕らは情けない日本のキュレイターでした。池谷は価格表を偽造するように言いました。上司は、池谷という最上客を失わないために、言われた通りにするようにとぼくに言いました。日野さんは当時、見かねて、ぼくの上司に言ったんです。そういうことをするのはおやめなさいと。価格表を書き換えてはいけない。池谷を利用するのはいい。でも池谷に利用されてはいけない。そう、諭《さと》したんです。ぼくに書き換えを指示した有田は死にました。人は、口封じではないかと言いましたが、ぼくは自殺だと思います」

美濃部が憎々しげに城田を睨んでいた。

「あなたには不満が渦巻いていて、その不満の原因を、多分取り違えている。それはぼく自身がそうだったからなんです。有田が死んで、ぼくはすべての責任を負わされました。百貨店を解雇されて、世間に放り出されました。池谷が憎かった。なぜそれほどに強烈に池谷を憎んでみたかといえば、自分の中で封印してしまいたいと思うことがあったからです。あの当時、自分の役割は、会社の指示に従うことであり、自分たちに絵画を守る責務があるとは考えていませんでした。有田もぼくも、自分たちの社会的な役割に気づいたのは、罪を指摘されてからでした。認めたくなくて、罪を逃れる言い訳を自分の中で掘り進めていた。奥へ奥へと。救いのない、逃げ方でした。美濃部くんは本当は、自分には才能がないのかもしれないということを考えたくないから、日野さんを憎むんです。人のせいにしておく方が楽だからです。だからあなたはあれ以来、絵筆をとらない」

美濃部は城田を睨んでいた。

「君は日野さんが憎いんでしょ。美術界が憎い。成功者が憎い。その不条理さが憎い」

「あの男に、そんなことに加担する理由がない」

「それならイアン・ノースウィッグにこそ、池谷を釣り上げる理由はないんです。彼には七億の金は、犯罪を犯すほど魅力的な金じゃない」

美濃部が言葉に詰まる。城田は、ゆっくりと言葉を繰り出した。

「日野さんは、中途半端に才能があるばっかりに人生を棒に振る人間をたくさん見てきました。あなたが初めて自分の画廊に来たとき、この青年もそうなるのだろうかと思った。この先に口を開けているのがどんな世界なのか、この青年は知らないと思った。でも彼は、あなたの絵を交換会で流通させようと努力していたんです。戸倉秀道はそれを面白く思わなかった。彼の師匠の寺尾路人からも圧力がかかった。戸倉があなたの絵を買うと言い、彼のアトリエであなたの絵が複写されているのを見たとき、彼だって言葉を失ったんです。あれは日野さんが仕組んだことじゃない、あなたの身に降りかかった災難だったんです」

城田を見上げる美濃部の顔は、いまや悲愴だった。

「絵を盗み出すだけなら、ノースウィッグ氏一人で充分だった。もともと氏はそのつもりでいたんです。菊池くんは新宿の居酒屋で働いているところを、声をかけられたそうです。一つ役を引き受けてくれませんか。それが彼の言葉だったそうです。危ない仕事ではありません。ただ、決して口外しないこと。ぴったりのカモをかっちりと餌に食いつかせる。それがあなたの役です。菊池くんはおもしろそうだと思ったそうです。演劇をするにはお金がかかる。それで二つ返事で引き受けた。菊池くんに目をつけたノースウィッグ氏には、人間を見分ける嗅覚があるというべきでしょう。本当は絵を盗み出したあと、ガシェだけを持ち帰って終わりにするつもりだった。残りの絵はトラックの中に残して。その彼に、今度の仕事を頼み込んだのは、日野さんなんです」

城田は、美濃部が耳をふさいでしまわないように、丁寧に話しかけ続けた。

そもそものことの起こりを。

去年の六月のことだった。

遡《さかのぼ》ること一九九〇年。イアン・ノースウィッグは、ヴィンセント・ヴァン・ゴッホの「医師ガシェの肖像」を日本人画商、日野と競って競り負けた。

氏は芯から紳士だが、法律に守られたいと思う人間ではなかった。好きで美術品を収集しているが、ときにはそれをビジネスにすることもある。もっと別の、もっと金になるビジネスもしている。美しく気難しいものが好きで、そんな彼が恐れるものはただ一つ、惚れた女だというのは、有名な話だ。その彼女が求めたものが手に入らなかったことが、氏をいまだに悩ませ続けている。

「ガシェも落とせなかったくせに」彼女は小さな声で一言、そう囁くだけで、あらゆる場面で——どれほど勝算のない、断末魔の戦いであっても——絶対的に勝ちを収めることができた。理屈なんかないのだ。イアンが返す言葉に詰まるのを見届けると、彼女は満足して、まるで試合終了を宣言するように踵を返すのだ。後から幾万の言葉を浴びせて反撃をしたところで、彼女の口許から勝ち誇った微笑みが消えることはない。ガシェも落とせなかったくせに——その一言で彼の言葉のすべてが負け犬の遠吠えの扱いを受ける。いったいいつまで彼女にその横暴を許していいのか。いまや彼女の最終兵器と化したこの言葉を、どうしたら彼女から取り上げることができるのか。

それにはガシェを手に入れるしかない。

彼女に突き出してやるのだ。

「ガシェは手に入れたじゃないか」

彼女はむっとした顔をして黙るだろう。そうやって勝ちを得るのは、多分、ほんの短い間だろうことはわかっているけど。

そういうわけで、彼はすべての手段、方策を以《もっ》てガシェ購入を望んだが、その戦いは十三年に及んだ。

かつては「手に入らないからごねた」のは彼女だった。そしていまや手に入らないと言う理由でどうしても手に入れたいと思うようになったのは、ノースウィッグになっていた。

もちろん、彼女の攻撃から身を守る、唯一の手段だからではあったが、実際のところ、その厭味《いやみ》で彼の反応を楽しむという遊びに、彼女はすっかり飽きていたのだから。だからさしたる理由もなく、手に入れるという決意だけが岩のように硬く、絶対的なものになっていたというべきかもしれない。

とうとう、イアン・ノースウィッグは、ある計画手段を以て手に入れようと決心した。そしてまずその行方を確認するために訪れたのが、日野画廊だった。

ノースウィッグの訪問を受け、ガシェの行方を聞かれた日野は、その所在地を教え、持ち出すおつもりですかと、聞いた。

ノースウィッグ氏は「さすがに慌てた」。なんでわかったのだろう。でも日野に、氏を警戒する様子はなかった。また寄ってくださいと言われた。それがノースウィッグの興味を引いて、言われたようにまた訪れた。

日野は席を勧めると、ガシェに纏《まつ》わる話を始めた。池谷と「モリトク」そして「ジョータ」。自分の関与についてもだ。確かに、それは氏にも興味深い話だった。消えたドクターガシェの、初めて聞く消息だったのだから。それにしてもどういうことなんだろうか。まるで自分に助けを求めているみたいだ——氏は不思議な気持ちになって、それから何度も日野画廊に足を運んだ。

日野は近くの喫茶店からコーヒーを取り、よもやま話をして、それから問われもしないのに自殺した西丸百貨店の有田の話をし、とかげの尻尾《しっぽ》切りのようにすべての責任を負わされた内山という美術部員の話をし、美濃部健という、権力に握りつぶされた若い画家の話をし。いままで人に話したことのないだろうことを、特にガシェにかかわらないことまで含めて、ぽつりぽつりと話した。そして八月、日野が、ガシェを持ち出すんなら、ついでにお願いしたいことがあるんですと、氏に切り出したとき、もうそれは二人の犯罪になっていた。

「確かにノースウィッグ氏は聞くうちに同情してくれた。それでも氏は渋りました。あなた方は、犯罪というものをご理解なさっていますか？　それに対して日野さんは、多分理解していると思うと答えた。いいえ。曖昧な犯罪ではありません。物を盗むというのは、とても明確な、犯罪です。自分をごまかすことはできませんよ。日野さんはそれに対して、覚悟はできていますと答えた。

多分、あなたのような人が現れるのを待っていたんですと。

日野さんは重ねて、絶対に迷惑はかけない、私たちにチャンスをくれと頼んだんです。氏は、日野さんがその気なら、池谷を釣り上げるのは簡単だと思った。自分にとって簡単なことが、彼らにはそれほど切実であるということにほだされた。考えようによったら、ドクターガシェを始め、われわれはみな、そのイケタニという男の被害者だ。われわれとは、ぼくと日野さんとノースウィッグ氏です。そのとき日野さんが美濃部くんのことを持ち出したんです。日野さんは、分け前は要らないと言った。その代わり、自分がチームの一員だということを、美濃部くんに言わないでくれって。ノースウィッグ氏は、それならこのプランはやめると言った。氏はこう言いました。サンタクロースの真似はやめなさい。現実だけが人を大人にすると」

城田は、イアンと日野の間で取り交わされた会話を、今でもよく覚えている。

──若い画家がいましてね。才能に溢《あふ》れるというほどではなかったけれど、画家でやっていけるだけの才能と素直さはありました。

日の傾いた日野画廊で、「彼はね」と日野はイアンに言った。

「わたしが憎いのですよ」

わたしに復讐するためなら、もう一度絵に向き合う。

その道に焦がれた者にとって道具は魔物だ。手がそれを摑むと、激しい圧で脳から手へと噴出するものがある。そして一度その道が開かれると、自力で閉じることはできない。

美濃部くんは描き続ける。描き続けることで描くことを取り戻す。そこで初めて、本来の彼に戻ることができるんです。本来の善良な青年に。

「そうねぇ。日野さんがそうまで言うのなら。ただね。作り物の正義も、作り物の敵役も、結局彼を苛立たせるだけです。わたしは偽悪が嫌いです。偽善の方がまだ、可愛げがある」

日野は短い手を後ろ手に組んでいた。胴回りが大きいので、指と指の先がちょんと重なるだけだった。えくぼのような窪みのある、福々しい小さな手だ。

日野は俯いて、うん、と、頷いた。

それから二度、うん、うんと頷いた。

「罪悪感を消したいだけに見えるかもしれませんね」と日野が言った。

「そうは思いませんよ。美濃部という青年に責任を感じている。わたしには、ちゃんとそう見えますよ」そう、イアンが答えた。

そのときにイアンが言ったのだ。

サンタクロースの真似はおやめなさい。現実だけが、人を大人にするのですよ——。

「日野さんを許せとは言わない。わたしに復讐するためなら、もう一度絵筆をとるだろう——そうまで思いつめた日野さんの気持ちに免じて、もう一度生き直してみてほしい。世間に向こうを向くのはやめて、自分の責任で生きていくのです」

美濃部が俯いた。

「ぼくらにはこれは復讐ではなく贖罪《しょくざい》でした。日野さんが心に決めた目的は、画壇に生きる者として、画壇が貶《おとし》めた美濃部健という人間に、責任を取ることだった」

持って行くたびに絵を見つめた日野の眼差《まなざ》しを思い出した。現物を見て描くのがいいんですよ。そう言った日野を、絵を置いていきませんかと言った日野を。

彼は、ただの一度も、おれの絵を粗末に扱ったことは、なかった——。

「大浦荘介を犯人にした経緯、覚えていますか」

美濃部は顔を上げた。

「ぼくが知り合いの古美術商から聞いた話でしたよね。店主は、息子の出来が悪いのは自分のせいだと思いつめる母親に心を痛めていた。先代の長男が道楽者で勘当されたという経緯があり、母親はそれを思い出しては『血ですから』と諦《あきら》めて、金を運ぶ。出入りの業者はこう言った。——神田の道具屋にあった掛け軸が、昔うちが大浦の家に売ったものに違いないと思うんだが、うちを通さずに手放したということは、家のだれかが勝手に持ち出して売ってる。ばれたら大事《おおごと》になる。こっそり注進したいところなんだが、ここだけの話、その掛け軸、自分の父親が大浦の先代に売ったときの値段が、一桁多い——大浦の古物商は、五万のものを大浦に五十万で売ったりしていた。それを手放すときもどうせ自分の店が扱うのだろうから、またそれなりの値段で扱えばいいという理屈で。ご注進して、だれが持ち出して売ったかを詮議されると、一桁安く扱われていることがわかって、結局自分の店の信用問題に発展する。だから黙っているんだと。それで大浦の蔵のものは、見てみぬ振りをされたまま、粛々《しゅくしゅく》と持ち出されていた」

美濃部は頷いた。

「ぼくは美濃部君に一つ嘘を言いました。大浦定子が二年間通っていたのは古美術商ではなく、画廊なんです」

美濃部は城田を、その少し寂しげに微笑んだ顔を、見た。

「大浦荘介を引き込んだのも日野さんなんですよ」

「日野――」

「矢吹という男が一千万円を作れという。大浦荘介が泣きつくところは決まっています。そうして息子に泣きつかれた母親が、金を作ろうとするところも決まっている。二年通った仲ですから、二人に信頼関係はできています。定子夫人は日野さんを訪れた。日野さんは夫人が持ってきた茶碗をいつもの懇意の美術商のところには持っていかず、自ら一千万円を定子夫人に貸した。『この一千万円は必ず返してもらうんです。息子さんの言う、十日が経っても返されなければ、ご主人に話しなさい。これで援助は最後にするんです』――そう吹き込んだ。大浦荘介を追い込むためだった」

美濃部はぼんやりとした。

「日野さんはあの親子を助けてやりたいと思った。あの人自身が望まぬ運命に翻弄されてきた人なんです。自分の罪も知っている。心の底では誰より、人の不幸に痛みを感じてきたんです」

まだ認めたくはなかった。だから美濃部は一瞬、言葉を飲み込んだ。

「だったら」と。

「だったらあなたはなにに贖罪したのですか」

「絵です」

そして美濃部を見つめた。

「自分が潰すことに加担してしまった会社ではなく、自殺した上司に対してでもない。ぼくは絵に義理立てしたいのです」

城田は美濃部への視線を逸らさなかった。

「あの絵画たちが倉庫にしまわれて。誰にも見られないところに隔離されて。そんな絵画があるということさえ、人々が忘れていく。有田が死んで十二年経ち。池谷には、絵は物です。ほとんどの人間にとって絵は物だ。ぼくらキュレイターは絵を愛し、絵の生存権を行使する唯一の兵隊だったはずだった。ぼくは百貨店に美術部員として雇われました。でも百貨店の店員になりたかったんじゃない。ぼくは美術品が、絵画が好きでした。上司の有田も、同じでした。そのぼくらが率先して、絵の権利を侵した。絵は所詮布と絵の具です。そんなものに権利なんかないと言われればその通りです。でも夢に出る。頭から消えることがない。ぼくには、美濃部くんの絶望にともに苦しみ、その責任から逃れられない日野さんの気持ちがわかる。ぼくは、絵に対する自分の義務をまっとうしたい。自分たちがこの世界につけた傷を消したい。池谷には個人的に恨みはあります。でもそれだけなら参加はしなかった」

城田の目に、初めて、強い意志と光が灯った。

「ぼくはあの百三十四点の絵を人に見せたいのです」

――ある日だれかがニューヨークの地下鉄の空洞に、たくさんの絵画を発見するということが起きるかもしれない。それはニューヨークでなく、アイルランドの田舎町かもしれない。地下鉄の空洞ではなく古い倉庫かもしれないし、バチカンの地下墓地かもしれない。おそらく日本国内ではないだろう。そのときにすべての絵が揃っているのを見ることができれば、奇跡的な幸いだと考えるべきだ。われわれはその場所から姿を消している膨大な量の絵画を求めて、何年も彷徨い歩くことになるだろう――

四国の山を、国道に乗って入り込んで行くと、清流が現れる。透き通る水はガラスのようだ。両側は足場の悪い急な丘で、昔は猿しか走り回っていなかっただろう。その上には棚田がいくつも段を成して広がり、やがて一回り大きな一枚田に繋がる。手入れの行き届いた水田だ。

秋には集落は、金屏風の中に描かれたように、黄金色の水田の中にある。

夏はその金のすべてが、明るい苔《こけ》に覆われたように緑になる。

春。

谷間の水田は、まわりを濃い緑に囲まれ、つい山の際まで山桜が咲いている。

そこに、緑豊かな山を背にして、二階建ての近代的な建物がある。

それは美術館なのだが、なぜそこに美術館が建てられたのか、村人たちは詳しい事情は知らない。なんでも『自然と芸術の調和』がモットーであるどこかの美術大学の教授と村長が知り合いで、環境の良さに魅入《みい》られたその教授が旗を振って建てたという話ではあるが、真偽のほどはわからない。貯まりに貯まった交付金の使い道に困っていた村長が、渡りに船と建てただけのことじゃないかと思っているのだが、実際のところあまり興味もない。映画館ができても面倒だし、図書館ができたって本を借りたいとも思わない。プールのついた健康増進会館を作るんだという話もあったが、そんなところに入り浸るような暇な年寄はいないし、温泉が一番ありがたいが、近くに温泉は出ていない。山のどん詰まりなので大きな道も要らないし、街灯は、生活に困らないほどは立っている。銀行とか郵便局ができればいいかなと思わないでもなかったが、村の人間たちはみな分を心得ていて、こんな人口の村にそんなものができても気兼ねだ。そんなこんなで、どういうわけだか立派な美術館ができて、村人はそれを見るたびに「おっちょこちょいの村長が」と呟く。

「なしでこがいにほたえるがか、村長のぼれさくがぁ。こがいにえんぐりこんぐりしたさきになしで人がおいでなるかい。ほんにへごなこと」

「しでる人がおらんけん、こがいなことになるがよ」

「じゃけんどずつない」

「まっことずつない」

美術館の美点は、ランニングコストがかからないことだ。鍵をかけるだけ。常駐の職員も要らないし、メンテナンスも要らない。ときどき借りたいという人がいると、一日いくらかで貸す。もちろん、美術の教授の肝《きも》入りで建てられたものだから、設備は立派なものだ。天井は高くて、廊下の幅は広く、迷路のように展示スペースが広がっていて、照明は凝った白熱灯の間接照明だ。でも借りられるのはいつも、その横にある小さな会議室だった。

教授も自身や、知り合いの作品を集めた展覧会を、二度開いた。でも会場までたどり着ける来場者がとても少ない。高速道路を降りてから車で二時間山道を走らないといけないし、標識もない。やって来るのは身内ばかりだとわかって、村長は、教授に「遺憾である」との旨の手紙を送ったと、村会議で憤ってみせたが、多分、嘘だ。そうとでも言わないと格好がつかないのだと思ったのでみな「がいにせつかんでもええ」と、追及しなかった。

それから一度、村の婦人会の主催で「パッチワーク展」をした。

「母の日絵画展」では、高い天井、長い廊下、防音装置、湿度管理の行き届いた空間で、上野の国立西洋美術館と同じ照明を施され、子供たちが描いた水彩画やクレヨン画が飾られた。子供はその絵を気味悪がり、親はものの二十分で会場をあとにした。

その後も強行に「父の日絵画展」「こどもの日絵画展」をして、「我が村の歴史展」も一度やった。

そこでネタが尽きた。

それから「ぼれさく」と言われた村長は引退して、何度か蜜柑《みかん》の収穫をした。朝は朝日を浴び、夕は夕日を浴びて。バブルの時代に教授が人のサイフで建てた豪奢《ごうしや》な建物は歳《とし》を取るのを忘れていた。

電話で美術館の貸し出し依頼を受けた村役場では、賃貸料を一日三万円と言った。電話の相手は、十日間借りたいと言う。鍵を借りに来た男は頭の禿げた、人の良さそうな人物だった。

四月十一日。

山桜は満開に咲いていた。

空は煙るように青く、山の緑は輝いて、日は淡く降り注ぎ、田の水面は鏡のようで、ざわざわと風が囁いていた。

『大絵画展』と、美術館の入り口に幟旗《のぼりばた》が一本立っている。

「世界の名画を一堂に集め、忘れていたときにあなたを誘います」

横には太った西洋人の女が裸で寝転んでいるポスターがある。

なんじゃろなと、村人は坂道を歩いて上がった。

覗き込むと、あの白熱灯が皓々《こうこう》とついていた。

入ると、中にはたくさんの絵が飾ってあった。

「無料やろか、じいちゃん」

「受付に人がおらんけん、無料じゃろよ」

「学校の教科書にあるとよ、この絵」

「そんなもんは、どこんでんあるが」

「じゃけんど、どこんでんはないと」

「ここにあるがやけん、あるがよ」

「じいちゃん、さんこうかかくて書いてある、ここの数はなにやろか」

「ふん——これは丸の数を間違えとるが」

「いくらて書いてある？」

「じいちゃんはそげんな数は読んだことがないけん、わからん」

祖父はレィノイア……って、だれねと聞かれ、しらんと答え、孫はウートリィロってなんと読むんと聞き、帰ってかあちゃんに聞けと言われ。

「ミィレット——モデグリアニ——」

「学校の教科書にのっとるがやろうが。なんで読めんとね」

「学校の教科書にはレィノイアやのうて、ルノワールて書いてあるけん」

「ほいたらレィノイアっち人がルノワールて人がをまねたがよ。ええ裸やがに」

「じいちゃん、これは縦と横とまちがえておいとるがやなかろうか」

「ほいたら縦と横をとりかえたちなにかわかるがか」

「わからんなぁ」

はらほらと桜が舞った。

——こがいなもん、わしでもかけるとよ、じいちゃん。

——そいじゃけんど、この隣の絵は、ええな。

——そうじゃろか。わしはこっちの絵のほうが好きじゃ。

その春、ぼれさくの美術館には、新聞広告を片手に人が集まった。絵を見て桜を見て弁当を食べて帰る。人の数は日に日に増えて、車を停める場所がなくなると、狭い国道に駐車車両の列が長く続いた。十日後、美術展は終了するはずだったが、主催者に連絡が取れなくて、閉館できなくなった。困った役場は、翌日村の派出所に連絡した。

何台ものパトカーが美術館を取り囲んだのは、その日の午後だ。

春の山里に飾られた百三十四点の絵の中に、ガシェはなかった。

発見された絵画が十三日前に深川の倉庫から盗まれた絵画であると断定することは困難なことであった。というのは、書類には点数とか作者名とか金額はあったが——中には写真があるものもあったが——写真のないものもある。うちのどんぐりがそこにあるどんぐりと同じだと言いたければ、うちのどんぐりがどんなであったかを申し立てなければならないが、どんぐりだというだけで、みな、どんなどんぐりだか、知らない。それどころか、債権として保有する銀行は発見された一点一点について真贋から鑑定しなければならなかった。

二十一日に絵画が発見されたとき、そこには世界の新聞社の記者が詰めかけた。美術評論家や記者は発見された絵画リストを欲しがった。今後、どこかで同じものが出てきたとき、すり替えられた可能性について論じる資料にするためだ。

——あわれなる

——不遇な

——なんてひどい

から始まる記事が世界の空を電波でかけ回り、あるものはネット上で文字になり、あるものは新聞紙上で文字に変身する。

その中で、そこにある絵がだれの所有で、だれの絵で、本物か偽物かは、大変に判断の困難なことだったが、そこにガシェがないことだけは、とてもわかりやすかった。

ゴッホの「医師ガシェの肖像」だけが、ない。

「これがすでに売買されているということは有り得るのでしょうか」

「まず、盗品である絵画を購入すれば、罪に問われます。しかし販売した方に盗品であるという認識がなければ、返却等の義務は負いません。取り戻したければ、買い戻した上に、盗んだ人間に弁済を要求するということになります。本件の場合、これだけ世界中で話題になっているわけで、盗難品であることを知らなかったとは言えない。ただ、たとえ盗品であったとしても、二年を経過すると、返済の義務はなくなります。しかし、返済を受ける権利はなくなるとしても、所有の正当性を主張することはできる」

「ということは、仮に海外に持ち出されて二年経過していたとしても、見つかり次第、日本政府はその正当な権利を主張することはできるということですね」

「そうなんです。そのように『権利はさかのぼれる』。それが本当に面倒なんです」と、美術評論家は困った顔をしてみせた。

「と言いますと？」

アナウンサーは台本を次のページに進める。

「さかのぼれば正当な権利はどこにあるかということになるのです」

「と言いますと？」とアナウンサーは解説委員の背中を押す。目立ちたがりの解説委員ならテンションを上げるが、普通は緊張して頭がぼうっとする。

「ゴッホの『医師ガシェの肖像』という作品は、日本に来る前には、半世紀以上、クラマルスキーという一家が所有していたものであり、メトロポリタン美術館が借り受けて展示していました。しかしそれにつきまして、もともとクラマルスキー一族のものではなく、クラマルスキー家は預かっていただけだという主張が出ています。『ガシェの肖像』は第一次世界大戦当時、ドイツのフランクフルト市立美術館にありました。それをナチスドイツが『退廃芸術』として押収するわけですが、その際ヘルマン・ゲーリングがこの絵を含む三作品を横流しして、自分の画商を通してケーニヒスというドイツ人銀行家に売ったのです。ところがケーニヒスも当時のインフレだの大恐慌だので、金がなかった。彼は友人のドイツ系ユダヤ人で銀行家でもあるクラマルスキーに金を借りていました。そして『ガシェの肖像』はケーニヒスから迫害を恐れてアメリカに逃亡せんとするクラマルスキーに渡され、クラマルスキー一族とともにアメリカに渡るわけですが、その際、金銭の授受があった、もしくは借りていた金の代替品として絵を渡したのか、ただ絵の安全のために『預けた』のか、両者で完全に言い分が違います。ジークフリート・クラマルスキーの妻、ローラ・クラマルスキーが死亡してからは、当時の事情を知るものはだれもいなくなりました。そしてケーニヒス一族の孫にあたる人が、返還要求を起こしたのです。もっとさかのぼれば、押収前、ドイツのフランクフルト市立美術館にあったとき、この『ガシェの肖像』は寄贈品として飾られていたもので、市の資金で買われたものではないので、政府による押収は不当であり、当然、フランクフルトに戻されるべきだという主張もあります。寄贈の経緯には、美術館の創設者、ヨハン・フリードリッヒ・シュテーデルという人物の、美術館創立時の志と、当時ドイツが置かれた国際状況とが複雑に絡み合う事情がある。寄贈者であるオッペンハイマー一族は権利を主張する態度を取ってはいませんが、一九六二年、フランクフルト美術館は、『ガシェの肖像』の所有権について、クラマルスキー一族に確認をしています」

アナウンサーは心得て、「早い話が」と、手早く要点をまとめる。

「クラマルスキー家が競売にかけ、クラマルスキー家が日本企業に売り、それにより所有権はその日本企業にあるということになっているが、いまでもケーニヒス家の持ち物であるという異議を申し立てている人がいるということですね。預けただけのものを、許可なく売られたと」

そうです、そうなんですと、解説委員は大きく頷く。

「戦争で強奪されたものだから返却を要求するというのは、国際間で思い出したようにニュースになります。日本でもかつて、松方という富豪が戦前にフランスで買った絵画を、フランスに置きっぱなしにしていたため、戦後、一部しか返却に応じてもらえなかったという話もあります。法的には有り得ないことですが、とにかく国際法にかかる事項になってくると面倒です――」

解説委員の頭の中は真っ白だったに違いない。論点がぼやけて、女性アナウンサーはその話を途中から聞いていなかった。なんとか問題点を明確にして視聴者に伝えなければならない。このままでは抗議の電話がそこそこかかってくるだろう。

ガシェを所有し、ルービーズを通じて売却したクラマルスキー家に、ガシェの所有権がなかったとしても、すでに二年は経過しているから、ケーニヒス家には、絵の返却を求めることはできないと思われる。ガシェの所有者移転経緯について犯罪性があるかどうかは、返却と分けて、争うべきことだろう。ことは第二次世界大戦の最中に起きたことであり、国はドイツとアメリカを跨《また》いでおり、ケーニヒス氏はガシェを巡ってナチスドイツの策略により死亡したという説もある。しかし当時の関係者はすでにみな死亡しており、ケーニヒス家のクレームにいかなる対応が有り得るのか、見当がつかない。――「クレーム」の意味することは、しばらくは美術誌が困らないだけのスキャンダルという意味であり、スキャンダルというのは、生産性のない、根拠にも乏しい、かつ、人を貶める意志をもった情報のことだ。

これだけのことを、女性アナウンサーはそつなく説明した。

解説委員はやっと落ち着いた。

「とくにナチスによって略奪された美術品については、以前の持ち主の子孫によって訴訟を起こされるということは、欧米では珍しくありません。その上『ガシェの肖像』は百億円を超す価値のものです。出てくれれば、ドイツ美術省もコメントするかもしれません。クラマルスキー家には長くアメリカのメトロポリタン美術館がかかわっています。そうなると単にケーニヒス、クラマルスキー両家の問題に留まらなくなる。あの絵が長い間、公に出ることができなかったのには、そういう事情もあるのです」

「なぜ美術館がかかわるのですか」

「美術館ではいま、展示作品に係わる本や葉書、カタログ、複製品などが大きな収入になっています。ゴッホは人気が高く、過去にはゴッホ及びその他の人気展覧会で、入館料以外に四億円以上の収益があり、その際ゴッホのポスターだけで一億五千万円以上あったと言われています。展示室横での収益が入館料を大きく上回るのです」

絵が精神性を高める鑑賞物でなくなっている。

「ゴッホは」と、解説委員はおもむろに切り出した。

「絵画の最新型なのです。それだけが隔離されて生まれたものではない。彼らのような後期印象派を学ぶことは、すなわちその流れの源へと人の興味を呼び覚ますことでもある。新古典主義から始まり、ロマン主義、クールベの写実主義の先に、モネ、ドガ、ピサロなどの印象派がある。そしてゴーギャン、セザンヌ、スーラ、ゴッホに代表される後期印象派へと続く。モダニズムは、モダニズムとして生まれたのではなく、過去の絵画の形式にとらわれた画家の苦悶が、その苦しみから抜け出す原動力となった結果生まれたものであり、すなわちその土壌である長い絵画の歴史と切り離して存在しているのではありません。画家は天才なのではなく、人間です。科学の進化に先達が必要なように、絵画もまた、唐突に生まれることはない。私たちが絵画の損失を恐れるのは、絵画を単に鑑賞物として慈しむからではなく、絵画が進化の物証であるからでもあるのです。われわれは自分の生きている八十年足らずしか意識を持ちませんから、自分たちが時代の落とし子であるとは思いません。でも六百年の流れに置き換えれば、人の心のあり方には間違いなく時代が見える。巨匠と呼ばれる人々の絵が人に感銘を与えるのは、本当は絵の出来でなく、時代をそこに見せるからなのです。そこにあるのは言葉というような非文化的なフィルターを通していない、時代のある瞬間の真実です。画家は、時代を残すことに生命を燃やし尽くすから、悲しいのです」

彼がそこに呼ばれたもっとも大きな功績となる言葉だったに違いない。ところが女性アナウンサーは、そういう言葉や論法に馴れきっていたために、大半を聞き流してしまった。いや、絵が鑑賞物でなく、歴史を伝える化石だという論が理解できなかったのかもしれないし、生放送だったから時間が迫っていたのかもしれない。女性アナウンサーは、「日本政府の対応に注目が集まりそうです」と、お決まりの文句で締めて、次のニュースに移った。

まとまりの悪さは別にして、解説委員の言うことは美術関係者には共通の思いだった。

前半は現実的な問題提起であり、後半は芸術的な問題提起であり。後半の主張に感じ入りつつも、八十年の現世しか生きないものの常、前半の話に気を取られる。

一枚の名画の持つ経済効果は計り知れない。ガシェ一枚が抜き取られていたというなら、間違いなく、ガシェの価値を考えた人間の仕業であり、すなわちガシェは、この先二年は間違いなく潜るだろうと美術関係者は考えた。

——ガシェ。行方知れず。

引き続きニュースは世界に配信された。ニューヨーク・タイムズは二面だったが、ワシントン・ポスト、ルモンド、フィナンシャル・タイムズは一面に載せた。

そのころ、警察は犯人の足どりを懸命に追っていた。

犯人は美術館を借りている。新聞にも延べ四回の広告を打っている。そこをたどれば、必ず犯人に結びつくものがあるはずだ。

西宇和郡三好村立美術館は村立の美術館で、利用できるのは村民に限られていた。しかし村民にそうそう美術館を借りる用事もないので、実際には、村民がかかわっている催しであれば貸した。物々しい数で現れた捜査関係者に、役場の責任者は一枚の申込書を見せた。

「上野《うえの》さん以外、どの連絡先にも該当者はおらんかったんです」

「大絵画展」の申込書には五人が名前を連ねていた。所在地は、四人までが東京だ。警視庁は四人の身元を確認するべく、すぐに東京に連絡した。警視庁では、電話をかけ、所在地を確認した。役場の職員が言った通り、電話番号はでたらめだった。住所も架空であり、公園の敷地というのも一つあった。

ただ一人、上野半平太《はんぺいた》という村民の名が残った。

――これにもからくりがあれば。

役場の職員はカラリと言った。

「それはうちの前の村長ですけん、間違いはありません」

それはあの美術館を建てた、当時ぼれさくと呼ばれた村長だった。

捜査官たちは地元の警官とともに前村長の家に乗り付けた。

村長は庭の花に水をやっているところだったが、やってきた人間全員を縁側に招き入れた。

「はぁ、名前は貸した。ここの美術館がどげんに立派かを、よく知っておんなはってな。東京まで、うちの美術館の噂がいっとったかと、わしはうれしゅうて。はあ、使いなはいと、名前は貸したがよ」

八十を過ぎた村長に、悪びれた風はまるでなかった。顔見知りの警官が、村長の耳元で大声を出した。

「その東京の人の連絡先を知りたい言うて、東京から来ておんなはるんよ」

「申込書に書いとる通りよ」

また大きな声で「その住所な、嘘やったがよ」

「うん。そがいに聞いた。けんど、わしも他には知らんけん」

また一段と大きな声で、「どげんして知り合いなはったんかいなぁ」

警視庁の捜査官が固唾《かたず》を飲む。村長は不思議そうな顔をした。

「いまんおまはんらと同じよ。玄関から来たがよ。こんにちはって言うて、玄関から入って来なはった。美術展したいんやが、貸してくれませんかいのぉ言うてぇな」

五十がらみの気の良さそうな男。それは、鍵を借りに来た男と同じだ。その男なら、絵を搬入したあと、一度も現れていない。そこで、美術館方面からの足どりは切れた。

最後の手がかりは新聞広告だった。

「大絵画展」の広告は三日間延べ四回打たれている。三月十六日と三月二十九日の朝刊と四月八日の朝刊と夕刊。新聞用語でいう「三段八分の一」の広告だ。

新聞社では、「大絵画展」の広告は正規の広告代理店から持ち込まれたものだと言った。広告代理店では、あれは知り合いの代理店の社長から請け負ったものだと言った。

行ってみると、そこは社長一人でやっている小さな代理店だった。電柱に広告を貼り付けるのが主な仕事だ。三カ月前、そこに一人の男が訪れた。

新聞広告を打ちたいと、その飛び込みの客は言ったという。

「実はわたし、明日にも四国に帰らないといけんのです。どうしたらいいんかいのう」

客は絵画展の広告の見本を取り出して、十センチ四方程度でいいから、このままを載せてくれと言った。回数は四回、掲載日付も決めてあった。四月八日の夕刊の分には『大絵画展まであと三日』という言葉が添えてある。社長は、代理店には一回につき、夕刊だと五十万円、朝刊だと百万円ほど払わないといけないと言った。男はにこにこして、「で、おたくの手数料は」と聞いた。社長は、三十万ですと、思いついたままを言うと、机の上に百五十万円を置き、「これで一切の手続きをお願いできんですか」そう、言った。

「しょっちゅうは東京には来られんのです。二回目の掲載料金は、一回目が掲載されてから三日以内に、振り込みます。三回目の掲載料金は、二回目が掲載された三日以内に払いますけん」

社長は喜んで、知り合いの大手広告代理店に百万円で仕事を回した。

一回目の掲載後、次の掲載料の百五十万円が口座に振り込まれていた。五十万円は四回分まとめての手数料だと思っていたから、驚いた。結局、四回分全部に五十万円の手数料がついていた。

そう言い、すべての書類を警察に提供した。

「町起こしの一環だと言ったんです。東京の人でも、北海道の人でも、四国に来ることもあるでしょう。ついでに立ち寄って見てもらえたら、こんなにうれしいことはないって。年は五十歳前、頭の禿げた気の良さそうな人でした」

依頼人。上野半平太。

振込は現金振込。

089から始まる連絡先にかけると、蒲鉾《かまぼこ》店に繋がった。そして記載された依頼人の住所にあったのは、大絵画展が開かれた、西宇和郡三好村立美術館だった。

四月二十一日——四国の美術館の映像が日本のあらゆるチャンネルで流され、解説委員が絵画の価値について力説し、みなが一斉に、ガシェは「潜った」と認識した、その日。

ロンドンの警察署に一本の電話がかかってきた。

オークション・ハウス、ルービーズの絵画部長からだった。

今朝十時、フロント・カウンターに一点の絵が持ち込まれた。係員がちょっと奥に入り、次に戻ったときには、持って来た男の姿はなく、台の上に絵だけが残されていた。

「それが、『医師ガシェの肖像』というヴィンセント・ヴァン・ゴッホの絵なのです」

電話を受けた拾得物係の担当者は、その朝フィナンシャル・タイムズの記事を見ていた。

そこには、アメリカが所有していた、オランダの画家がフランスで描いたものを、イギリスの競売商が日本に売り、ドイツの美術館がその所有権を主張しているが、結局アラブぐらいから出てくるのではないかなんてことが書いてあったのだ。

彼は聞き返した。

「ガシェ——ゴッホの？　お宅に」

ロンドン警察はその日のうちに英国美術省に判断を委《ゆだ》ねた。英国美術省はアムステルダムのゴッホ美術館に依頼し、ゴッホ美術館は極秘に鑑定に赴いた。そうやって慎重に真贋について検討したのち、本物であると断定された。英国美術省は、極めて慎重にことを運ぶようにとロンドン警察に忠告した。英国美術省は事実を日本の警察庁に文書により端的に連絡した。警察庁より連絡を受けた警視庁が折り返し英国美術省に電話にて確認を行ったところ、英国美術省は、連絡事項が事実であると認め、絵はいま競売商ルービーズが保管していると告げた。

深川倉庫に絵を預けていたのは、三池長友銀行だった。銀行は返却を要求した。対して、ルービーズは弁護士を通じてこう、返答してきた。

「医師ガシェの肖像」は拾得物であり、われわれが返却すべき相手は、この絵をカウンターに置いて行った人物である。

返却を拒まれた銀行は即座に警察に泣きついた。銀行に泣きつかれた捜査当局は、当該「医師ガシェの肖像」は深川の三池長友から盗まれたものであると伝え、ルービーズはその趣旨を了解した。

「これがあなた方の倉庫から盗まれたものと同一のものであるということが証明されれば、法にのっとり、しかるべく対処いたします」

銀行は、その意味するところを理解するのに時間を要した。倉庫には百三十五点の絵が収納されていて、そのすべてが盗まれた。うち、「ガシェ」以外の百三十四点は発見されたが、ガシェだけはその中には含まれていなかった。それ以上はない。

銀行は警察に、返還を要求するように要求した。しかし警察庁は「当該事件の犯人逮捕に関して活動するものであり、盗難物の回収はその業務に当たらない」として、事情聴取にロンドンまで人を派遣したものの、担当者は事情聴取を三時間して、戻ってきた。

困り果てた銀行は、返却を求めて弁護士と共に現地に乗り込んだ。

「その絵がロンドンにある理由はわかりません。でも、それは二週間前までうちの倉庫にあったものです」

オークション・ハウス、ルービーズ・ロンドンの絵画部長、アーサー・グリムウェードは慇懃《いんぎん》に頷いて、繰り返した。

「これがあなた方の倉庫から盗まれたものと同一のものであるということが証明されれば、法にのっとり、しかるべく対処いたします」

「記録には、ヴィンセント・ヴァン・ゴッホの『医師ガシェの肖像』を担保に取ったことが明記されています。その絵画担保を、倉庫に保管しました」

「はい。それで」

「その、倉庫内にあった百三十五点が窃盗にあったのです」

「われわれは、カウンターの上に男性が置いて行った絵画について話をしているのです。あなた方の言う百三十五点の中の一点がこの絵画であるという根拠を示していただけますか？」

銀行側は翌週、画商を連れて再びキング・ストリート十二番地に戻って来た。連れてきたのは絵画の状態を確認させていた画商だ。彼は一年に一度倉庫に入り、絵画の状態を確認していた。

「昨年の八月に確認致しました。『医師ガシェの肖像』は、その前年とまったく同じ状態であったので、そう記録をいたしました」と、件《くだん》の画商。

「すなわち、昨年の八月にその絵はうちの倉庫のD８室にあったことがご理解いただけると思います」と銀行幹部。

「絵の状態を確認なさったのですね」

「はい」

「真贋ではなく」

画商は瞬間、息を飲んだ。

「はい。状態です。わたしはそれを依頼されていたので」

グリムウェードは深い溜息をついた。そして銀行幹部に向かって言った。

「それでは、この方が毎年状態確認をし、少なくとも昨年の八月に倉庫D８室内にあった絵が、いまうちにあるヴィンセント・ヴィレム・ヴァン・ゴッホの『医師ガシェの肖像』であるという証拠にはなりません」

「なんですって」

銀行側は、その翌週、再び赤い旗の下を潜った。今度は膨大な書類を持ち、五人の弁護士を連れていた。

「一九九〇年に日野画廊がルービーズで競り落としたものです。彼はモリトク繊維工業の代理で購入したものであり、われわれはそれを回収したのです。それがD８に入り、そして盗まれた」

グリムウェードは気の毒そうに、首を振った。

「お気の毒ですが、それではなんの証拠にもなりません」

「あなた方の意味するところは」と銀行幹部は度胸を決めた。「われわれが担保として取っていたものが、本物の『ガシェの肖像』ではなかったという主旨ですか」

グリムウェードは慇懃に答えた。

「絵画というのは、作家の手を離れたとたん、庇護者のない身の上です。あらゆるところに悪意のある、もしくはない模写が溢れます。ヨーロッパでは常識です。仮に絵がどこかですり替わっていて、たとえば担保になる前に持ち主がよくできた偽物と取り替えていて、もしくはその、保管室なるところで、すでに模写とすり替えられていて、あなたが本物だと信じていたものが、実は本物ではなかったとしても、わたしたちは驚かないのです。確かなことは、いま、ヴィンセント・ヴァン・ゴッホの手になる本物の『医師ガシェの肖像』をお預かりしている。ただそれだけです。あなた方が、ご自分の倉庫にあったものが、間違いなくゴッホの『ガシェの肖像』だったと得心させるだけのものがない限り、わたしたちにはお渡しできません。それが、ヴァン・ゴッホのガシェの遍歴に汚点を残す可能性を防ぐ、唯一の方法なのです」

ルービーズを出るとき、恰幅のいい男が自分たちをじっと見ているのに気がついた。銀行幹部につき添っていた通訳が耳打ちした。

「ヘラルド・トリビューンの美術記者です。昨日も見かけました」

「ヘラルド・トリビューン?」

「フランスの英字新聞ですよ。ここ数日の私たちの動きに、なにかを嗅ぎつけたのでしょう」

ガシェがルービーズに置き去られていたことは、まだどの報道機関にも伏せられていた。発覚すればどんな記事が打ち出されるか、見当もつかないからだ。銀行幹部は青ざめた。

「大丈夫です。ここではめったなことでは情報は漏れません。グリムウェードがその気にならない限り」

ホテルで、若くて敏腕な弁護士は判断した。

「われわれが主張を通すには、少なくとも、『ガシェの肖像』を含む債権として押収した多量の絵画の、押収の経緯を明らかにする必要があるということです。あのガシェにいくらの担保価値を付けたか。そのときにどのようなやりとりをして、その後の管理はどうであったのか。そうやってルービーズのみならず、世界中の美術関係者を納得させなければならない。それは同時に、いくらの金に対していくらの担保で貸し出しをし、結果、なにを債権として押収したかということを世界に向けて明瞭にするということでもあります」

幹部は青ざめた。

「そうやって過去の醜態を晒《さら》したところで、ガシェが戻ってくるとは限りません。ただの可能性です。グリムウェードは、自分たちは絵になんの権限もない、だから、法律によってのみ動くものであり、それ以上の判断をして第三者に渡すことはできないと言っているのです」

「ではわれわれはだれを相手に話し合いをすればいいんだ」

「消えた男。ガシェをカウンターに置いて消えた男です」

弁護士は続けた。

「二カ月以内に男が現れたら、その男と話せばいい。でもまず間違いなく、男は現れないでしょう。すると自動的に、絵の権利は、拾得したルービーズに渡ります。欲しければ、ルービーズから買うしかない。オークショナーの一人としてです」

「いくらなんでも」――そんなことはないだろうと言いたかったようだが、弁護士はそれを冷たく見切った。お前はまだそんなことさえわからんのかという冷たい視線だ。

「ここまでくれば、ガシェ一枚が戻ってくるかどうかではないと思います。われわれがガシェの返還を求めてグリムウェードと話し合う場合、より大きな問題は、彼らが、マスコミに、われわれの言い分を話すことです。百三十五点の絵画がどういう扱いを受けていたかということが、彼らのあの端的で容赦ない物言いで語られる。彼らの発言を止める権利は私たちにはない。われわれは海外からは文化劣等国だと烙印を押され、国内からは恥さらしだと言われる」

ただでさえ国内ではジョータの池谷が十億円の金の受け渡しをしたということで大騒ぎをしているというのに。

池谷は当初、強盗について頑として関与を否定した。

ＤＶＤの画像を突き付けられてもなお、無関係であるとテレビカメラに向かって言い放つ無謀な強気を持っていた。あれは俺ではないから始まり、アリバイがあるとか、そんな絵は見たこともないだとか。しかしＤＶＤが自主的に警視庁に渡され、事情を聞きに来るのがテレビクルーだけでなくなると、だんだんと勢いが落ちていった。

二十日、ジョータ・コーポレーションの十億円の手形が不渡りになっていたことが発覚した。社長の逸見が事情を聞かれ、五億円の担保にするために池谷に渡したと供述した。同日、ジョータ・コーポレーションは、自社株の三十パーセントを買い戻したことを発表した。

その際、ジョータ・コーポレーションの幹部は、池谷が保有していた株のすべてを買い取ったと言った。その額が五億円であることは、新聞の経済記者が記事にしたことだ。あのスチールの机の上に載った現金が十億円だというのはDVD画像からほぼ確定されていたことだった。ジョータ株を売った五億円と、逸見が発行した十億の手形を担保に借りた五億円、計十億円に一致した。その十億円の用途について追及されて、池谷の強気はとうとう崩れた。

池谷は、廃工場には百三十五点の絵がすべて飾ってあったと言った。彼はそこで、ガシェを買うために金を持って行ったのだとだけ、繰り返し主張した。

そこで男が一人撃たれた。怖くなり、関係ないと言い続けました。

池谷は話を持ちかけてきた画商についても「わからない」としか語らず、「警察が踏み込んで来た」と繰り返すだけだ。

池谷の言う廃工場というのは、使われなくなった製糸工場だった。因縁深いのは、それがかつて池谷が倒産に追い込んだモリトク繊維工業株式会社の、開業当時の工場跡だったことだ。土の上に錆びた機械が放置してある。池谷の言う日に警察が出動した記録はない。前日、絵を見せられたときに同席したと池谷が主張する日野画廊の日野智則は、そんな事実はないときっぱりと否定した。

ジョータ・コーポレーションの社長である逸見は、親会社である銀行から解任された。

『会社をやっと、われわれの手に取り戻した』会見を開いた幹部は疲労しきった様子で、しかし身も心もとけ出すような安堵《あんど》をその顔に浮かべていた。

倉庫に押し入った実行犯はいまだ特定されていない。

「いま、モリトクの債権整理に関するゴタゴタを蒸し返すのは、銀行にとってほぼ致命的です。百三十四点は戻ってきた。それが奇跡だと考えるべきだと、わたしは考えます」

——おれは知らない。行ったときには絵は飾られてあったんだ。おれが絵を初めて見たのは四月九日で、それまで絵のことなんか、思い出しもしなかったんだ。

日本では、池谷の憔悴はマネーゲームに興じた不道徳な人間の成れの果てだ。

「古い傷を突つかれれば」と、弁護士は声を落として囁いた。

「彼の二の舞ですよ」

銀行はガシェを諦めた。

ルービーズのグリムウェードは、スキャンダルに巻き込まれた絵画の例に漏れず、ガシェの取り扱いは極めて慎重に行った。二カ月間、彼らはガシェを拾得したことをマスコミにさえ気取《けど》られなかった。その間、英国美術省とドイツ美術省との間で、話し合いは何度も行われたが、そのたびに、あたかも危ないカードに手を出そうとしているかのように、お互い権利を放棄はしなかったが、決して主張しようともしなかった。口にこそ出さなかったが、彼らはガシェの出現を「災難」だと思っていた。グリムウェードは頃合いを見失わなかった。彼は日ごろ一緒に遊び歩いている英国美術省の高官に『お恐れながら』と申し出た。

「置いて行ったのです。だれも受け取りには来ない。断言します。しかしうちのカウンターに置かれた以上、わが社としても責任がある。拾得物にされるのは、遺憾なのです。ところが両国、それぞれにお国の責任を背負っている。それが面倒なのです」

高官は難しい顔をして「うむ」と頷く。

グリムウェードはごく善良に続けた。

「その面倒さがないのが、民間企業の強みです」

高官の視線がグリムウェードに定まる。

「なにか考えがあるかね」

「双方の体面を傷つけないで解決する方法がございます。決して奇策ではありません。ごく当たり前の方法です。みなさまにご了承いただければ」

グリムウェードは提案の内容を話した。それは『フランクフルト美術館に寄贈したオッペンハイマー家に戻す』というものだった。

「一九一一年当時の状態に戻してしまうのです。オッペンハイマー氏が義理の息子のために購入した状態に」

それは文句をいう人間がいたらその人間が悪人に思えるほどの方策だった。なにより、双方、他に手立てがない。その繊細な話を、両国の手を煩わせることなく片付けてくれるというのだから。

しかしそこには巨大な――ほぼ根源的な問題が立ちはだかっている。

高官はそれを口にした。

「しかしどう考えてもあれを、オッペンハイマー家が受け取るとは思えないのだがね、アーサー」

「もちろん、手は用意しているよ、ジュード。わたしが手ぶらで来るとでも思ったかい？」

高官はしばらくグリムウェードの顔を見ていたが、やがて顔を近づけた。

「で、わたしはなにをすればいいんだね？」

「いつものごとく。次に問題が起きるまで、なにもしなければいいんだ」

ふたりはしばらく見合って、それから元通り顔を離した。

グリムウェードは慇懃に一礼して部屋を去り、高官はすぐさまドイツ美術省に電話をした。ドイツ美術省の担当者は「ではこの数日の話し合いはなかったことに」と囁いて、そそくさと自国へ戻って行った。そうしてグリムウェードはその役目を一任されたのだ。

そして六月のある晴れた日。

グリムウェードはオッペンハイマー家を訪れた。

騒ぎの只中《ただなか》の「医師ガシェの肖像」が社のフロントに置かれていたことを話し、その上で、良心に鑑《かんが》み、「医師ガシェの肖像」について、おたくに受け取っていただきたいと切り出した。

「ヨーロッパが望むことはただ一つ。ナチスドイツによって歪められた歴史を元へ。その一点なのです」

フランクフルトに住むオッペンハイマー家の当主、ゲオルグ・オッペンハイマーは保険会社に勤めていた。彼は、突然ガシェを受け取れと言われてたじろいだ。

「確かに祖父は『ガシェの肖像』を買いましたが、あれはフランクフルト美術館に贈与したのです。一九三八年にフランクフルト美術館は、押収された『ガシェの肖像』の代金として一五万ライヒスマルクを帝国元帥ゲーリングから受け取って、この件の法的な問題は解決済みになっているはずです」

彼はたじろぎながら、おずおずとそう言った。

「あなたの、ご自身の権利を主張しない姿勢には心から敬意を表します。おばあさまから返還のお願いがあったとき、何をさしおいてもフランクフルト美術館はあの絵をオッペンハイマー家に返すのが筋でした。シュヴァルツェンスキー氏に求められて、おじい様が寄贈した。それは金銭のともなわない、半永久的な貸与だったと思います」

オッペンハイマー家にはもちろん、それだけの絵画を維持保管する準備がない。高価な美術品を持とうとすれば、どれほどの経費がかかるものか、保険会社に勤めている彼はよく知っている。受け取れば、その入手経緯を巡って世界の美術誌の記者に追い回されることになることも。できることならフランクフルト美術館に戻したいが、こうまで騒ぎになったものを、フランクフルト美術館だって受け取るとは思えない。

かといって、オークションにかけて売ってしまうわけにもいかない。どんなに秘密裏に取引しても、ニュースはまたたく間に世界中を駆け回る。そうなると、祖父ヴィクトル・オッペンハイマーと、叔母の夫シュヴァルツェンスキーの顔に泥を塗ることになる。

なにより、返還を要求しているケーニヒスの矛先《ほこさき》が自分に向けられるということが、考えるだけで恐ろしい。ケーニヒス家はいまでもドイツの裕福な名門だ。一介のサラリーマンであるわたしに、いまさらどうしろというのだろうか――。

グリムウェードは厳かに切り出した。

「わたくしどもの口を挟むことではないのは承知しておりますが」

ゲオルグ・オッペンハイマーは思わず顔を上げた。そこにはグリムウェードの、柔和な顔がある。

「わたくしどもは売りたいと思っている方から買いたいと思っている方に商品を橋渡しすることを生業としております。買い手に公平にチャンスを与え、売り手に最も利益になるように計らうことはもちろん大切なことですが、作品にはそれぞれ事情というものがあります。その事情を無視すると、作品自体に傷がつくことがあるのです。そういう場合、わたくしどもは、作品を守るために、オークションという形を取らず仲介をするという特例を、敢えていたします。これは買い手のためでも売り手のためでもなく、作品のためなのです」

本当を言えば、グリムウェードは、買い手のためにも売り手のためにも働いたことはなかった。いつだって自社に入る手数料のため、自分の業績のために働いてきた。しかしそういうことは言葉にする必要のないことだ。だれだってそうじゃないか。

ゲオルグ・オッペンハイマーの疲労した瞳が縋《すが》るような輝きをみせた。逃げ込む穴を見つけたとき、うさぎの目に宿る輝きと熱。

グリムウェードは、ゲオルグ・オッペンハイマーに、その穴の場所を丁寧に指し示した。

「じつは『医師ガシェの肖像』を無条件で買いたいという方がいらっしゃいます。ジャパンに買い取られたときのアンダービッターでして。たいへんに執着なさっている方です。その方に売られた場合、おそらくこの先十年は市場に出ることはないでしょう。作品にとって、とても安全です。フランクフルト美術館にとっても、来たる将来交渉するに不都合のない相手だと思われます。もちろん、オークションにかけることに比べれば低額ですが、絵の正当な継承者に対するわれわれの敬意とお受け取りいただければ、幸いです」

そしてほんの少し、声を小さくした。

「わたくしどもは信用だけが取り柄です。この場合、信用というのは、口が固いということです」

それからにっこりと微笑んだのだ。

四〇〇〇万ドルで取引は成立した。売り手はゲオルグ・オッペンハイマーであり、買い手はイアン・ノースウィッグ。仲介は世界最大のオークション会社、ルービーズであり、規定にのっとり、ルービーズはうち十パーセントをゲオルグ・オッペンハイマーから受け取った。

大浦荘介の母、定子はその日、久しぶりに銀座に足を向けた。二年間通い慣れた画廊の店主は招き入れ、コーヒーを取ってくれた。

定子は一千万円の入った包みを店主に差し出した。店主はにっこりと微笑むと、奥から丁寧に包んだ箱を持ってきた。

桐の箱からでてきた茶碗は、地模様を施した見事な絹の袋にくるまれていた。直径十二センチ、高さは十センチに満たない。乳白色だが、全体に黴が生えたような小さな点々が無数に浮かんでいる。口縁は巻き返したようにしっかりと縁取りされて、その部分は焼けたようにほぼ金色になっていた。瀬戸で焼かれた白天目で、作は遠州流茶道宗家、小堀遠《こぼりえん》州《しゅう》。三百年ほど前のもので、昭和九年までは旧華族、蜂須賀《はちすか》家の蔵にあったものだ。

「おっしゃるように、立派な天目茶碗でございました。ではお返し致します」

「これも、ご主人が貸してくださったあの神様のおかげでございます」

そういうと、定子は息子から取り上げてきた銀の神様を、机の上に置いた。

「息子にいきなり一千万円を貸してくれと言われて。途方に暮れておりました。それをご主人が二つ返事で『わかりました。わたしがこれで一千万円をご用立ていたします』とおっしゃってくださいましたときには、本当に救われた思いがいたしました。あのときご主人がおっしゃった、このお金は必ず返してもらうようにという言葉に目が醒めました。おかげさまできっぱり商売から足を洗って、実家に戻ってくれました。本当によい神様でした」

定子は店主がこの銀の神様を貸してくれたときのことを覚えている。右も左もわからない子を、商売の真ん中に投げ込んだ。本を正せば親の責任でもあると嘆いた。店主は立ち上がると、奥から自分の携帯電話を持ってきた。そこには二つのストラップが付いていて、一つはきらきら光る赤い石。もう一つがこの、親指ほどの大きさの、銀細工の人形だった。店主は銀細工の人形の方を携帯から外してこう言った。――これはギリシャの神様です。縁起がいいんです。大丈夫。それが息子さんを守ってくれますよ。

中に盗聴器が入っていて、携帯の先から荘介の会話を城田たちに全部流していた事など、定子が知るはずもない。もし荘介が怖気《おぞけ》を成して本物の警察に飛び込んだなら、一気に撤収する手筈。銀細工の神様はグループ四人のセーフティネット――お守りだったとは。

定子は店の前に立つと、この二年、見慣れた「日野画廊」の看板に、深々と頭を下げた。

イアンのマンションの一室からはマチスとカンディンスキーが消えた。

マチスとカンディンスキーは、不満に感じていることだろう。

でもこの世に、女の欲望を満たす以上に大事なことがあるだろうか。

風と雲と太陽で、一番強いのはだれなのかを考えるようなものだ。

イアンの彼女は、寝室に新しく飾られた小さな絵に気づかなかった。

「壁を見て」

待ち切れずに注意を促すと、彼女はガシェを見て——幽霊でも見るようにぼんやりと見入って——イアンに振り返った。

「どうしたの、これ」

『まあ！　ゴッホの医師ガシェの肖像じゃない』と、持っていたカップを落としてしまうほどの感激を期待しているわけじゃなかったが。

いまや「これ」に成り下がったガシェ氏。

それでも構わなかった。

「ガシェを手に入れたぞ」

イアンは得々として、入手の経緯を語った。彼は、彼女とのこういう時間が一番好きだ。そしてそういうときの彼女の醒めた反応も。

彼女はガシェ氏をときどき見上げてはイアンの話を聞き終わり、ひと言、「ご苦労さま」と言った。

それこそが十三年の戦いに終止符を打った瞬間だった。

それから彼女は高級デパートの紙袋から布の鞄を取り出すと、ベッドの上に放り出した。

そしてイアンを好戦的に睨む。

綺麗な眉が片方だけついっと上がる。

「見て。このバッグ、一〇〇ドル五〇セントよ。どう思う?」

「高いと思う」

「そう。ただの布のバッグが、なんで一〇〇ドルもするの」

そう言うと、ストッキングを脱いでごみ箱に放り込み、隣に滑り込んだ。

イアンは心地よく笑った。

そうとも。一メートル四方あれば縫いあがる布の鞄に一〇〇ドルは高すぎる。昨日の夕食に飲み残したワインが二〇〇〇ドルだろうが、その食事を作るために呼び寄せたシェフうが、そんなことは問題じゃない。悪いのはうちの彼女の目につくところに布鞄を一〇〇ドル五〇セントで並べたやつだ。

そう思わないかい、ドクターガシェ。

「ねぇ、体重は二百グラム減ったのに、体脂肪が〇・二パーセント増えてたの。どうしてだと思う?」

「どうしてだろ。年を取るとそういうことも起きるんだろ」

彼女はちょっとむっとして。

イアンはちょっと身構えて。

彼女はガシェを見上げる。

それからまた話し出す。

——この前靴を買いに行ったらね、カルティエで新しいモデルの指輪が出てたの。それでちょっと寄り道したりしてたら、ついうっかりと、欲しかったのじゃない靴を買っちゃってたの。本当はオープントゥのパンプスが欲しかったのに。

——オープントゥって、なに。

——爪の先が出る靴。

——そんなのいっぱい持ってるじゃないか。

——欲しいのは持ってるのとは別のやつなの。

——じゃ、また買えばいいじゃないか。

イアンがそう言うと、彼女は体勢を変えて、抱き枕を抱くようにイアンの胸に手を伸ばした。もぞもぞと動いて落ち着きのいい場所を見つけると、やっと肩に鼻先をくっつける。

彼女の睫毛《まつげ》が肩先をくすぐって、髪の匂いがした。

そして吐息のような声。

「つまらない人ね」

そうやって彼はその夜、この上なく満足して眠りについた。

二〇一〇年二月現在。

美濃部はパリで絵の勉強をしている。

城田こと内山信夫はルービーズで絵画部門の担当者として働いている。

菊池は新宿の劇場で仲間と芝居の幕を開けた。

日野は銀座で画廊のシャッターを上げる。

大浦荘介はひと回り大きくなった弟の医院で事務長として周囲の信頼を得、そして筆坂茜はスナック「あかね」のネオンを表に出す。

ドクターガシェはいまでもノースウィッグ氏の寝室に掛けてある。

解説

大森《おおもり》　望《のぞみ》
（評論家）

バブル経済真っ盛りの一九九〇年五月、一枚の小さな油絵がクリスティーズのオークションで落札された。題名は「医師ガシェの肖像」。そのちょうど百年前、まだ無名の画家だったヴィンセント・ヴァン・ゴッホが死の直前に描いた肖像画で、最初に売れたときの値段はわずか三〇〇フランだった（ゴッホの弟テオの未亡人が一八九七年に売却した）。しかし、このときの落札額は、なんと八二五〇万ドル（当時のレートで約一二五億円）。競り落としたのは、大昭和製紙名誉会長（当時）の齊藤了英《さいとうりようえい》だった。

「ガシェ」に限らず、バブル期の日本は途方もない値段で世界の名画を買い漁っていた。同じゴッホの「ひまわり」は約五八億、ピカソ「ピエレットの婚礼」は約七四億、ルノワール「ムーラン・ド・ラ・ギャレット」は約一一九億（これまた齊藤了英が落札）。悪名高いイトマン事件では、総合商社の伊藤萬《いとうまん》（のちのイトマン）が許永中《きよえいちゆう》の関連会社から絵画・骨董品などを総額六七六億円で購入した（実際の価値はおよそ半額だったと言われる）。一九九〇年には、日本の美術市場の年間総取引額が、なんと一兆五千億円に達したという。

　それらの名画は、なぜ、どんなふうにして、あんな異常な高額で売買されたのか？　そして、その後どうなってしまったのか？

　「医師ガシェの肖像」をカバーに使った糸井《いとい》恵《けい》『消えた名画を探して』（時事通信社）はその行方を追うスリリングなノンフィクションだが、同じ疑問を出発点に、見事なコンゲームを展開してみせるのが、望月諒《もちづきりょう》子《こ》の第14回日本ミステリー文学大賞新人賞受賞作、『大絵画展』。事実とウソを巧妙にブレンドしつつ、虚々実々のサスペンスを紡《つむ》いでゆく。

　犯行の主役は、それぞれの事情から投資詐欺に引っかかり、借金を抱えて追いつめられた男女。ジェフリー・アーチャー『百万ドルをとり返せ！』式に、一発逆転を狙う大博打に出た彼らのターゲットが、問題の「医師ガシェの肖像」。今は銀行の所有物となり、万全のセキュリティを誇る専用倉庫に他の名画群ともども厳重に〝塩漬け〟にされているのだという。

　「医師ガシェの肖像」が（史実として）たどった数奇な運命は、それだけで一冊のノンフィクションが書かれているほどだが（本書の参考文献にも挙げられている、シンシア・ソールツマン『ゴッホ「医師ガシェの肖像」の流転』文春文庫）、ゴッホが死んだときにはなんの価値もないと思われていたもの。本書の登場人物の形容を借りれば、

「眠たそうなおっさんが片肘をついて座っている。（中略）こんな絵が引っ越しの荷物の

中に混ざっていたら、手伝いにきた友だちにやるだろう」

素人の視点に立ったこの忌憚《きたん》のない言葉が象徴するように、「芸術の価値とは何か」という問いが小説全体の隠しテーマになっている。イトマン事件で暗躍したバブル紳士たちや当時の実際のエピソードが小説の下敷きに使われ、社会派ミステリー的な妙味もある。

その一方、コンゲーム小説としての面白さも抜群。ストーリーテリング、人物配置、意表をつく展開と、どれをとっても間然《かんぜん》するところがない。巻頭で献辞を捧げられているポール・ニューマンとロバート・レッドフォードは、「明日に向って撃て!」の名コンビだが、ここに名前が出ているのは、同じジョージ・ロイ・ヒルが監督したもう一本の傑作、「スティング」（一九七三年）のためだろう。コンゲーム映画の名作中の名作として知られるこの映画と真っ向から勝負しますよと、のっけから宣言しているようなもので、その意気やよし。じっさい、「スティング」相手に一歩も引かない堂々たるファイトを見せてくれる。

第14回日本ミステリー文学大賞新人賞で本書を絶賛した綾辻行人《あやつじゆきと》の選評にいわく、

望月諒子『大絵画展』を推す。

すでにプロの作家として複数の著書を持つ人なので、さすがに小説を書く技術は安定している。才気も意気込みも感じる。冒頭からするりと物語に引き込まれ、少なからず存在する問題点もさほど気にならないまま、たいへん愉しく読み通せた。（中略）達者な文章で綴られるストーリーは容易に先を読ませずサスペンスフル。読み手に与えるストレスとそのリリースの案配がとても優れているうえ、洒落っけたっぷりの外枠が読後感の良さに貢献しているのも美点だと思う。

この言葉どおり、非常に後味のいい着地が本書の特徴。この手の小説で、どんでん返しの意外性とプロット上の必然性を両立させるのは非常に困難だが、『大絵画展』はその難題をあっさりクリア。イトマン事件までからめた背景設定の生臭さとは対照的に、それこそ「スティング」ばりの鮮やかな〝とどめの一撃〟を決めてくれる。読み終えたあと、あらためてタイトルを眺めて、つくづくよくできた小説だという感慨を抱く人も多いのではないか。見たかったなあ、大絵画展……。

いや、それにしても、望月諒子がこれほどうまいエンターテインメントを書ける作家だったとは。この小説をはじめて読んだとき、作風の変貌ぶりに仰天したのをよく覚えている。本書ではじめて彼女の作品に接した人に、その驚きの理由をわかっていただくために、著者の経歴を簡単に紹介してみよう。

望月諒子は、一九五九年、愛媛県生まれ。神戸市西区在住。銀行勤務を経て、学習塾で講師をつとめるかたわら、小説家を志し、さまざまな新人賞に応募するが落選続き。書き溜めた大量の原稿を持って上京し、出版社をまわって持ち込みをした壮絶な体験は、のちの小説に生かされている。このとき知り合った編集者との縁が実を結び、二〇〇一年、第一長編『神の手』をe文庫から電子出版する。小説を書くことの魔力にとりつかれた女性を生々しいリアリティと圧倒的な迫力で描く、すさまじい長編だった。旧知の編集者から頼まれて読みはじめたところ、これはすごいと途中から座り直し、まだこんなとんでもない新人が埋もれていたのかと衝撃を受けることになった。

といっても、まだ電子書籍という言葉さえほとんど使われていない頃のこと。おまけに無名の新人の作品とあって、一般的にはほとんど話題にならなかったが、口コミで少しずつ評判が広がり、電子出版としては異例の売り上げを記録。

これが集英社の文芸編集者の目に留まって、二〇〇四年四月、望月諒子と筆名を変更し、集英社文庫から『神の手』を文庫オリジナル刊行。同じフリー・ジャーナリストの木部美《きべみ》智子《ちこ》が登場する続編『殺人者』を同年六月に、シリーズ第三弾となるメディカル・サスペンス『呪い人形』を同年八月に刊行。当時としてはまだ珍しい文庫書き下ろしデビューということで注目され、知名度ゼロの状態からの出発だったにもかかわらず、『神の手』はたちまち増刷に次ぐ増刷。『殺人者』も版を重ねた。

しかし、デビューすることより生き残ることのほうがむずかしいのがいまの出版業界。

この三冊のあとがなかなか続かず、本が出ない。ようやく、徳間書店から久々の新作長編『ハイパープラジア　脳内寄生者』（徳間文庫版では『最後の記憶』と改題）が刊行されたのは、それから四年後の二〇〇八年だった。主人公の〝俺〟は脳外科医。手術中、患者の脳から目に何かが飛び込み、それ以来、奇妙な幻覚に悩まされるようになる――という（著者の作品としては異色の）脳科学ホラーだった。

しかし、この時期、書いても書いてもなかなか出版までたどりつかず、作家としてのサバイバルに苦労していたようだ。『ハイパープラジア』刊行後、著者からひさしぶりに届いたメールには、この先、新作が出版される予定はなく、「未練はありますが、筆を置くことになると思います」とあった。

こうして一度は作家の夢をあきらめかけた望月諒子だが、そのどん底で、生き残りを賭けた最後の勝負として書き上げたのが、本書『大絵画展』だった。その覚悟と開き直りが功を奏したのか、『大絵画展』は著者にとっても新境地を切り開く作品となり、みごと日本ミステリー文学大賞新人賞を受賞。二〇一一年二月、三年ぶりの長編として、無事、光文社から刊行された。翌月に予定されていた華やかな贈賞式とパーティーが東日本大震災のため中止になるという不運にも見舞われたが、『大絵画展』は読者の好評を博し、二〇一二年六月には、受賞第一作となる『壺の町』が刊行された。

こちらの舞台は、著者の地元でもある神戸。高台の高級住宅地で、一家三人が斧で足を斬られたうえ、生きながら焼き殺されるという凄惨《せいさん》な放火殺人事件が起きる。探偵役は、文章教室の講師をしている売れない作家の周平《しゅうへい》。殺された妻と関わりがあったことから、事件について調べはじめた彼は、十二年前の阪神淡路大震災で消滅した、〝大地に埋めこまれた壺のような町〟六寺町にたどりつく……。どろどろした欲望と復讐の念が織りなす生々しい人間ドラマ。いかにも著者らしい力作だ。

こうして土壇場で作家業に踏みとどまった望月諒子は、『大絵画展』文庫版の刊行につづき、二〇一三年四月には、木部美智子シリーズの九年ぶりの新作にして、シリーズの集大成ともいうべき大作『腐葉土』を集英社文庫から書き下ろしで出版する予定。資産家の老女・弥生《やよい》が高級老人ホームで殺害され、遺体で発見されるところで幕を開けた物語は、弥生の八十五年の生涯を遡る。関東大震災で父親を失い、東京大空襲を体験した弥生は、女ひとり、ヤミ市でのしあがって、やがて冷徹な金貸しとなってゆく……。

あのときあきらめて作家人生を断念していたら、本書や『壺の町』や『腐葉土』が世に出ることもなかったわけだが、たとえ日本ミステリー文学大賞新人賞受賞という冠がなかったとしても、きっと望月諒子が筆を折ることはなかっただろう。というか、彼女にとりついた〝小説の魔〟がそれを許さなかったはずだ。それでも、デビュー前からの望月諒子ファンとして、彼女の作品がまた新たな読者の目に触れるようになったことを喜びたい。

参考文献

『消えた名画を探して』糸井恵　時事通信社
『クリスティーズの内幕』ジョン・ハーバート著／坂本憲一訳　早川書房
『アートマーケットの裏側』高井秀行　毎日新聞社
『ゴッホ「医師ガシェの肖像」の流転』C・ソールツマン著／島田三蔵訳　文春文庫
『イトマン事件の深層』朝日新聞大阪社会部　朝日新聞社
『世界名画全集〈続巻第10〉ゴッホ』平凡社
『世界名画の旅2　フランス編Ⅱ』朝日新聞日曜版　朝日文庫
『反転』田中森一　幻冬舎

二〇一一年二月　光文社刊

光文社文庫

長編推理小説
大《だい》絵《かい》画《が》展《てん》
著者　望《もち》月《づき》諒《りょう》子《こ》

2013年3月20日　初版1刷発行
2015年10月10日　6刷発行

発行者　鈴木広和
印刷　慶昌堂印刷
製本　榎本製本

発行所　株式会社　光文社
〒112-8011　東京都文京区音羽1-16-6
電話　(03)5395-8149　編集部
8116　書籍販売部
8125　業務部

ISBN978-4-334-76549-1　Printed in Japan

組版　萩原印刷

お願い　光文社文庫をお読みになって、いかがでございましたか。「読後の感想」を編集部あてに、ぜひお送りください。

　このほか光文社文庫では、どんな本をお読みになりましたか。これから、どういう本をご希望ですか。

　どの本も、誤植がないようつとめていますが、もしお気づきの点がございましたら、お教えください。ご職業、ご年齢などもお書きそえいただければ幸いです。当社の規定により本来の目的以外に使用せず、大切に扱わせていただきます。

光文社文庫編集部